O quarto de Jacob

Virginia Woolf

O quarto de Jacob

POSFÁCIOS

David Bradshaw
Lúcia Leão
Stuart N. Clarke

ORGANIZAÇÃO,
TRADUÇÃO E NOTAS

Tomaz Tadeu

1ª reimpressão

autêntica

O quarto de Jacob

I

“Assim, naturalmente”, escreveu Betty Flanders, enterrando os saltos do sapato mais fundo na areia, “não houve outro jeito a não ser partir.”

Lentamente vertendo da ponta da pena dourada, a tinta azul-clara dissolveu o ponto final; pois ali a pena empacou; seus olhos se fixaram, e as lágrimas lentamente se acumularam. A baía inteira tremeu; o farol oscilou; e ela teve a ilusão de que o mastro do pequeno iate do sr. Connor estava envergando como uma vela de cera ao sol. Ela deu uma ligeira piscadela. Acidentes eram coisas terríveis. Deu outra piscadela. O mastro estava reto; as ondas estavam regulares; o farol estava de pé; mas a mancha se espalhara.

“... outro jeito a não ser partir”, leu ela.

“Bem, se Jacob não quer brincar” (a sombra de Archer, o filho mais velho, atravessava o papel de carta e parecia azul sobre a areia, e ela sentia frio – já era três de setembro), “se Jacob não quer brincar” – que mancha horrível! Deve estar ficando tarde.

“Onde *está* esse menino irritante?”, disse ela. “Não consigo vê-lo. Vá correndo atrás dele. Diga-lhe para vir de uma vez.” “... mas, felizmente”, rabiscou, ignorando o ponto final, “tudo parece satisfatoriamente ajeitado, ainda que estejamos apertados como arenques num barril e obrigados a não fazer uso do carrinho de bebê, que a senhoria muito naturalmente não vai permitir....”

Assim eram as cartas de Betty Flanders ao capitão Barfoot – com muitas páginas, manchadas de lágrimas. Scarborough fica a mil e duzentos quilômetros da Cornualha: o capitão Barfoot está em Scarborough: Seabrook está morto. Lágrimas faziam todas as dálias do jardim ondular em ondas rubras e a estufa de vidro reverberar em seus olhos, e salpicavam a cozinha de facas brilhantes, e faziam a sra. Jarvis, a mulher do reitor, pensar, na igreja, enquanto a melodia do hino tocava e a sra. Flanders se inclinava sobre a cabeça de seus menininhos, que o casamento é uma fortaleza e as viúvas vagam solitárias pelos campos abertos, juntando seixos, colhendo umas palhas douradas, solitárias, desprotegidas, pobres criaturas. A sra. Flanders estava viúva fazia dois anos.

"Ja–cob! Ja–cob!", gritou Archer.

"Scarborough", escreveu a sra. Flanders no envelope, sublinhando com uma linha grossa; era sua terra natal; o centro do universo. Mas e o selo? Ela vasculhou a bolsa; depois segurou-a com a boca para baixo; depois vasculhou o colo, tudo tão vigorosamente que Charles Steele, de chapéu panamá, deteve o pincel.

Tal como as antenas de algum inseto irritável, ele nitidamente tremia. Ali estava aquela mulher se mexendo – na verdade, preparando-se para se levantar – que droga! Deu uma ligeira pincelada negro-violeta na tela. Pois a paisagem o exigia. Estava pálida demais – cinzas dissolvendo-se em lavandas, e uma estrela ou uma gaivota branca muito limpidamente suspensa – pálida demais como sempre. Os críticos diriam que estava pálida demais, pois ele era um homem desconhecido fazendo exposições obscuras, o queridinho dos filhos das senhorias, usando uma cruz na corrente do relógio e se dando por muito satisfeito se elas gostassem de seus quadros – o que ocorria com muita frequência.

"Ja–cob! Ja–cob!", gritou Archer.

Exasperado com o barulho, embora adorasse crianças, Steele remexeu nervosamente nos montículos escuros de sua paleta.

"Vi teu irmão – vi teu irmão", disse, balançando a cabeça, quando Archer passou por ele devagar, arrastando sua pá e fazendo cara feia para o velho de óculos.

“Ali – perto da rocha”, resmungou Steele, com o pincel entre os dentes, espremendo o tubo de ocre natural e com os olhos pregados nas costas de Betty Flanders.

“Ja–cob! Ja–cob!”, gritou Archer, após um segundo, ainda caminhando devagar.

A voz era de uma tristeza extraordinária. Purificada de qualquer corpo, purificada de qualquer paixão, soltando-se no mundo, solitária, sem resposta, rebentando contra as rochas – assim ela soava.

Steele franziu a testa; mas estava satisfeito com o efeito do preto – era exatamente *esse* toque que aglutinava o resto. “Ah, pode-se aprender a pintar aos cinquenta! Vejam Ticiano...”, e, assim, tendo encontrado a tonalidade certa, olhou para o alto e viu, horrorizado, uma nuvem sobre a baía.

A sra. Flanders se levantou, bateu num lado e outro do casaco para tirar a areia e pegou o guarda-sol preto.

A rocha era uma daquelas rochas tremendamente sólidas, marrons, ou melhor, pretas, rochas que emergem da areia como algo primitivo. Áspera, com rugosas conchas de lapa e esparsamente coberta de mechas de algas secas, um menininho tem que afastar bem as pernas e, efetivamente, sentir-se bastante heroico, antes de chegar ao topo.

Mas ali, bem no topo, há um buraco cheio de água, com um fundo arenoso; com uma bolha gelatinosa grudada no lado e alguns mexilhões. Um peixe passa disparado. A franja de algas castanho-amareladas tremula, e um caranguejo de carapaça opalina tenta vir à tona —

“Ah, um caranguejo gigante”, murmurou Jacob —

e começa sua jornada no fundo arenoso apoiado em débeis pernas. Agora! Jacob mergulhou a mão. O caranguejo era frio e muito leve. Mas a água estava grossa de areia e, assim, engatinhando no fundo, estava prestes a saltar, segurando o balde à sua frente, quando viu, estirados, inteiramente rígidos, lado a lado, os rostos muito vermelhos, um homem e uma mulher enormes.

Um homem e uma mulher enormes (era dia de meio-feriado) estavam estirados, imóveis, lado a lado, com a cabeça em cima de lenços, a poucos passos do mar, quando duas ou três gaivotas roçaram graciosamente as ondas que chegavam, indo pousar perto de seus sapatos.

Os grandes rostos vermelhos deitados em cima das bandanas ergueram os olhos na direção de Jacob. Jacob baixou os seus na direção deles. Segurando o balde com muito cuidado, Jacob então saltou deliberadamente e se afastou em passinhos rápidos, descontraído no começo, mas cada vez mais ligeiro, à medida que as ondas vinham espumando em sua direção e ele tinha que se desviar para evitá-las, e as gaivotas levantaram voo à frente dele e se foram, planando, e pousaram de novo um pouco mais adiante. Uma enorme mulher preta estava sentada na areia. Ele correu na sua direção.

"Babá! Babá!", gritou, as palavras saindo, soluçadas, no ápice de cada arquejo.

As ondas chegavam ao redor dela. Ela era uma rocha. Estava coberta com algas que estalam quando apertadas. Ele estava perdido.

Ali ele se plantou. O rosto se recompôs. Estava prestes a berrar quando, caída no meio dos gravetos pretos e da palha, sob o penhasco, ele viu uma caveira completa – a caveira de uma vaca, talvez, uma caveira ainda com os dentes, talvez. Soluçando, mas distraído, ele correu para longe, cada vez mais longe, acabando por tomar a caveira nos braços.

"Ali está ele", gritou a sra. Flanders, contornando a rocha e cobrindo a distância toda da praia em poucos segundos. "O que é que ele pegou? Larga isso, Jacob! Põe no chão agora mesmo! Alguma coisa horrível, tenho certeza. Por que não ficou perto de nós? Garotinho danado! Agora larga isso. Agora venham, vocês dois", e ela se virou ligeiro, pegando Archer por uma mão e buscando o braço de Jacob com a outra. Mas ele escapuliu e pegou a queixada da ovelha, que estava solta.

Sacudindo a bolsa, agarrando firme o guarda-sol, segurando a mão de Archer e contando a história da explosão de pólvora na qual o coitado do sr. Curnow perdera o olho, a sra. Flanders subiu às pressas a íngreme ruazinha, consciente o tempo todo, nas profundezas de sua mente, de algum desconsolo sepultado.

Ali, na areia, não muito longe dos amantes, jazia a velha caveira da ovelha sem a queixada. Lavada, branca, varrida pelo vento, polida pela areia, não havia pedaço de osso mais impoluto em toda a costa da Cornualha. O cardo-marítimo brotaria pelos buracos dos olhos; ela se desfaria em pó, ou algum jogador de golfe, golpeando a bola nalgum dia bonito, levantaria alguma poeira – Não, mas não em casa alheia, pensou a sra. Flanders. É uma grande aventura vir com crianças para tão longe. Não há homem nenhum para ajudar com o carrinho de bebê. E Jacob tão difícil de lidar; tão obstinado já.

"Jogue fora, querido, por favor", disse, ao chegarem na estrada; mas Jacob se esquivava dela; e com o vento que se levantava, ela tirou o alfinete da touca, olhou para o mar e voltou a espetá-lo. O vento se levantava. As ondas mostravam aquele desconsolo, como algo vivo, persistente, à espera do açoite, de ondas antes de uma tempestade. Os barcos de pesca adernavam à beira da água. Uma pálida luz amarela se projetou pelo mar púrpura; e se extinguiu. O farol fora aceso. "Venham", disse Betty Flanders. O sol ardia no rosto deles e dourava as enormes amoras que tremulavam pelo meio da sebe e que Archer tentava colher enquanto passavam.

"Não fiquem para trás, meninos. Vocês não têm nenhuma muda de roupa sobrando", disse Betty, levando-os de arrasto e observando com incômoda emoção a terra tão luridamente exposta, com súbitos lampejos de luz dos viveiros dos jardins, com uma espécie de variação entre o amarelo e o negro, contra esse ardente pôr do sol, essa espantosa agitação e vitalidade da natureza, que mexia com Betty Flanders e fazia com que pensasse em responsabilidade e perigo. Ela segurou forte a mão de Archer. E foi em frente, arrastando-se ladeira acima.

"O que foi que eu pedi para você lembrar?" perguntou.

"Não sei", respondeu Archer.

"Bom, nem eu", disse Betty, com humor e simplicidade, e quem pode negar que esse esquecimento, quando combinado com exuberância, bom senso, crendices da vovó, atitudes imprevisíveis, momentos de espantosa ousadia, humor e sentimentalismo – quem pode negar que, sob esses aspectos, qualquer mulher é melhor do que qualquer homem?

Bem, Betty Flanders, para começar.

Ela estava com a mão na cancela do jardim.

"A carne!" exclamou, baixando a tranca.

Esquecera a carne.

Ali estava Rebecca à janela.

O despojamento da sala de entrada do quarto da frente da sra. Pearce ficava inteiramente à mostra às dez horas da noite quando um potente lampião a óleo era posto no meio da mesa. A impiedosa luz derramava-se sobre o jardim; atravessava todo o gramado; iluminava o balde de brinquedo e um áster púrpura e atingia a sebe. A sra. Flanders deixara sua costura em cima da mesa. Ali estavam seus grandes carretéis de algodão branco e seus óculos de aro de aço; o agulheiro; a lã marrom enrolada em volta de um velho cartão postal. Ali estavam os juncos e os exemplares da *Strand*; e o linóleo cheio de areia dos sapatos dos meninos. Um pernilongo disparou de uma ponta à outra da sala e esbarrou no globo do lampião. O vento fustigava a janela com certeiros golpes de chuva, que reluziam prateados ao atravessarem a luz. Uma folha solitária batia apressadamente, persistentemente, na vidraça. Havia um furacão no alto-mar.

Archer não conseguia dormir.

A sra. Flanders inclinou-se sobre ele. "Pense nas fadas", disse Betty Flanders. "Pense nos lindos, lindos pássaros, acomodando-se em seus ninhos. Agora feche os olhos e veja a velha mamãe-pássaro com uma minhoca no bico. Agora vire-se e feche os olhos", murmurou, "e feche os olhos."

A casa parecia cheia de gorgolejos e correntezas; a cisterna transbordava; a água borbulhava e chiava e corria pelos canos e escorria janela abaixo.

"O que é toda essa água correndo?", murmurou Archer.

"É apenas a água do banho escoando", disse a sra. Flanders.

Alguma coisa estalou lá fora.

"Mas aquele navio não vai afundar?", perguntou Archer, abrindo os olhos.

"Claro que não", disse a sra. Flanders. "Já faz tempo que o capitão foi dormir. Feche os olhos, e pense nas fadas, dormindo profundamente debaixo das flores."

"Pensei que ele não ia adormecer nunca – com um furacão desses", sussurrou para Rebecca, que se inclinava sobre uma espiriteira no quartinho ao lado. O vento soprava forte lá fora, mas a pequena chama da espiriteira queimava silenciosamente, um livro em pé servindo de anteparo entre ela e o berço.

"Ele tomou bem a mamadeira?", murmurou a sra. Flanders, e Rebecca fez que sim com a cabeça, indo até o berço e ajeitando a coberta, e a sra. Flanders se inclinou sobre o bebê e o contemplou ansiosamente, vendo que dormia, mas com a testa franzida. A janela sacudia, mas Rebecca se esgueirou como um gato, travando-a com um calço. As duas mulheres murmuravam por sobre a espiriteira, tramando a eterna conspiração do psiu e das mamadeiras limpas, enquanto o vento se enfurecia e dava um puxão repentino nas tramelas baratas.

As duas se viraram para dar uma espiada no berço. Seus lábios estavam contraídos. A sra. Flanders atravessou o quarto, indo até o berço.

"Dormindo?", sussurrou Rebecca, espiando o berço.

A sra. Flanders fez que sim com a cabeça.

"Boa noite, Rebecca", murmurou a sra. Flanders, e Rebecca chamou-a de senhora, embora elas fossem conspiradoras tramando a eterna conspiração do psiu e das mamadeiras limpas.

A sra. Flanders havia deixado a espiriteira queimando na sala da frente. Ali estavam seus óculos, sua costura; e uma carta com o carimbo postal de Scarborough. Ela também não havia fechado as cortinas.

A luz irradiava sua chama pelo gramado; derramava-se por sobre o baldinho verde das crianças com a listra dourada em volta e o áster que tremulava violentamente ao seu lado. Pois o vento se lançava ao longo da costa, arremetia contra os montes e saltava, em súbitas rajadas, para o alto de seu próprio dorso. Como se esparramava pelo vilarejo no vale! Como as luzes pareciam piscar e tremular diante de sua fúria, luzes no porto, luzes nas janelas dos dormitórios lá no alto! E, revolvendo ondas negras à sua frente, se precipitava pelo Atlântico, sacudindo para cá e para lá as estrelas sobre os navios.

Houve um clique na sala da frente. O sr. Pearce apagara a espiriteira. O jardim apagou. Não passava de um terreno escuro. Cada centímetro estava encharcado de chuva. Cada fiapo de grama estava dobrado pela chuva. Pálpebras tinham sido cerradas pela chuva. Deitando-se de costas não se veria nada a não ser desordem e confusão – nuvens dando voltas e voltas, e alguma coisa sulfurosa e tingida de amarelo na escuridão.

No quarto da frente, os meninos tinham deixado os cobertores de lado e estavam deitados debaixo dos lençóis. Estava quente; muito úmido e abafado. Archer estava todo estendido, com um braço jogado por cima do travesseiro. Estava com o rosto vermelho; e, quando a pesada cortina se agitou um pouco, ele se virou e meio que abriu os olhos. Na verdade, o vento remexeu a toalhinha da cômoda, deixando entrar um pouco de luz, de modo que a aguda quina da cômoda se tornou visível, estendendo-se reta até o topo, onde uma forma branca sobressaía; e uma listra prateada mostrou-se no espelho.

Na outra cama, junto à porta, Jacob jazia adormecido, profundamente adormecido, profundamente inconsciente. A queixada da ovelha com os grandes dentes amarelados jazia a seus pés. Ele a tinha jogado, com um pontapé, contra a guarda de ferro da cama.

Lá fora a chuva caía a prumo e com mais força à medida que o vento diminuía nas primeiras horas da manhã. O áster caíra por terra. O balde de brinquedo estava cheio até a metade com a água da chuva; e o caranguejo de carapaça opalina circulava lentamente pelo fundo, tentando, com suas débeis patas, subir pela lateral inclinada; tentando mais uma vez, e caindo, e tentando uma vez e outra mais.

II

"A sra. Flanders" – "Pobre da Betty Flanders" – "Querida Betty" – "Ela ainda é muito atraente" – "Estranho não ter se casado de novo!" "Tem o capitão Barfoot, claro – vem em visita toda quarta-feira, tão certo quanto um relógio, e nunca traz a esposa."

"Mas é culpa da Ellen Barfoot", diziam as senhoras de Scarborough. "Ela não se importa com ninguém."

"Um homem gosta de ter um filho – todo mundo sabe."

"Alguns tumores têm que ser extirpados; mas o tipo que minha mãe teve suporta-se por anos a fio, sem que nunca lhe sirvam sequer uma xícara de chá na cama."

(A sra. Barfoot era inválida.)

Elizabeth Flanders, da qual isso e muito mais que isso se tem dito e seria dito, era, é claro, uma viúva na flor da idade. Estava a meio caminho entre os quarenta e os cinquenta. Entre eles, anos e tristeza; a morte de Seabrook, o marido; três meninos; a pobreza; uma casa num dos arrabaldes de Scarborough; o irmão, o pobre do Morty, sua ruína e possível falecimento – pois onde estava ele? o que ele era? Protegendo os olhos com a mão, buscou pelo capitão Barfoot ao longo da estrada – sim, ali estava ele, pontual como sempre; as atenções do capitão – tudo amadurecia Betty Flanders, alargava-lhe a figura, tingia-lhe o rosto de alegria e inundava-lhe os olhos talvez três vezes ao dia por nenhuma razão que se pudesse perceber.

Sim, não há nenhum mal em chorar pelo marido, e a lápide, embora simples, era uma peça sólida, e nos dias de verão, quando a viúva trazia os meninos para ficarem um pouco por ali, as pessoas sentiam compaixão por ela. Chapéus eram erguidos mais alto do que de costume; esposas pegavam no braço do marido. Seabrook jazia sete palmos abaixo da terra, morto durante todos esses anos; encerrado num caixão triplamente revestido; as fissuras lacradas com chumbo, de tal forma que, se terra e madeira fossem vidro, sem dúvida se veria até o rosto lá embaixo, o rosto de um homem jovem, de suíças, bem talhado, que saíra para caçar patos e se recusara a trocar de botas.

"Comerciante desta cidade", dizia a lápide; embora a razão pela qual Betty Flanders decidira chamá-lo assim quando, como muitos ainda lembram, ele ocupara um escritório apenas por três meses, e antes disso domara cavalos, fora obcecado por cães de caça, cultivara uns poucos campos e vivera meio sem rumo – bem, ela tinha que chamá-lo de alguma coisa. Um exemplo para os meninos.

Não fora ele, então, nada? Uma questão irrespondível, pois mesmo que não fosse hábito do agente funerário cerrar os olhos dos mortos, a luz muito cedo se vai deles. No começo, parte dela própria; agora um dentre muitos, ele se fundira à grama, à íngreme encosta, às mil e tantas pedras brancas, algumas tortas, outras retas, às coroas em decomposição, às cruzes de estanho esverdeado, às estreitas trilhas amareladas e aos lilases que murchavam em abril, com um cheiro como o do quarto de um inválido, no muro do cemitério da igreja. Seabrook era agora tudo isso; e quando, com a saia repuxada, dando de comer às galinhas, ela ouvia o sino bater anunciando alguma função ou funeral, aquilo era a voz de Seabrook – a voz dos mortos.

O galo era conhecido por subir no seu ombro e bicar-lhe o pescoço, por isso ela agora carregava uma vara ou levava uma das crianças com ela quando saía para dar de comer às aves.

"A senhora não gostaria de usar o meu canivete, mãe?", perguntou Archer.

Soando ao mesmo tempo que o sino, a voz do filho mesclava vida e morte, inextricavelmente, arrebatadoramente.

"Que canivete enorme para um menino tão pequeno!", disse ela. Ela o pegou para agradá-lo. Então o galo saiu voando do galinheiro, e, gritando com Archer para fechar o portão que dava para o quintal, a sra. Flanders espalhou a comida no chão, chamando aos cacarejos as galinhas, caminhou apressada pelo pomar e foi vista, do outro lado, pela sra. Cranch, que, batendo seu capacho contra o muro, manteve-o suspenso no ar por um instante enquanto comentava com a sra. Page, da casa ao lado, que a sra. Flanders estava no pomar com as galinhas.

A sra. Page, a sra. Cranch e a sra. Garfit conseguiam ver a sra. Flanders no pomar porque o pomar era um pedaço cercado de Dods Hill, a colina; e Dods Hill dominava o vilarejo. Não há palavras que consigam exagerar a importância de Dods Hill. Dods Hill era a terra; o mundo contra o firmamento; tem-se uma melhor ideia da quantidade de olhares para os quais ela era o horizonte quando se considera as pessoas que viveram toda a sua vida no mesmo vilarejo, deixando-o apenas uma vez para lutar na Crimeia, tal como o velho George Garfit, agora debruçado sobre o portão de seu jardim, fumando seu cachimbo. O movimento do sol era medido por ela; a tonalidade do dia era contrastada com ela para poder ser julgada.

"Agora ela está subindo a colina com o pequeno John", disse a sra. Cranch para a sra. Garfit, sacudindo o capacho pela última vez, e entrando apressada em casa.

Abrindo a portinhola do pomar, a sra. Flanders caminhou até o topo de Dods Hill, segurando John pela mão. Archer e Jacob corriam à frente ou ficavam para trás; mas eles estavam na fortaleza romana quando ela chegou lá, anunciando aos gritos quais navios podiam ser vistos na baía. Pois havia uma vista magnífica – atrás os urzais, o mar à frente, e Scarborough inteira, de uma ponta à outra, estendendo-se plana, como um quebra-cabeça. A sra. Flanders, que estava ficando corpulenta, sentou-se na fortaleza e olhou à sua volta.

A gama inteira de variações dessa vista devia ser de seu conhecimento; seu aspecto no inverno, na primavera, no verão e no outono; que as tempestades vinham da direção do mar; que os urzais tremulavam e brilhavam enquanto as nuvens passavam no alto; ela devia ter notado a malha vermelha onde as *villas* estavam sendo construídas; e o entrelaçado de linhas que dividiam os lotes de plantio; e a cintilação como de diamante das estufas de vidro ao sol. Ou, se detalhes como esses lhe escapassem, ela podia deixar a imaginação se divertir com o tom dourado do mar ao pôr do sol e fantasiar sobre como suas ondas se desfaziam em moedas de ouro sobre o cascalho. Pequenos barcos de passeio eram empurrados para o meio dele; o braço negro do píer o recolhia. A cidade inteira estava colorida de rosa e ouro; abobadada; cercada de bruma; ressonante; estridente. Banjos eram arranhados; o calçadão cheirava a piche, que grudava nos saltos dos sapatos; cabras puxando suas carrocinhas se metiam de repente pelo meio da multidão. Comentava-se que a prefeitura tinha feito dos canteiros de flores uma maravilha. De quando em quando um chapéu de palha voava ao vento. Tulipas queimavam ao sol. Inúmeras calças axadrezadas se dispunham em fileiras. Toucas púrpuras envolviam rostos flácidos, arroxeados, queixosos, recostados sobre almofadas em cadeiras de rodas. Cartazes triangulares eram empurrados, sobre rodinhas, por homens vestidos de casaco branco. O capitão George Boase pegara um tubarão enorme. Um lado do cartaz anunciava isso em letras vermelhas, azuis e amarelas; e cada linha terminava com três pontos de exclamação de cores diferentes.

Assim, essa era uma razão para descer ao Aquário, onde as persianas descoradas, o cheiro penetrante do ácido muriático, as cadeiras de bambu, as mesas com os cinzeiros, o peixe indo e vindo, a atendente tricotando atrás de seis ou sete caixas de chocolate (ficava quase sempre muito sozinha com o peixe por horas a fio), permaneciam na cabeça como parte do enorme tubarão, ele próprio não passando de um flácido receptáculo amarelo, como uma maleta de médico vazia dentro de um tanque. Ninguém jamais se divertira com o Aquário; mas os rostos dos que saíam de lá perdiam muito rapidamente sua expressão sombria, desanimada, ao perceberem que bastava entrar numa fila para ter direito à entrada no píer. Após ter passado pela borboleta, todo mundo caminhava ligeiro por um metro ou dois; alguns se deixavam ficar nesta barraca; outros, naquela. Mas era a banda que, afinal, atraía a todos; inclusive os pescadores, assumindo seus postos, no último píer, ao alcance da música.

A banda tocava no coreto mourisco. O número nove subiu no quadro. Era uma valsa. As mocinhas pálidas, a velha viúva, os três judeus hospedados na mesma pensão, o dândi, o major, o negociante de cavalos e o cavalheiro que vivia de rendas, todos exibiam a mesma expressão vaga e entorpecida, e, pelas frestas das tábuas a seus pés, podiam ver as verdes ondas de verão bamboleando calmamente, amavelmente, em volta dos pilares de ferro do píer.

Mas houve um tempo em que nada disso existia (pensava o jovem encostado no parapeito). Reparem na saia da mulher; a de cor cinza se presta ao caso – acima das meias de seda cor-de-rosa. Ela se modifica; cobre os tornozelos – anos noventa; então se alarga – anos setenta; agora ganha um lustre vermelho e se alarga sobre uma crinolina – anos sessenta; um pezinho preto em meias de algodão branco mal se mostra. Ainda sentada ali? Sim – ela ainda está no píer. A seda é agora estampada com raminhos de rosa, mas de alguma forma já não se vê mais tão claramente. Não há nenhum píer sob nossos pés. A pesada carruagem pode disparar pela estrada em que se paga pedágio, mas não há nenhum píer onde ela possa estacionar, e como é cinza e turbulento o mar do século dezessete! Vamos ao museu. Balas de canhão; pontas de lanças; taças romanas e um fórceps esverdeado pelo azinhavre. O reverendo Jaspar Floyd desenterrou-os às suas próprias custas no começo dos anos quarenta no acampamento romano de Dods Hill – observem a pequena etiqueta com as letras quase apagadas.

E agora, o que mais há para ver em Scarborough?

A sra. Flanders estava sentada no círculo elevado do acampamento romano, cerzindo as calças de Jacob; erguia a cabeça apenas para puxar com a boca a ponta da linha ou quando algum inseto esbarrava nela, zumbia no seu ouvido e sumia.

John continuava correndo para um lado e outro e jogando no seu colo talos de grama ou folhas secas, que ele chamava de "chá", e ela os arranjava metódica mas distraidamente, juntando as pontas floridas dos talos de grama, pensando que Archer tinha novamente ficado acordado na noite passada; o relógio da igreja estava dez ou treze minutos adiantado; ela gostaria de poder comprar o terreno de Garfit.

"É uma folha de orquídea, Johnny. Observe as manchinhas marrons. Venha, querido. Temos que ir para casa. Ar–cher! Ja–cob!"

"Ar–cher–Ja–cob!", repetiu Johnny, com voz esganiçada, arremedando-a, girando sobre os calcanhares e espalhando os talos de grama e as folhas que tinha nas mãos como se estivesse plantando sementes. Archer e Jacob pularam de trás do montículo onde estavam agachados com a intenção de saltarem de surpresa em cima da mãe, e começaram todos a caminhar lentamente para casa.

"Quem é aquele?", perguntou a sra. Flanders, as mãos protegendo os olhos.

"Aquele velho na estrada?", disse Archer, olhando para baixo.

"Ele não é velho", disse a sra. Flanders. "Ele é – não, ele não é – pensei que era o capitão, mas é o sr. Floyd. Venham, meninos."

"Ah, o chato do sr. Floyd!", disse Jacob, arrancando um botão de cardo, pois já sabia que o sr. Floyd ia dar aula de latim para eles, o que, na verdade, fez durante três anos, em seu tempo livre, por bondade, pois não havia nenhum outro cavalheiro na redondeza a quem a sra. Flanders pudesse ter pedido tal coisa, e os meninos mais velhos estavam deixando-a para trás em matéria de conhecimento, e deviam estar preparados para o colégio, e isso era mais do que a maioria dos clérigos teria feito, vindo à sua casa depois do chá, ou acolhendo-os em seu próprio quarto – à medida que conseguisse tempo para tal – pois era uma paróquia muito grande, e o sr. Floyd, tal como o pai antes dele, visitava cabanas nos urzais, a quilômetros de distância e, tal como o velho sr. Floyd, era um homem de grande saber, o que tornava tudo tão improvável – ela jamais sonhara que algo assim pudesse acontecer. Daria para ter adivinhado? Mas, além de ser um homem de grande saber, ele era oito anos mais novo que ela. Ela conhecia a mãe dele – a velha sra. Floyd. Ela tomara chá na casa deles. E foi na mesma tardezinha em que voltava do chá com a velha sra. Floyd que ela encontrou o bilhete no vestíbulo e o levou com ela para a cozinha quando foi entregar o peixe a Rebecca, pensando que devia ser algo sobre os meninos.

"Foi o próprio sr. Floyd que trouxe, não foi? – Acho que o queijo deve estar no embrulho, no vestíbulo – ah, no vestíbulo —" pois ela estava lendo. Não, não era sobre os meninos.

"Sim, suficiente para os bolinhos de peixe de amanhã, com certeza – Talvez o capitão Barfoot —" ela tinha chegado à palavra "amor". Ela foi para o jardim e continuou lendo, encostando-se à nogueira para se acalmar. Os seios subiam e desciam. Seabrook apareceu muito vividamente diante dela. Ela balançava a cabeça e observava, através das lágrimas, as folhinhas cambiantes contra o céu amarelo, quando três gansos, meio que voando, meio que correndo pelo chão, dispararam pelo gramado, com Johnny atrás deles, brandindo uma vara.

A sra. Flanders ficou vermelha de raiva.

"Quantas vezes já falei?", gritou ela, agarrando-o e tirando a vara da mão dele.

"Mas eles fugiram!", gritou ele, debatendo-se para se livrar.

"Você é um menino muito levado. Já cansei de repetir. *Não é* para perseguir os gansos!", disse ela e, amassando a carta do sr. Floyd na mão, segurou Johnny com firmeza e conduziu os gansos de volta ao pomar.

"Como poderia pensar em me casar!", disse ela para si mesma, com amargura, enquanto prendia o portão com um pedaço de arame. Ela sempre detestara cabelos ruivos em homens, pensou naquela noite, pensando na aparência do sr. Floyd, depois de os meninos terem ido para a cama. E, afastando a caixa de costura, puxou o mata-borrão para junto de si, e leu a carta do sr. Floyd novamente, e seus seios subiram e desceram quando chegou à palavra "amor", mas não tão ligeiro desta vez, pois via Johnny perseguindo os gansos, e sabia que não era possível se casar com ninguém – e muito menos com o sr. Floyd, que era tão mais moço que ela, mas um bom homem – e também um homem de grande saber.

"Caro sr. Floyd", escreveu. – "Será que me esqueci do queijo?", perguntou-se, repousando a caneta. Não, ela tinha dito a Rebecca que o queijo estava no vestíbulo. "Estou muito surpresa...", escreveu.

Mas a carta que o sr. Floyd encontrou em cima da mesa quando se levantou cedo na manhã seguinte não começava com "Estou muito surpresa...", e era uma carta tão maternal, respeitosa, inofensiva, pesarosa, que ele a guardou por muitos anos; por muito tempo depois de seu casamento com a srta. Wimbush, de Andover; muito tempo depois de ele ter deixado o vilarejo. Pois ele pedira para ser transferido para uma paróquia em Sheffield, a qual lhe fora concedida; e pedindo para que Archer, Jacob e John fossem visitá-lo para se despedir, disse-lhes para escolherem qualquer coisa em seu escritório pela qual pudesse ser lembrado. Archer escolheu um cortador de papel, porque não queria escolher nada bom demais; Jacob escolheu as obras de Byron em um único volume; John, que ainda era muito novo para fazer uma escolha apropriada, escolheu o gatinho do sr. Floyd, coisa que seus irmãos acharam uma escolha absurda, mas o sr. Floyd o apoiou ao dizer: "Ele tem pelos como você". Então o sr. Floyd falou sobre a King's Navy (para a qual Archer estava indo); e sobre o Colégio Rugby (para o qual Jacob estava indo); e no dia seguinte ele recebeu uma bandeja de prata e partiu – primeiro para Sheffield, onde conheceu a srta. Wimbush, que estava visitando o tio, depois para Hackney – e depois para a Maresfield House, da qual se tornou diretor e, finalmente, tendo se tornado editor de uma conhecida série de biografias eclesiásticas, aposentou-se, indo morar em Hampstead, com a mulher e a filha, e é com frequência visto alimentando os patos do lago conhecido como Leg of Mutton. Quanto à carta da sra. Flanders – quando ele a procurou outro dia não conseguiu encontrá-la, e não quis perguntar à mulher se ela tinha guardado em algum lugar. Vendo Jacob em Piccadilly posteriormente, reconheceu-o em menos de três segundos. Mas Jacob tinha se transformado num jovem tão distinto que o sr. Floyd não quis pará-lo na rua.

"Essa não", exclamou a sra. Flanders, quando leu no *Scarborough and Harrogate Courier* que o reverendo Andrew Floyd, etc., etc., tinha sido nomeado diretor da Maresfield House, "deve ser o nosso sr. Floyd."

Uma certa tristeza baixou sobre a mesa. Jacob estava se servindo de geleia; o carteiro estava falando com Rebecca na cozinha; uma abelha zumbia em volta da flor amarela que balançava junto à janela aberta. Quer dizer, estavam todos vivos, enquanto o pobre do sr. Floyd tinha se tornado diretor da Maresfield House.

A sra. Flanders se levantou, foi até a grade da lareira e deu umas batidinhas no pescoço de Topaz, atrás das orelhas.

"Pobre do Topaz", disse (pois o gatinho do sr. Floyd era agora um gato muito velho, um pouco sarnento atrás das orelhas, e um dia desses teria de ser sacrificado).

"Pobre do velho Topaz", disse a sra. Flanders, enquanto ele se espreguiçava ao sol, e ela sorriu, pensando que tinha mandado castrá-lo e que não gostava de cabelos ruivos em homens. Sorrindo, entrou na cozinha.

Jacob passou um lenço um tanto sujo pelo rosto. Ele subiu as escadas, indo para o seu quarto.

O besouro lucanídeo morre lentamente (era John quem colecionava besouros). Mesmo no segundo dia suas pernas ainda se mexiam. Mas as borboletas estavam mortas. Uma lufada de ovos podres afugentara as amarelo-nubladas, que vieram saraivando pelo pomar e seguiram Dods Hill acima e continuaram se afastando em direção ao urzal, ora sumidas por detrás de um matagal de tojo, ora novamente à vista, sem rumo nem prumo, sob um sol abrasador. Uma fritilária refestelava-se numa pedra branca no acampamento romano. Do vale vinha o som de sinos de igreja. Estavam todos comendo rosbife em Scarborough; pois era domingo quando Jacob capturou as amarelo-nubladas no campo de trevos, a doze quilômetros de casa.

Rebecca capturara a mariposa-caveira na cozinha.

Um forte cheiro de cânfora vinha das caixas das borboletas.

Havia, misturado com o cheiro de cânfora, um inconfundível cheiro de algas. Bandeirolas cor de melado pendiam da porta. O sol batia em cheio nelas.

As asas anteriores da mariposa que Jacob segurava estavam inequivocamente marcadas com manchas na forma de rim, de um tom fulvo. Mas não havia nenhuma meia-lua nas asas posteriores. A árvore caíra na noite em que ele a capturara. Houve, de repente, uma saraivada de tiros de pistola nas profundezas da floresta. E sua mãe o confundira com um ladrão quando ele chegou tarde em casa. O único dos filhos que nunca lhe obedecia, disse ela.

Morris descrevia-a como "um inseto extremamente local, encontrado em lugares úmidos ou pantanosos". Mas às vezes Morris está errado. Às vezes, Jacob, escolhendo uma pena bem fina, fazia uma correção na margem.

A árvore caíra, embora fosse uma noite sem vento, e o lampião, posto no chão, iluminara as folhas ainda verdes e as folhas secas da faia. Era um lugar seco. Havia um sapo lá. E a mariposa vermelha rodeara em volta da luz e reluzira e se fora. A mariposa vermelha nunca voltara, embora Jacob tivesse ficado à espera. Passava da meia-noite quando ele atravessou o gramado e viu a mãe na sala iluminada, ainda acordada, jogando paciência.

"Você me assustou!", gritara ela. Pensou que algo terrível acontecera. E ele despertara Rebecca, que tinha que estar de pé tão cedo.

Ele ficou ali, pálido, saído das profundezas da escuridão, na sala quente, piscando diante da luz.

Não, não podia ser uma cor de palha.

A cortadora de grama estava sempre mal lubrificada. Barnet a movimentava debaixo da janela de Jacob, e ela rangia – rangia, e estalava toda gramado afora e voltava a ranger.

Agora estava ficando nublado.

De volta vinha o sol, ofuscante.

Ele caiu como um olho sobre os estribos, e então, de repente, e no entanto com muita suavidade, pousou na cama, no despertador, e na caixa de borboletas que tinha ficado aberta. As amarelo-nubladas tinham vindo em saraivada pelo pântano; tinham vindo em ziguezague pelo campo de trevos roxos. As fritilárias exibiam-se ao longo das sebes. As azuis se instalavam em cima de ossinhos atirados na grama, com o sol em cheio sobre elas, e as belas-damas e os pavões se deleitavam com as entranhas sangrentas que um falcão deixara cair. A quilômetros de casa, num buraco em meio a cardos, debaixo de uma ruína, ele encontrara as virguladas. Ele vira uma vanessa branca rodando cada vez mais alto em volta de um carvalho, mas ele jamais conseguira pegá-la. Uma camponesa velha, vivendo sozinha, bem no alto, tinha lhe falado de uma borboleta púrpura que vinha todos os verões ao seu jardim. Os filhotes de raposa brincavam em meio aos tojos de manhãzinha, disse-lhe ela. E se a gente olhasse para fora ao amanhecer sempre conseguia ver dois texugos. Às vezes eles se batiam como dois meninos brigando, disse ela.

"Você não vai sair para longe esta tarde, Jacob", disse a mãe, metendo a cabeça na porta, "pois o capitão está vindo para se despedir." Era o último dia dos feriados da Páscoa.

Quarta-feira era o dia do capitão Barfoot. Ele se vestia muito elegantemente em sarja azul, pegava sua bengala com ponteira de borracha – pois era manco e faltavam-lhe dois dedos da mão esquerda, marcas dos serviços prestados à pátria – e saía de casa, a que tinha um mastro para hastear a bandeira, precisamente às quatro da tarde.

Às três, o sr. Dickens, o homem da cadeira de rodas, vinha buscar a sra. Barfoot.

"Leve-me para outro lugar", disse ela ao sr. Dickens, após ter ficado sentada no calçadão da praia por quinze minutos. E depois: "Assim está bem, obrigada, sr. Dickens." Ao primeiro comando, ele procurava um lugar ao sol; ao segundo, ele estacionava a cadeira ali, na faixa ensolarada.

Antigo morador ele mesmo, tinha muito em comum com a sra. Barfoot – a filha de James Coppard. O bebedouro na junção da West Street com a Broad Street é obra de James Coppard, que foi prefeito no tempo do jubileu da rainha Vitória, e Coppard está retratado nas carretas de água da prefeitura e na parte de cima das vitrines das lojas, e nas persianas de zinco das janelas dos escritórios de advogados. Mas Ellen Barfoot nunca visitou o Aquário (embora tivesse conhecido bastante o capitão Boase, que pegara o tubarão), e quando os homens passavam com os cartazes ela os olhava desdenhosamente, pois sabia que nunca veria os pierrôs, ou os irmãos Zeno, ou Daisy Budd e sua trupe de focas amestradas. Pois Ellen Barfoot, sentada em sua cadeira de rodas no calçadão, era uma prisioneira – prisioneira da civilização – todas as grades de sua cela se estendendo pelo calçadão, quando, em dias ensolarados, a prefeitura, as lojas de tecidos, a piscina pública e o monumento comemorativo recortavam o chão com tiras de sombra.

Antigo morador ele mesmo, o sr. Dickens se mantinha um pouco atrás dela, fumando seu cachimbo. Ela lhe fazia perguntas – quem eram as pessoas – quem cuidava agora da loja do sr. Jones – depois sobre a temporada – e tinha a sra. Dickens provado, fosse lá o que fosse – as palavras brotando de seus lábios como migalhas de biscoito seco.

Ela fechou os olhos. O sr. Dickens se virou. As sensações de um homem não o tinham abandonado de todo, embora, ao vê-lo vindo em nossa direção, notássemos que um pé da botina preta toda engrumada se jogava, trêmulo, à frente do outro; que havia uma sombra entre o colete e as calças; que ele se inclinava para a frente, inseguro, como um cavalo velho que se vê de repente fora do varal, sem nenhuma carroça para puxar. Mas quando o sr. Dickens tragava a fumaça e voltava a soltá-la, as sensações de um homem se tornavam perceptíveis em seus olhos. Ele estava pensando que o capitão Barfoot estava agora a caminho da Mount Pleasant; o capitão Barfoot, seu patrão. Pois, em casa, na saleta em cima dos estábulos, com o canário na janela, e as meninas na máquina de costura, e a sra. Dickens toda encolhida por causa do reumatismo – em casa, onde ele não era tido em grande conta, o pensamento de estar a emprego do capitão Barfoot o alentava. Gostava de pensar que, ao conversar com a sra. Barfoot no calçadão, ele ajudava o capitão em sua jornada a caminho da casa da sra. Flanders. Ele, um homem, era responsável pela sra. Barfoot, uma mulher.

Ao se virar, ele viu que ela estava conversando com a sra. Rogers. Ao se virar de novo, viu que a sra. Rogers não estava mais lá. Assim, ele voltou para junto da cadeira de rodas, e a sra. Barfoot perguntou-lhe as horas, e ele tirou o grande relógio de prata e lhe disse as horas num tom muito condescendente, como se ele soubesse muito mais do que ela a respeito das horas e de tudo. Mas a sra. Barfoot sabia que o capitão Barfoot estava a caminho da casa da sra. Flanders.

De fato, ele estava bem adiantado em sua jornada até lá, tendo descido do bonde, e enxergado Dods Hill a sudeste, verde contra um céu azul, tingido, no horizonte, por um tom de poeira. Ele marchava colina acima. Ainda que manco, havia algo de militar em sua postura. A sra. Jarvis, ao sair pelo portão da casa paroquial, viu que ele chegava, e seu cachorro terra-nova, Nero, lentamente abanou o rabo de fora a fora.

"Oh, capitão Barfoot!", exclamou a sra. Jarvis.

"Bom dia, sra. Jarvis", disse o capitão.

Caminharam juntos, e quando chegaram ao portão da sra. Flanders, o capitão Barfoot tirou o boné de tweed e, fazendo muito cortesmente uma vênia, disse:

"Tenha um bom dia, sra. Jarvis."

E a sra. Jarvis foi adiante sozinha.

Ela ia caminhar no urzal. Tinha ela novamente andado de um lado para o outro no seu gramado tarde da noite? Tinha ela de novo dado batidinhas na janela do escritório, gritando: "Veja a lua, veja a lua, Herbert!"?

E Herbert olhou para a lua.

Quando se sentia infeliz a sra. Jarvis saía para caminhar no urzal, indo, no máximo, a um certo buraco em forma de pires, embora sempre pretendesse ir a um cume mais distante; e ali se sentava, e tirava o livrinho escondido embaixo do casaco e lia umas poucas linhas de poesia, e olhava ao seu redor. Não se sentia muito infeliz, e sabendo que tinha quarenta e cinco anos, talvez nunca fosse se sentir muito infeliz, quer dizer, desesperadamente infeliz, e abandonar o marido, e arruinar a carreira de um bom homem, como às vezes ameaçava fazer.

Ainda assim, não é preciso dizer que riscos corre a esposa de um pastor quando caminha no urzal. Baixa, morena, olhos acesos, uma pena de faisão no chapéu, a sra. Jarvis era o tipo de mulher perfeita para perder a fé em meio aos urzais – quer dizer, para confundir o seu Deus com o universal – mas ela não perdia a sua fé, não abandonava o marido, nunca lia seu poema por inteiro, e continuava andando pelo urzal, olhando para a lua por detrás dos olmos, e sentindo, quando se sentava na grama, muito acima de Scarborough... Sim, sim, quando a cotovia se eleva no céu; quando a ovelha, dando um passo ou dois à frente, come a grama e, ao mesmo tempo, faz tinir seus sininhos; quando a brisa primeiro sopra, depois amaina, tendo deixado beijos nas faces; quando os navios no mar lá embaixo parecem se entrecruzar e ir adiante como que puxados por uma mão invisível; quando há distantes estrondos no ar e cavaleiros fantasmas galopando, parando; quando o horizonte mergulha, azul, verde, comovedor – então a sra. Jarvis, soltando um suspiro, pensa consigo mesma: "Se ao menos alguém pudesse me dar... se eu pudesse dar a alguém....". Mas ela não sabe o que quer dar, nem quem poderia dar algo a ela.

"A sra. Flanders deu uma saída faz apenas cinco minutos, capitão", disse Rebecca. O capitão Barfoot sentou-se na poltrona para esperar. Repousando os cotovelos nos braços da poltrona, pondo uma mão sobre a outra, estendendo a perna manca, e colocando ao lado dela a bengala com a ponteira de borracha, ficou sentado, perfeitamente imóvel. Havia nele algo de rígido. Estava pensando? Provavelmente os mesmos pensamentos uma e outra vez. Mas eram pensamentos "bons", interessantes? Era um homem de temperamento forte; obstinado; fiel. Mulheres teriam pensado: "Eis aqui a lei. Eis aqui a ordem. Devemos, pois, prezar este homem. É ele que fica na ponte de comando à noite", e, entregando-lhe o copo, ou fosse lá o que fosse, falariam sem parar sobre visões de naufrágio e desastre, em que todos os passageiros saíam aos trambolhões de suas cabines, e ali estaria o capitão, abotoado em seu jaquetão, em confronto com a tempestade, derrotado por ela mas por ninguém mais. "Mas eu tenho uma alma", refletiria a sra. Jarvis, quando subitamente o capitão Barfoot assoasse o nariz numa grande bandana vermelha, "e é a estupidez do homem que é a causa disso, e a tempestade é minha tanto quanto dele"... assim refletiria a sra. Jarvis quando o capitão aparecesse para vê-los e soubesse que Herbert tinha dado uma saída, e ficasse por duas ou três horas em silêncio quase completo, sentado na poltrona. Mas Betty Flanders não pensava em nada disso.

"Oh, capitão", disse a sra. Flanders, irrompendo na sala de estar, "tive que ir atrás do homem do Barker... espero que Rebecca... espero que Jacob..."

Estava bastante esbaforida, mas nada irritada, e, enquanto largava a escova de lareira que comprara do vendedor de óleo, falou que estava quente, abriu ainda mais a janela, ajeitou a toalha da mesa, pegou um livro, como se fosse uma grande confidente, uma grande amiga do capitão, e muitíssimos anos mais jovem que ele. De fato, em seu avental azul, ela parecia não ter mais de trinta e cinco anos. Ele passava bastante dos cinquenta.

Ela mexia na mesa aqui e ali; o capitão, perfeitamente à vontade, mexia a cabeça de um lado para o outro e deixava sair uns monossílabos, enquanto Betty continuava tagarelando – depois de vinte anos.

"Bem", disse ele, por fim. "Tive notícias do sr. Polegate."

O sr. Polegate lhe fizera saber que não podia aconselhar nada melhor do que mandar um rapaz a uma das universidades.

"O sr. Floyd frequentou Cambridge... não, Oxford... bem, uma ou outra", disse a sra. Flanders.

Ela olhou pela janela. Janelinhas e lilases e o verde do jardim se refletiam em seus olhos.

"Archer está indo muito bem", disse ela. "Tenho muito boas notícias através do capitão Maxwell."

"Vou deixar-lhe a carta para que a mostre a Jacob", disse o capitão, colocando-a desajeitadamente de volta no envelope.

"Jacob está atrás de suas borboletas, como sempre", disse a sra. Flanders, irritada, mas foi surpreendida por algo que não tinha pensado antes: "O críquete começa esta semana, é claro."

"Edward Jenkinson entregou sua demissão", disse o capitão Barfoot.

"Então vai mesmo se candidatar ao conselho?", exclamou a sra. Flanders, olhando o capitão nos olhos.

"Bem, quanto a isso", começou o capitão Barfoot, instalando-se mais fundo na poltrona.

Jacob Flanders foi para Cambridge, portanto, em outubro de 1906.

III

"Este não é um vagão de fumantes", protestou a sra. Norman, nervosa mas muito debilmente, quando a porta abriu e um rapaz de forte constituição física embarcou. Ele pareceu não tê-la ouvido. O trem não pararia antes de Cambridge, e aqui estava ela, trancada sozinha, num vagão, com um rapaz.

Ela tocou o fecho da frasqueira, assegurando-se de que o vidro de perfume e um romance da série da Biblioteca Mudie estavam ambos à mão (o rapaz estava em pé, de costas para ela, ajeitando a mala no bagageiro). Ela atiraria o frasco de perfume com a mão direita, decidiu, e com a esquerda puxaria o cordão de emergência. Contava cinquenta anos e tinha um filho na universidade. Não obstante, é fato que os homens são perigosos. Leu meia coluna do jornal; então disfarçadamente olhou por cima da página para resolver a questão da segurança pelo infalível teste da aparência.... Gostaria de oferecer-lhe o seu jornal. Mas será que moços liam o *Morning Post*? Espiou para ver o que ele estava lendo – o *Daily Telegraph*.

Tomando nota das meias (frouxas), da gravata (surrada), chegou de novo ao rosto. Deteve-se na boca. Os lábios estavam fechados. Os olhos abaixados, pois estava lendo. Tudo era firme, embora juvenil, indiferente, inconsciente – como que pronto para nos atacar! Não, não, não! Ela olhou pela janela, agora sorrindo de leve, depois voltou a observá-lo, pois ele não a notara. Grave, inconsciente... agora ele ergueu o olhar, ignorando-a... ele parecia, de algum modo, tão deslocado, sozinho com uma senhora idosa – então ele fixou os olhos – que eram azuis – na paisagem. Ele não se dera conta de sua presença, pensou ela. Mas certamente não era culpa *dela* que este não fosse um vagão de fumantes – se era isso que ele estava querendo sugerir.

Nenhuma pessoa vê uma outra tal como ela é, muito menos uma senhora idosa sentada em frente a um rapaz que ela não conhece num vagão de trem. Elas veem um todo – veem todo o tipo de coisas – veem a si próprias.... A sra. Norman agora leu três páginas de um dos romances do sr. Norris. Deveria ela dizer ao jovem (e, afinal, ele tinha mais ou menos a idade de seu filho): "Se quiser fumar, não se preocupe comigo"? Não: ele parecia absolutamente indiferente à presença dela... ela não queria importunar.

Mas como, mesmo na idade em que estava, ela notara a indiferença dele, seria de se presumir que ele era, de uma forma ou outra – ao menos para ela – gentil, bonito, interessante, distinto, robusto, como seu próprio filho? O jeito é tirar o maior proveito possível do exame feito por ela. De qualquer modo, este era Jacob Flanders, um moço de dezenove anos. De nada vale tentar resumir as pessoas. Temos que seguir pistas, não exatamente o que se diz, nem tampouco inteiramente o que se faz – por exemplo, quando o trem parou na estação, o sr. Flanders abriu bruscamente a porta e pegou a frasqueira para ela, dizendo, ou melhor, balbuciando: "Permita-me", muito timidamente; na verdade, ele o fez de um modo um tanto desajeitado.

"Quem...", disse a senhora, encontrando o filho: mas como havia muita gente na plataforma e Jacob já tinha ido embora, ela não terminou a frase. Como era Cambridge, como ela ia ficar ali no fim de semana, como ela não via nada a não ser rapazes o dia inteiro, nas ruas e em volta das mesas, a visão de seu companheiro de viagem ficou completamente perdida em seu pensamento, tal como o alfinete torcido que, jogado por uma criança na fonte dos desejos, rodopia na água e some para sempre.

Dizem que o céu é o mesmo em toda parte. Viajantes, náufragos, exilados e moribundos encontram conforto nesse pensamento e, para os de tendência mística, consolo e até mesmo explicação vertem, sem nenhum dúvida, da inconsútil superfície. Mas por cima de Cambridge – em todo o caso, por cima do teto da capela do King's College – há uma diferença. Em alto-mar será possível ver uma grande cidade projetando claridade no meio da noite. Seria fantasioso supor o céu que se derrama pelas frestas da capela do King's College como sendo mais leve, mais ralo, mais resplandecente do que o céu de qualquer outro lugar? Não é verdade que Cambridge arde não apenas no meio da noite, mas também no meio do dia?

Vejam, enquanto eles entram para a cerimônia, como as becas se enfunam, aéreas, como se nada denso ou corpóreo estivesse dentro delas. Que rostos esculpidos, que certeza, que autoridade controlada pela piedade, embora botas altas marchem por debaixo das becas. Como é organizada a procissão em que avançam. Grossas velas de cera se mantêm eretas; jovens homens erguem-se em becas brancas; enquanto a subserviente águia sustenta, para ser inspecionado, o grande livro branco.

Um plano inclinado de luz atravessa com precisão cada uma das janelas, púrpura e amarelo até mesmo onde a poeira está mais espalhada, ao passo que, onde incide sobre uma pedra, essa pedra fica levemente gizada de vermelho, amarelo e púrpura. Nem a neve nem a folhagem, nem o inverno nem o verão tem poder sobre os velhos vitrais. Assim como as laterais de um lampião protegem a chama de tal forma que ela arde constantemente mesmo na mais turbulenta das noites – arde constantemente e com gravidade ilumina os troncos das árvores – também dentro da capela tudo estava em ordem. Graves soavam as vozes; sabiamente o órgão respondia, como que reforçando a fé humana, com a concordância dos elementos. As figuras vestidas de branco cruzavam de um lado para o outro; ora subiam degraus, ora desciam, tudo muito ordenadamente.

... Se deixarmos um lampião debaixo de uma árvore, cada um dos insetos da floresta irá se esgueirar até ele – uma curiosa assembleia, pois, embora se disputem e se agitem e batam a cabeça contra o vidro, parecem não ter nenhum propósito – algo sem sentido os inspira. Cansamo-nos de observá-los enquanto vagueiam ao redor do lampião e nele batem cegamente como que pedindo para entrar, entre eles um sapo grande, o mais obcecado de todos, tentando abrir caminho por entre o resto. Ah, mas o que é isso? Uma aterrorizante saraivada de tiros de pistola ressoa – estala secamente; reverberações se propagam – o silêncio sobrepõe-se, suave, ao ruído. Uma árvore – uma árvore tombou, uma espécie de morte na floresta. Depois disso, o vento nas árvores soa melancólico.

Mas essa cerimônia na capela do King's College – por que permitir que as mulheres dela participem? Certamente, se a mente vagueia (e Jacob parecia extraordinariamente distraído, a cabeça jogada para trás, o livro de cânticos sacros aberto no lugar errado), se a mente vagueia é porque várias lojas de chapéus e também armários e mais armários de vestidos coloridos são exibidos sobre cadeiras com assento de palhinha. Embora cabeças e corpos possam ser bastante devotos, é possível perceber individualidades – algumas gostam do azul, outras do marrom; algumas das plumas, outras do amor-perfeito e do miosótis. Ninguém pensaria em trazer um cão para a igreja. Pois embora um cão fique muito bem numa trilha de cascalho, e não se mostre desrespeitoso para com as flores, o jeito como vagueia pela nave lateral, olhando, erguendo uma pata e se aproximando de uma coluna, com um propósito que faz o sangue gelar nas veias de horror (caso você seja apenas um dos membros de uma congregação – a sós, a timidez está fora de cogitação), um cão arruína a cerimônia por completo. O mesmo vale para essas mulheres – embora sejam individualmente devotas, distintas e abonadas pela teologia, a matemática, o latim e o grego de seus maridos. Só os céus sabem por quê. Antes de mais nada, pensou Jacob, porque são feias como o diabo.

Agora ouvia-se um rangido e um burburinho. Ele percebeu o olhar de Timmy Durrant; encarou-o muito seriamente; e depois, muito solenemente, deu uma piscadela.

"Waverley" era como se chamava a *villa* na estrada para Girton, não que o sr. Plumer admirasse Scott nem tampouco que teria escolhido um nome, qualquer que fosse ele, mas nomes são úteis quando se tem que entreter universitários e, enquanto esperavam sentados pelo quarto universitário, na hora do almoço de domingo, conversavam sobre nomes inscritos em portões.

"Que chatice", interrompeu a sra. Plumer, impulsivamente. "Alguém conhece o sr. Flanders?"

O sr. Durrant o conhecia; e por isso enrubesceu levemente, e disse, meio sem jeito, algo sobre ter certeza de que... olhando para o sr. Plumer e repuxando a perna direita de sua calça enquanto falava. O sr. Plumer se levantou e se postou em frente da lareira. A sra. Plumer ria como um leal e amistoso camarada. Em suma, nada mais horrível do que a cena, o cenário, o panorama, até mesmo o jardim de maio sendo afligido pela gélida esterilidade e uma nuvem escolhendo aquele momento para passar pela frente do sol, pode ser imaginado. Havia o jardim, é claro. Todo mundo olhou para ele ao mesmo tempo. Graças à nuvem, as folhas enrugavam-se, cinzentas, e os pardais – havia dois pardais.

"Acho", disse a sra. Plumer, aproveitando-se da pausa momentânea, enquanto os rapazes contemplavam o jardim, para voltar os olhos em direção ao marido, e ele, ainda que não assumindo plena responsabilidade pelo ato, mesmo assim fez soar a sineta.

Não pode haver nenhuma desculpa para este ultraje a um momento especial da vida humana, exceto a reflexão que ocorreu ao sr. Plumer, enquanto trinchava o cordeiro, que se nenhum *don* jamais oferecesse um almoço, se um domingo escorresse atrás do outro, se os homens se graduassem, se tornassem advogados, médicos, membros do Parlamento, homens de negócio – se nenhum *don* jamais oferecesse um almoço —

"Então, é o cordeiro que compõe o molho de hortelã ou é o molho de hortelã que compõe o cordeiro?", perguntou ao rapaz ao seu lado, para quebrar um silêncio que já durava cinco minutos e meio.

"Não sei, senhor", disse o jovem, enrubescendo muito vivamente.

Neste momento, o sr. Flanders chegou. Ele tinha se atrapalhado com o horário.

Agora, embora tivessem terminado a etapa da carne, a sra. Plumer se serviu novamente de repolho. Jacob decidiu, claro, que comeria sua carne no tempo que ela levasse para acabar o seu repolho, olhando uma ou duas vezes para controlar sua própria velocidade – só que ele estava com uma fome infernal. Vendo isso, a sra. Plumer disse que tinha certeza de que o sr. Flanders não iria se incomodar – e a torta foi trazida para a mesa. Acenando a cabeça de um jeito peculiar, mandou a criada servir ao sr. Flanders uma segunda porção de cordeiro. Ela olhou de relance para o cordeiro. Não ia sobrar muito do pernil para o jantar.

Não era, de modo algum, culpa sua – pois como poderia ela ter controle sobre o pai tê-la gerado quarenta anos atrás nos subúrbios de

Manchester? e, uma vez gerada, que outra coisa poderia ela fazer senão virar uma adulta sovina, ambiciosa, com uma noção instintivamente precisa dos níveis da escala social e uma diligência de formiga em empurrar George Plumer para diante, em direção ao topo da escala? O que havia no topo da escala? A sensação de que todos os níveis estavam aparentemente abaixo do nosso; pois, desde o momento em que George Plumer se tornou professor de Física ou do que quer que fosse, não restava à sra. Plumer senão se agarrar firmemente à sua posição superior, espreitar o chão e incitar suas duas desgraciosas filhas a galgarem os degraus da escala.

"Estive ontem nas corridas", disse ela, "com minhas duas meninas."

Tampouco era culpa *delas*. Elas entraram na sala de visitas, em vestidos brancos e faixas azuis. Passaram os cigarros. Rhoda herdara os olhos frios e cinzentos do pai. Frios e cinzentos eram os olhos de George Plumer, mas havia neles uma luz abstrata. Era capaz de falar sobre a Pérsia e os ventos alísios, a lei da reforma eleitoral e o ciclo das colheitas. Em suas estantes havia livros de Wells e de Shaw; sobre a mesa, sisudos semanários de seis pênis, redigidos por homens pálidos com botinas enlameadas – o rangido e o ganido semanais de cérebros lavados com água fria e depois bem torcidos – jornais melancólicos.

"Não sinto que saiba a verdade sobre qualquer assunto até que tenha lido os dois!", disse a sra. Plumer animadamente, dando batidinhas no índice das matérias com a mão vermelha nua, na qual o anel parecia tão incongruente.

"Oh Deus, oh Deus, oh Deus!", exclamou Jacob, enquanto os quatro universitários deixavam a casa. "Oh, meu Deus."

"Bando de imbecis!", disse, esquadrinhando a rua em busca de lilases ou bicicletas – qualquer coisa que restaurasse sua sensação de liberdade.

"Bando de imbecis!", disse para Timmy Durrant, resumindo seu incômodo com o mundo que lhe fora mostrado no almoço, um mundo possível de existir – não havia nenhuma dúvida a esse respeito – mas tão desnecessário, algo tão incrível – Shaw e Wells e os sisudos semanários de seis pênis! O que buscava, suprimindo e demolindo, essa gente velha? Não tinham nunca lido Homero, Shakespeare, os elisabetanos? Ele via esse mundo claramente delineado contra o pano de fundo dos sentimentos que ele extraía da juventude e da inclinação natural. Os pobres diabos tinham improvisado esse mísero objeto. Contudo, havia nele algo de piedade. Aquelas infelizes meninas —

O grau de sua perturbação mostra que ele já estava ansioso. Insolente ele era, e com pouca experiência, mas, sem dúvida, as cidades que os anciões da raça haviam construído sobre a linha do horizonte mostravam-se como subúrbios de tijolos, casernas e locais de disciplina contra uma chama vermelha e amarela. Ele era impressionável; mas a palavra é desmentida pela calma com que fechou a mão em concha para proteger a chama de um fósforo. Ele era um rapaz de valor.

Em todo o caso, não importando o que somos, universitário ou balconista, homem ou mulher, ele deve chegar, como um choque, por volta dos vinte anos – o mundo dos mais velhos – por sobre aquilo que somos, segundo um traçado muito sombrio; por sobre a realidade; os urzais e Byron; o mar e o farol; a queixada da ovelha com os dentes amarelos; sobre a obstinada e irreprimível convicção que torna a juventude tão intoleravelmente desagradável – "sou o que sou, e pretendo sê-lo", para a qual não haverá nenhuma forma pronta no mundo a menos que Jacob crie uma para si. Os Plumers tentarão impedi-lo de criá-la. Wells e Shaw e os sisudos semanários de seis pênis estarão sentados à sua cabeceira. Toda vez que for comer fora aos domingos – em almoços ou chás – haverá esse mesmo choque – horror – incômodo – depois, prazer, pois ele se imbui, a cada passo, enquanto caminha pela margem do rio, de uma certeza tão sólida, de uma reconfirmação tão grande de todos os lados, as árvores se curvando, as agulhas cinzentas dos edifícios destacando-se suaves no azul, vozes ressoando e parecendo suspensas no ar, o ar primaveril de maio, o ar elástico com suas partículas – o florescer do castanheiro, o pólen, alguma coisa qualquer que dá ao ar de maio sua potência, borrando as árvores, rebentando os botões, tingindo o verde. E também o rio, ele segue seu curso, não transbordando, não violentamente, mas entravando o remo que nele mergulha e deixa cair brancas gotas de sua pá, escorrendo verde e profundo por sobre os juncos vergados, como que acariciando-os generosamente.

No lugar em que atracaram o barco, as árvores se derramavam em jorros, de modo que as folhas do alto se arrastavam de acordo com as ondulações e a cunha verde assentada na água, por ser feita de folhas, se deslocava folha por folha à medida que as folhas reais se deslocavam. Agora havia um arrepio de vento – subitamente, um fiapo de céu; e, enquanto comia cerejas, Durrant deixava as cerejas amarelecidas e mirradas caírem pela cunha verde feita de folhas, seus talos cintilando ao colearem para fora e para dentro, e às vezes uma cereja já mordida mergulhava, vermelha, no verde. Quando se recostou, a campina ficou no mesmo nível dos olhos de Jacob; estava toda pintada de botões-de-ouro, mas a grama não corria como a rala água verde da grama do cemitério prestes a inundar os túmulos, mas ficava parada, sumarenta e grossa. Olhando para cima, a cabeça revirada, ele via as pernas das crianças afundadas na grama, e as pernas das vacas. Nhac, nhac, ele ouvia; depois uma passada curta pela grama; depois, de novo, nhac, nhac, nhac, à medida que elas rasgavam a grama até a raiz. À sua frente, duas borboletas brancas rodopiavam alto, cada vez mais alto, em volta do olmo.

"Jacob caiu no sono", pensou Durrant, erguendo os olhos de seu romance. Continuou assim, lendo algumas páginas e depois erguendo os olhos de uma maneira curiosamente metódica, e, cada vez que erguia os olhos, pegava algumas cerejas do saco e as comia distraidamente. Outros barcos passavam por eles, atravessando as águas paradas de um lado para o outro para não se chocarem, pois muitos estavam agora atracados, e havia agora vestidos brancos e um borrão na coluna de ar entre duas árvores, em volta das quais se enrolava um fio de azul – o grupo do piquenique de lady Miller. Mais barcos continuavam a chegar, e Durrant, sem se levantar, empurrou o barco deles para mais perto da margem.

"Oh-h-h-h", gemeu Jacob, enquanto o barco balançava, e as árvores balançavam, e os vestidos brancos e as calças brancas de flanela se prolongavam longa e onduladamente margem acima.

"Oh-h-h-h!" Ele se sentou, e a sensação que teve foi como a de um elástico estalando-lhe no rosto.

"São amigos da minha mãe", disse Durrant. "Assim, o velho Bow fez o possível e o impossível quanto ao barco."

E esse barco tinha ido de Falmouth à baía de St. Ives, rodeando a costa. Um barco maior, um iate de dez toneladas, por volta de vinte de junho, devidamente equipado, disse Durrant...

"Há o problema do dinheiro", disse Jacob.

"Minha gente vai cuidar disso", disse Durrant (filho de um banqueiro, já falecido).

"Pretendo manter minha independência econômica", disse Jacob, inflexível. (Ele estava ficando irritado.)

"Minha mãe disse algo sobre ir para Harrogate", disse ele um tanto aborrecido, apalpando o bolso onde guardava suas cartas.

"É verdade isso de seu tio ter se tornado maometano?", perguntou Timmy Durrant.

Jacob tinha contado a história de seu tio Morty no quarto de Durrant na noite anterior.

"Suponho que esteja alimentando os tubarões, se é que a verdade se tornou conhecida", disse Jacob. "Olha só, Durrant, não sobrou nenhuma!", exclamou, amassando o saco que contivera as cerejas e jogando-o no rio. Ao jogar o saco no rio, avistou o grupo do piquenique de lady Miller na ilha.

Uma espécie de desconforto, exasperação, tristeza veio-lhe aos olhos.

"Vamos adiante... esse bando de imbecis...", disse ele.

Assim, rio acima eles foram, deixando a ilha para trás.

A lua branca como pluma nunca deixava o céu ficar escuro; a noite inteira as flores em botão do castanheiro permaneceram brancas no gramado; pálido permaneceu o cerefólio nas campinas.

No Trinity, pelo tinido que se ouvia no Grande Pátio, os garçons deviam estar embaralhando pratos de porcelana como se fossem cartas de jogo. Os aposentos de Jacob, entretanto, ficavam no Pátio de Nevile; no topo; assim, chegava-se um pouco esbaforido à sua porta; mas ele não estava ali. Jantando no Hall, supostamente. Ia estar bastante escuro no Pátio de Nevile bem antes da meia-noite, apenas os pilares no lado oposto estariam sempre brancos, e o calçamento. Um efeito curioso tem o portão, como renda sobre verde claro.

Até da janela se ouvem os pratos; um zumbido de conversa também, dos convivas; o Hall todo iluminado, e as portas de vaivém abrindo e fechando com um leve ruído. Alguns estão atrasados.

O quarto de Jacob tinha uma mesa redonda e duas cadeiras baixas. Havia gladíolos amarelos num jarro sobre a lareira; uma fotografia da mãe; carteiras de associações com pequenas meias-luas em relevo, brasões e monogramas; anotações e cachimbos; sobre a mesa havia papel com pautas e uma margem vermelha – uma dissertação, sem dúvida – "É verdade que a história consiste nas biografias dos grandes homens?". Havia livros de sobra; franceses, pouquíssimos; por outro lado, qualquer um que valha alguma coisa lê apenas o que lhe agrada, ao capricho de seu humor, com extravagante entusiasmo. Biografias do duque de Wellington, por exemplo; Spinoza; as obras de Dickens; *A rainha das fadas*; um dicionário de grego com as pétalas de papoula imprensadas, finas como seda, entre as páginas; todos os elisabetanos. Seus chinelos estavam incrivelmente arruinados, como barcos queimados à beira d'água. Depois, havia fotografias dos gregos, e uma meia-tinta de sir Joshua – tudo muito inglês. As obras de Jane Austen também, em deferência, talvez, aos padrões de alguma outra pessoa. Carlyle era resultado de uma premiação. Havia livros sobre os pintores italianos do Renascimento, um *Manual das doenças do cavalo* e todos os livros-texto de costume. Inerte é o ar num quarto vazio, mal e mal enfunando a cortina; as flores se mexem no jarro. Uma fibra da poltrona de vime estala, embora ninguém esteja sentado ali.

Descendo os degraus um pouco de lado [Jacob estava sentado no banco junto à janela, conversando com Durrant; ele fumava e Durrant olhava o mapa], o velho, com as mãos entrelaçadas nas costas, a toga flutuando negra, cambaleava, inseguro, junto à parede; depois, no andar de cima, entrou em seu quarto. Depois, outro, que ergueu as mãos e louvou as colunas, o portão, o céu; um outro, saltitante e enfatuado. Cada um deles galgou uma escadaria; três luzes se acenderam nas janelas escuras.

Se alguma luz arde por sobre Cambridge, ela deve vir de três quartos como esses; aqui arde o grego; ali, a ciência; a filosofia, no térreo. O pobre do velho Huxtable não consegue andar aprumado; – Sopwith, por sua vez, tem louvado o céu toda noite durante esses vinte anos; e Cowan ainda morre de rir das mesmas histórias. Não é simples nem pura nem inteiramente esplêndida a lâmpada do saber, pois se os observamos à sua luz (seja um Rossetti na parede ou a reprodução de um Van Gogh, sejam lilases num jarro ou cachimbos cor de ferrugem), como eles parecem sacerdotais! Como se assemelham a um desses subúrbios aonde vamos para ver uma paisagem ou comer um bolo especial! "Somos os fornecedores exclusivos desse bolo." Estamos de volta a Londres; pois a farra acabou.

O velho professor Huxtable, mudando a roupa com a precisão de um relógio, deixou-se cair na poltrona; encheu o cachimbo; escolheu o jornal; cruzou os pés; e extraiu os óculos. A carne inteira de sua face se desfez, então, em refolhos, como se escoras tivessem sido removidas. Mas peguem-se as cabeças do banco inteiro de um vagão do metrô e a cabeça do velho Huxtable as comportará todas. Agora, enquanto os olhos se abaixam em direção ao jornal, olha só a procissão que se põe em marcha pelos corredores de seu cérebro, ordenadamente, a passos ágeis, e reforçada, à medida que o desfile avança, por novos afluxos, até que o salão inteiro, a cúpula, ou seja lá como isso se chame, fica densamente povoado de ideias. Uma tal concentração não se dá em nenhum outro cérebro. Às vezes, entretanto, ele ficará sentado por horas a fio, agarrando o braço da poltrona, como um homem se firmando num barco à deriva e, depois, só porque lhe dói o calo, ou quem sabe por causa da gota, quantas imprecações, e, valha-nos Deus, ter que ouvi-lo discutir sobre dinheiro, puxando a carteira de couro e se lastimando até por uma mísera moedinha de prata, furtivo e desconfiado como uma camponesa velha com todas as suas mentiras. Estranha paralisia e constrição – maravilhoso alumbramento. Serena sobre tudo paira a grande e ampla fronte, e às vezes, adormecido ou nos espaços silenciosos da noite, pode-se imaginar que sobre uma almofada de pedra ele jaz triunfante.

Sopwith, entrementes, vindo da lareira com uns passinhos curiosos, corta o bolo de chocolate em segmentos. Até a meia-noite ou mais tarde haveria universitários em seu quarto, às vezes até doze, às vezes três ou quatro; mas ninguém se levantava quando alguém saía ou chegava; Sopwith continuava falando. Falando, falando, falando

– como se tudo pudesse ser falado – a própria alma escapava pelos lábios em finos discos de prata que se dissolvem na mente dos jovens cavalheiros como a prata, como o luar. Ah, muito longe daqui eles se lembrariam disso e afundados na mesmice olhariam para trás e viriam de novo se revigorar.

"Bem, eu nunca. Eis aí o velho Chucky. Meu caro rapaz, como o mundo está tratando você?" E entra o pobre do pequeno Chucky, o provinciano fracassado, Stenhouse seu verdadeiro nome, mas, naturalmente, Sopwith trouxe de volta, ao utilizar o outro, todas as coisas, todas as coisas, "tudo o que eu nunca consegui ser" – sim, embora no dia seguinte, ao comprar o jornal e pegar o primeiro trem, tudo lhe parecesse infantil, absurdo; o bolo de chocolate, os rapazes; Sopwith recapitulando as coisas; não, tudo não; ele mandaria o filho para ali. Economizaria cada centavo para mandar seu filho para ali. Sopwith continuava falando; entrelaçando as duras fibras de um linguajar retorcido – coisas que os rapazes diziam sem pensar – trançando-as em volta de sua própria e macia guirlanda, fazendo o lado brilhante se mostrar, os verdes vivos, os espinhos agudos, a masculinidade. Ele amava isso. De fato, a Sopwith um homem podia dizer qualquer coisa, talvez até quando esse homem tivesse envelhecido, ou decaído, fracassado, quando os discos de prata soassem ocos, e a inscrição fosse lida como um tanto simples demais, e o velho timbre parecesse puro demais, e a estampa sempre a mesma – a cabeça de um menino grego. Ainda assim ele respeitaria. Uma mulher, adivinhando o sacerdote, iria involuntariamente desprezar.

Cowan, Erasmus Cowan, bebericava seu porto a sós ou com um homenzinho rosado, cuja lembrança abarcava precisamente o mesmo lapso de tempo; bebericava seu porto, e contava suas histórias, e, sem nenhum livro à sua frente, recitava o latim, Virgílio e Catulo, como se a linguagem fosse vinho em seus lábios. Mas – isso às vezes nos acontece – e se o poeta entrasse ali de repente? "*Essa*, a minha imagem?", poderia ele perguntar, apontando para o gorducho cujo cérebro é, afinal de contas, o representante de Virgílio entre nós, embora o corpo seja glutão, e, quanto a armas, a abelhas ou até mesmo ao arado, Cowan faz suas viagens ao exterior com um romance francês no bolso, uma manta sobre os joelhos, e se sente grato por estar de novo em casa, em seu lugar, em seu domínio, ostentando em seu cômodo espelhinho a imagem de Virgílio, toda rodeada da aura de boas histórias sobre os *dons* do Trinity e rubros raios de vinho do porto. Mas a linguagem é vinho em seus lábios. Em nenhum outro lugar Virgílio ouviria algo igual. E embora, enquanto perambula ao longo dos fundos dos edifícios, a velha srta. Umphelby o declame melodiosamente e também acuradamente o bastante, ela é sempre interrompida por esta pergunta quando chega à Clare Bridge: "Mas caso o encontrasse, o que deveria eu vestir?" – e então, retomando seu caminho pela alameda em direção a Newnham, ela deixa sua imaginação se entreter com outros detalhes do encontro de homens com mulheres que nunca chegaram à letra impressa. Por isso, suas aulas não têm nem a metade da audiência das de Cowan, e aquilo que ela poderia ter dito para elucidar o texto é deixado de fora para sempre. Em suma, confronte quem ensina com a imagem de quem é objeto de seu ensino e o espelho se parte. Mas Cowan, finda sua exaltação, bebericava seu porto, não mais o representante de Virgílio. Não, em vez disso, o empreiteiro, o guarda-livros, o inspetor; traçando linhas entre nomes, pendurando listas nas portas. Essa é a trama através da qual a luz deve brilhar, se é que consegue – a luz de todas essas línguas, chinês e russo, persa e árabe, de símbolos e figuras, de história, de coisas que são conhecidas e estão por serem conhecidas. De modo que se, à noite, longe no mar, sobre as ondas que balançam, vemos um nevoeiro sobre as águas, uma cidade iluminada, uma alvura até mesmo no céu, como essa agora sobre o Hall do Trinity, onde ainda estão jantando, ou lavando pratos, essa seria a luz ardendo ali – a luz de Cambridge.

"Vamos até o quarto de Simeon", disse Jacob, enquanto enrolavam o mapa, tendo resolvido a coisa toda.

Todas as luzes estavam irrompendo ao redor do pátio e caindo sobre as pedras do pavimento, ressaltando tufos negros de grama e solitárias margaridas. Os rapazes estavam agora de volta a seus quartos. Só Deus sabe o que estavam fazendo. Que coisa podia *cair* desse jeito? E, debruçando-se sobre uma floreira toda espumosa junto à janela, um detinha o outro que passava apressado, e subiam e desciam as escadas, até que uma espécie de plenitude se instalou no pátio, a colmeia cheia de abelhas, a casa das abelhas carregada de ouro, letárgica, zumbindo, subitamente vocal; a Sonata ao Luar replicada por uma valsa.

A Sonata ao Luar parou de tocar; a valsa morreu. Embora ainda houvesse rapazes entrando e saindo, eles caminhavam como se estivessem indo a um encontro marcado. De quando em quando se ouvia um som surdo, como se, inesperadamente, algum móvel pesado, por conta própria e não em meio à comoção geral da vida após o jantar, tivesse caído. Era de se supor que os rapazes erguessem os olhos do livro enquanto os móveis caíam. Estavam eles lendo? Certamente havia um clima de concentração no ar. Por detrás das paredes cinzentas sentavam-se uns quantos rapazes, alguns indubitavelmente lendo, revistas, romances de terror, sem dúvida; pernas, talvez, por sobre os braços das poltronas; fumando; esparramando-se pelas mesas e escrevendo, com a cabeça virando de acordo com o movimento da pena – jovens simples, esses, que iriam – mas não havia nenhuma necessidade de pensar neles ficando velhos; outros comendo doces; aqui se soqueavam; e, bem, o sr. Hawkins deve ter ficado louco de repente para abrir sua janela e berrar: "Jo-seph! Jo-seph!" e depois correr tão rápido como nunca pelo pátio, enquanto um homem idoso, num avental verde, carregando uma imensa pilha de tampas de prato de estanho, vacilou, equilibrou-se e então foi adiante. Mas isso foi uma digressão. Havia rapazes que liam, recostados em poltronas pouco fundas, segurando seus livros como se fossem sua tábua de salvação; pois eram atormentados, vindo de cidadezinhas do interior, filhos de clérigos. Outros liam Keats. E essas longas histórias em muitos volumes – seguramente alguém estava começando do começo, como se deve, a fim de entender o Sacro Império Romano. Isso fazia parte da concentração, embora fosse perigoso numa noite quente de primavera – perigoso, talvez, concentrar-se demasiado em livros isolados, capítulos, na verdade, quando a qualquer momento a porta se abria e Jacob aparecia; ou Richard Bonamy, já não mais lendo Keats, começava a fazer longas mechas cor-de-rosa com folhas de um jornal velho, curvando-se para a frente, e não parecendo mais disposto e satisfeito, mas quase feroz. Por quê? Apenas talvez porque Keats morreu jovem – a gente também quer escrever poesia e amar – ah, os brutos! É tremendamente difícil. Mas, afinal de contas, não tão difícil se, no próximo lance de escadas, no quarto grande, há dois, três, cinco rapazes, todos convencidos disso – quer dizer, da brutalidade e da clara linha divisória entre o certo e o errado. Havia um sofá, cadeiras, uma mesa quadrada, e, com a janela aberta, podia-se ver como estavam sentados – pernas aparecendo aqui, alguém acolá, encolhido num canto do sofá; e, supostamente, pois não se podia vê-lo, havia alguém junto ao guarda-fogo da lareira, falando. De qualquer modo, Jacob, que estava sentado a cavalo numa cadeira e comia tâmaras de uma caixa comprida, caiu numa gargalhada. A resposta veio do canto do sofá; pois seu cachimbo foi erguido no ar e, depois, reposto. Jacob deu meia-volta. Tinha algo a dizer em resposta àquilo, embora o rapaz robusto de cabelo ruivo junto à mesa parecesse negá-lo, balançando a cabeça devagar de um lado para o outro; e então, tirando o canivete, enterrou a ponta uma vez e mais outra num nó da mesa, como que afirmando que a voz do guarda-fogo da lareira falava a verdade – o que Jacob não podia negar. Possivelmente, quando tivesse terminado de arrumar os caroços das tâmaras, poderia achar algo para dizer em resposta àquilo – na verdade, seus lábios se abriram – apenas então dali irrompeu uma gargalhada.

A gargalhada morreu no ar. Seu som mal poderia ter alcançado alguém postado junto à capela que se estendia ao longo do outro lado do pátio. A risada morreu, e apenas gestos de braços, movimentos de corpos podiam ser vistos dando forma a algo no quarto. Era uma discussão? Uma aposta nas corridas de barco? Não era nada desse gênero? O que estava sendo criado pelos braços e corpos que se moviam pelo quarto na penumbra?

A um passo ou dois da janela não havia absolutamente nada, exceto os prédios circundantes – chaminés a prumo, telhados na horizontal; tijolos e prédios em demasia para uma noite de maio, talvez. E então diante dos olhos surgiriam as desnudas colinas da Turquia – linhas nítidas, terra seca, flores coloridas e cor nos ombros das mulheres, postadas de pernas nuas em meio ao regato para bater roupas brancas contra as pedras. O regato fazia laços de água em volta de seus tornozelos. Mas nada disso podia se mostrar claramente através das faixas e mantas que cobriam a noite de Cambridge. Até a badalada do relógio era amortecida; como se reverentemente entoada por alguém desde um púlpito; como se gerações de homens de saber ouvissem a última hora ressoar através de suas fileiras e, com sua bênção, a tornassem pública, já amaciada e desgastada pelo tempo, para uso dos vivos.

Foi para receber essa dádiva do passado que o jovem cavalheiro veio até a janela e ficou ali, olhando para o outro lado do pátio? Era Jacob. Ficou ali fumando seu cachimbo enquanto a última badalada do relógio ressoava suavemente à sua volta. Talvez tivesse havido uma discussão. Ele parecia satisfeito; na verdade, magistral; expressão que mudou levemente enquanto ficou ali, o som do relógio transmitindo-lhe (talvez) uma sensação de prédios antigos e do tempo; e ele próprio, o herdeiro; e depois, o amanhã; e os amigos; à lembrança dos quais, com absoluta confiança e prazer, ao que parecia, ele bocejou e se espreguiçou.

Enquanto isso, por detrás dele, a forma que haviam criado, fosse por discussão ou não, a forma espiritual, dura embora efêmera, como se de vidro, comparada à pedra negra da capela, se partiu em estilhaços, rapazes erguendo-se de cadeiras e cantos de sofá, andando depressa e ruidosamente pela sala, um conduzindo o outro contra a porta do dormitório que, cedendo, fez com que desabassem. Jacob foi, então, deixado ali, na poltrona rasa, sozinho com Mashan? Anderson? Simeon? Ah, era Simeon. Os outros tinham ido embora.

"... Juliano, o Apóstata...." Qual deles disse isso e as outras palavras murmuradas a respeito disso? Mas por volta da meia-noite às vezes se eleva, como uma silhueta velada subitamente desperta, uma ventania; e esta de agora, ruflando pelo Trinity, erguia folhas imperceptíveis e turvava tudo. "Juliano, o Apóstata" – e então a ventania. Para o alto vão os ramos do olmo, para os lados enfunam-se as velas, as velhas escunas empinam-se e submergem, as cinzentas ondas do cálido Oceano Índico tombam mormacentas, e então tudo volta ao normal.

Assim, se a dama velada passou pelos pátios do Trinity, ela agora cochilava uma vez mais, com todos os panos à sua volta, a cabeça recostada numa coluna.

"De certo modo, isso parece ter importância."

A voz baixa era a de Simeon.

Era ainda mais baixa a voz que lhe respondeu. A batida seca de um cachimbo no console da lareira cancelou as palavras. E talvez Jacob tenha dito apenas "uhm", ou simplesmente nada. É verdade que as palavras eram inaudíveis. Era a intimidade, uma espécie de maleabilidade espiritual, quando uma mente se estampa, indelével, sobre outra.

"Bem, você parece ter estudado o assunto", disse Jacob, erguendo-se e plantando-se por sobre a cadeira de Simeon. Equilibrou-se; oscilou um pouco. Parecia extraordinariamente feliz, como se seu prazer fosse transbordar e escorrer pelos lados se Simeon falasse.

Simeon não disse nada; Jacob ficou ali. Mas a intimidade – o quarto estava pleno dela, imóvel, profunda, como uma lagoa. Sem necessidade de movimento ou fala, ela subiu suavemente e se esparramou por tudo, abrandando, irradiando e revestindo a mente com o lustre da pérola, de modo que quando se fala de uma luz, de Cambridge ardendo, não se trata apenas de línguas. Trata-se de Juliano, o Apóstata.

Mas Jacob pôs-se em movimento. Murmurou boa noite. Saiu para o pátio. Abotoou o casaco sobre o peito. Voltou aos seus aposentos, e, sendo o único homem que naquele momento caminhava de volta aos seus aposentos, seus passos ressoavam, sua figura se impunha. Da capela, do hall, da biblioteca vinha o som de seus passos, como se a velha laje ecoasse com autoridade magistral: "O jovem cavalheiro – o jovem cavalheiro – o jovem cavalheiro – o jovem cavalheiro – de volta a seus aposentos".

IV

Para que tentar ler Shakespeare, especialmente numa daquelas pequenas edições em papel-bíblia cujas páginas ficam amarrotadas ou grudam com a água do mar? Embora as peças de Shakespeare tenham sido frequentemente elogiadas, até mesmo citadas, e tidas como superiores às gregas, Jacob nunca conseguira, desde que zarparam, ler nenhuma até o fim. Ainda assim, que oportunidade!

Pois as ilhas Scilly tinham sido avistadas por Timmy Durrant jazendo ali como picos de montanha, quase à flor d'água, precisamente no lugar certo. Seus cálculos tinham funcionado perfeitamente e, de fato, a visão dele ali sentado, com a mão no leme, as faces rosadas, a barba começando a crescer, olhando sério para as estrelas, depois para uma bússola, decifrando muito corretamente sua página de um eterno manual de instruções, teria comovido uma mulher. Mas Jacob, é claro, não era uma mulher. A visão de Timmy Durrant não era nenhuma visão para ele, nada a ser posto contra o céu e idolatrar; longe disso. Tinham discutido. Por qual razão o modo certo de abrir uma lata de carne em conserva, com Shakespeare a bordo, sob condições de um tal esplendor, devia transformá-los em colegiais amuados, ninguém é capaz de dizer. Carne enlatada se come fria, sem dúvida; e água salgada estraga os biscoitos; e as ondas cabriolam e bamboleiam quase do mesmo jeito por horas a fio – cabriolam e bamboleiam ao longo de toda a linha do horizonte. Ora um molho de algas passa boiando – ora um tronco de madeira. Navios haviam naufragado aqui. Um ou dois passam por eles, mantendo seu lado do curso. Timmy sabia para onde estavam indo, quais eram seus carregamentos e, olhando pelo binóculo, podia dizer o nome da companhia e até adivinhar que dividendos pagava a seus acionistas. Ainda assim, isso não era motivo para Jacob ficar amuado.

As ilhas Scilly tinham o aspecto de picos de montanha quase à flor d'água... Desgraçadamente, Jacob quebrou o pino do fogareiro Primus.

As ilhas Scilly podiam muito bem ser obliteradas por uma vaga que passasse por cima delas.

Mas deve-se dar aos rapazes o crédito de admitir que, embora o café da manhã tomado nessas circunstâncias seja deprimente, ele é bastante sincero. Nenhuma necessidade de puxar conversa. Cada um pegou o seu cachimbo.

Timmy tomou nota de algumas observações científicas; e – qual foi a pergunta que quebrou o silêncio – a hora exata ou o dia do mês? de qualquer modo, ela foi feita sem o mínimo constrangimento; da maneira mais terra a terra do mundo; e então Jacob começou a desabotoar as roupas e se sentou nu, exceto pela camisa, pretendendo, aparentemente, nadar.

As ilhas Scilly estavam ficando azuladas; e, de repente, o azul, o roxo e o verde banharam o mar; deixaram-no cinzento; riscaram uma listra que sumiu; mas no momento em que Jacob acabava de tirar a camisa, o fundo inteiro das ondas estava azul e branco, revolto e encrespado, embora, de quando em quando, uma extensa mancha roxa, como de um machucado, aparecesse; ou surgisse, boiando, uma esmeralda inteira tingida de amarelo. Ele se atirou. Engoliu água, cuspiu-a, movimentou o braço direito, movimentou o braço esquerdo, foi puxado por uma corda, arquejou, patinhou e foi içado para bordo.

O banco do barco estava, sem dúvida, quente, e o sol aquecia as costas dele, ali sentado, nu, com uma toalha nas mãos, contemplando as ilhas Scilly que – mas que diabo! a vela tremulou. Shakespeare foi lançado ao mar. Podia-se vê-lo flutuando alegremente ao sabor das ondas, com todas as suas páginas folheando inumeravelmente; e então ele submergiu.

Muito estranhamente, era possível sentir o cheiro de violetas, ou, se violetas eram impossíveis em julho, então eles deviam cultivar algo muito pungente em terra. O continente, não muito distante – era possível ver fendas nas falésias, chalés brancos, fumaça subindo –

exibia uma extraordinária aparência de calma; de paz ensolarada, como se a sabedoria e a piedade tivessem baixado sobre seus habitantes. Agora um grito soou, como que de um homem anunciando sardinhas numa rua principal. Ele se revestia de uma extraordinária aparência de piedade e paz, como se velhos fumassem à porta, e mocinhas estivessem em pé, mãos nos quadris, junto ao poço, e cavalos tivessem se imobilizado; como se o fim do mundo tivesse chegado, e plantações de repolho e muros de pedra, e postos de guarda costeira, e, sobretudo, as baías de areia branca com ondas quebrando, inobservadas, tivessem se elevado ao céu numa espécie de êxtase.

Mas imperceptivelmente a fumaça dos chalés diminui, tem a aparência de um emblema de luto, uma bandeira roçando sua carícia sobre uma sepultura. As gaivotas, fazendo seu largo voo e então pairando em paz, parecem indicar a sepultura.

Nenhuma dúvida de que, se isso fosse a Itália, a Grécia ou até mesmo as praias da Espanha, a tristeza seria espantada pelo estranhamento e pelo enlevo e pelo estímulo proporcionados por uma educação clássica. Mas as colinas da Cornualha estão cobertas de austeras chaminés; e, de uma forma ou outra, a beleza é infernalmente triste. Sim, as chaminés e os postos da guarda costeira e as pequenas baías com as ondas quebrando sem serem apreciadas por ninguém evocam a avassaladora desolação. E que desolação poderia ser essa?

Ela é fermentada pela própria terra. Vem das casas sobre a costa. Começamos transparentes, e então a nuvem se avoluma. A história inteira cobre a nossa vidraça. É inútil fugir.

Mas se essa é a interpretação correta da melancolia de Jacob ali sentado nu ao sol, contemplando o Fim da Terra, é impossível dizer; pois ele não dizia uma palavra. Timmy às vezes se perguntava (apenas por um segundo) se sua gente o incomodava.... Pouco importa. Há coisas que não podem ser ditas. Vamos deixar disso. Vamos nos enxugar e pegar a primeira coisa que estiver à mão.... O caderno de observações científicas de Timmy Durrant.

"Ora...", disse Jacob.

Trata-se de uma discussão terrível.

Algumas pessoas podem seguir cada passo do caminho, e até dar, por sua conta, um passo pequeno, de uns poucos centímetros, ao final; outras continuam atentas aos sinais exteriores.

Os olhos se fixam no atiçador; a mão direita pega o atiçador e o levanta; gira-o lentamente e, então, com muita precisão, põe-no de volta no lugar. A mão esquerda, que está pousada no joelho, tamborila algum trecho majestoso mas intermitente de música marcial. Uma profunda inspiração de ar é iniciada; mas é-lhe permitido evaporar-se sem ser utilizada. O gato marcha pelo tapete da lareira. Ninguém o observa.

"Não consigo ir além disso", concluiu Durrant.

O próximo minuto é silencioso como um túmulo.

"Segue-se...", disse Jacob.

Apenas uma meia frase se seguiu; mas essas meias frases são como bandeiras hasteadas no topo de edifícios para quem observa aspectos externos lá embaixo. O que era a costa da Cornualha, com seus aromas de violeta e emblemas de luto e tranquila piedade senão uma tela que acontece de estar pendurada logo atrás, enquanto sua mente marchava adiante?

"Segue-se...", disse Jacob.

"Sim", disse Timmy, após refletir. "É isso."

Agora Jacob começava a se ocupar com alguma coisa, em parte para se relaxar, em parte por uma espécie de alegria, sem dúvida, pois o mais estranho dos sons – áspero, dissonante – uma espécie de peã saía-lhe dos lábios, enquanto ferrava a vela, esfregava os pratos, por ter compreendido o argumento, por ter tido o domínio da situação, bronzeado pelo sol, barba por fazer, capaz, ainda por cima, de velejar ao redor do mundo num iate de dez toneladas, o que, muito provavelmente, faria um dia desses, em vez de se acomodar num escritório de advocacia e trajar polainas.

"Nosso amigo Masham", disse Timmy Durant, "não ia querer ser visto em nossa companhia do jeito que estamos agora." Seus botões tinham caído.

"Você conhece a tia de Masham?", disse Jacob.

"Nem sabia que ele tinha uma tia", disse Timmy.

"Masham tem milhões de tias", disse Jacob.

"Masham é mencionado no *Domesday Book*", disse Timmy.

"Tal como as tias dele", disse Jacob.

"A irmã dele", disse Timmy, "é uma moça muito bonita."

"É isso que vai lhe acontecer", disse Jacob.

"Vai acontecer com você primeiro", disse Timmy.

"Mas essa mulher de quem eu falava – a tia de Masham —"

"Anda, continua", disse Timmy, pois Jacob estava rindo tanto que não conseguia falar.

"A tia de Masham..."

"O que tem Masham que faz a gente rir tanto?", disse Timmy.

"Ah, não chateia – um homem que engole o alfinete da gravata", disse Jacob.

"Vai chegar a Lorde Chanceler antes dos cinquenta", disse Timmy.

"Ele é um cavalheiro", disse Jacob.

"O duque de Wellington era um cavalheiro", disse Timmy.

"Keats não era."

"Lorde Salisbury era."

"E o que me diz de Deus?", disse Jacob.

As ilhas Scilly pareciam agora como que apontadas por um dedo dourado emergindo, reto, de uma nuvem; e todo mundo sabe quão portentosa é essa visão, e como esses largos raios, quer brilhem sobre as ilhas Scilly, quer sobre as tumbas de cruzados em catedrais, sempre abalam as fundações mesmas do ceticismo e acabam em piadas sobre Deus.

> "Permanece comigo:
> Depressa a noite desce;
> As sombras se adensam;
> Senhor, comigo permanece,",

entoou Timmy Durant.

> Em casa tínhamos um hino que começava assim:
> "Grande Deus, o que vejo e ouço?",

disse Jacob.

Gaivotas planavam suavemente, gingando em pequenos grupos de duas ou três bem perto do barco: o cormorão, como que seguindo seu longo e esticado pescoço numa eterna perseguição, planava dois dedos acima da água em direção à rocha seguinte; e o rumorejo da maré nas cavernas vinha pela água, baixo, monótono, como a voz de alguém falando sozinho.

> "Rocha Eterna, por minha causa fendida,
> Deixa-me fazer de ti o refúgio de minha vida.",

entoou Jacob.

Como o dente rombudo de algum monstro, uma rocha rompia a superfície; marrom; desbordada por perpétuas cataratas.

"Rocha Eterna",

entoou Jacob, deitado de costas, contemplando o sol do meio-dia, do qual cada tira de nuvem tinha sido removida, de modo que era como algo permanentemente exibido sem cobertura.

Por volta das seis horas, uma brisa chegou inesperadamente de um campo de gelo; e pelas sete, a água estava mais púrpura que azul; e pelas sete e meia, havia um retalho de uma membrana rugosa de bate-folha ao redor das ilhas Scilly, e o rosto de Durrant, ali sentado, pilotando, era da cor de uma caixa de laca vermelha que fora polida por gerações a fio. Pelas nove, todo o fogo e a confusão tinham sumido do céu, deixando fatias de verde-maçã e lâminas de amarelo-claro; e pelas dez, os lampiões do barco produziam colorações entrelaçadas sobre as ondas, alongadas ou atarracadas, conforme as próprias ondas se espichavam ou se encolhiam. A luz do farol atravessava a água decidida e rapidamente. Infinitos milhões de quilômetros longe dali uma poeira de estrelas piscava; mas as ondas chicoteavam o barco e rebentavam, com regular e espantosa solenidade, contra as rochas.

Embora fosse possível bater na porta do chalé e pedir um copo de leite, somente a sede imporia tal intromissão. Mas talvez a sra. Pascoe a considerasse bem-vinda. O dia de verão pode estar custando a passar. Lavando louça em sua pequena área de serviço, ela pode ouvir o relógio barato em cima da lareira fazer tic-tac, tic-tac, tic-tac... tic-tac, tic-tac, tic-tac. Está sozinha na casa. O marido está fora ajudando o agricultor Hosken; a filha casou e foi embora para a América. O filho mais velho também está casado, mas ela não se dá com a mulher dele. O pastor da igreja metodista passou por aqui e levou o menorzinho. Ela está sozinha na casa. Um vapor, provavelmente a rumo de Cardiff, cruza agora o horizonte, enquanto, perto, o copo da campânula de uma dedaleira balança para lá e para cá tendo por badalo uma mamangava.

Esses chalés brancos da Cornualha estão edificados na beira do penhasco; no quintal o tojo dá mais fácil que repolho; e à guisa de sebe, algum homem primitivo empilhou blocos de granito. Num desses, para conter, conjetura um historiador, o sangue da vítima, uma bacia foi escavada, mas em nossos dias serve, mais civilizadamente, de assento para os turistas que querem uma vista desimpedida do Cabo de Gurnard. Não que alguém tenha objeção a um vestido estampado azul e um avental branco num quintal de chalé.

"Olha – ela tem que tirar água de um poço no jardim."

"Deve ser muito solitário no inverno, com o vento varrendo essas colinas e as ondas quebrando nas rochas."

Até num dia de verão é possível ouvi-los murmurando.

Tendo pegado sua água, a sra. Pascoe entrou. Os turistas lamentavam não terem trazido binóculos, de modo que pudessem ler o nome do vapor de cabotagem. De fato, era um dia tão bonito que não dava para imaginar o que um par de lunetas não poderia ter trazido ao alcance da vista. Dois barcos pesqueiros, supostamente da Baía de St. Ives, velejavam agora na direção oposta à do vapor, e o fundo do mar tornava-se, alternadamente, claro e opaco. Quanto à mamangava, tendo sugado sua cota de mel, visitou o cardo silvestre e dali foi em linha reta até o quintal da sra. Pascoe, uma vez mais direcionando o olhar dos turistas para o vestido estampado e o avental branco da velha senhora, pois ela tinha vindo à porta do chalé e estava parada ali.

Ali ela ficou parada, protegendo os olhos e olhando para o mar.

Pela milionésima vez, quem sabe, ela olhava para o mar. Uma borboleta-pavão abria-se agora sobre o cardo silvestre, novinha e recém-saída do casulo, como atestava a penugem azul e chocolate de suas asas. A sra. Pascoe entrou em casa, pegou uma panela de ferver nata, saiu e pôs-se a esfregá-la. O rosto certamente não era suave, sensual ou lascivo, mas, antes, duro, sensato, saudável, exprimindo, num aposento cheio de pessoas sofisticadas, a carne e o sangue da vida. Contaria uma mentira, entretanto, tão pronto quanto a verdade. Atrás dela, na parede, pendia uma grande arraia seca. Encerrada na sala de estar, prezava toalhinhas de mesa, canecas de porcelana e fotografias, embora o pequeno e embolorado aposento ficasse a salvo da brisa salgada graças apenas à espessura de um tijolo, e por entre as cortinas de renda era possível ver o mergulhão despencar como uma pedra, e em dias de tormenta as gaivotas vinham fremindo pelo ar, e as luzes dos vapores ora estavam altas, ora, baixas. Melancólicos eram os sons de uma noite de inverno.

Os jornais ilustrados eram entregues pontualmente aos domingos, e ela ficou por um bom tempo absorta no casamento de lady Cynthia na Abadia. Ela também teria gostado de embarcar numa carruagem com molas. As sílabas macias, rápidas da fala culta com frequência humilhavam as suas próprias, poucas e rudes. E depois ouvir a noite inteira a faina do Atlântico sobre as rochas em vez dos finos cabriolés de aluguel e dos lacaios assobiando para chamar os carros a motor.... É o que pode ter sonhado, esfregando sua cremeira. Mas as pessoas comunicativas, perspicazes, tinham se deslocado para as cidades. Como um avarento, ela guardara seus sentimentos no próprio peito. Não trocara sequer uma mísera moedinha durante esses anos todos e, observando-a invejosamente, era como se tudo no interior devesse ser ouro puro.

A sensata senhora de idade, após ter cravado os olhos no mar, mais uma vez se retirou. Os turistas decidiram que estava na hora de ir para o Cabo de Gurnard.

Três segundos mais tarde, a sra. Durrant bateu na porta.

"Sra. Pascoe?", disse ela.

Ela observava, um tanto altivamente, os turistas atravessarem a trilha do campo. Ela vinha de uma linhagem de Highland, famosa por seus patriarcas.

A sra. Pascoe apareceu.

"Invejo-lhe esse arbusto, sra. Pascoe", disse a sra. Durrant, apontando o para-sol, com o qual tinha batido na porta, para o belo tufo de erva-de-são-joão que vicejava ao lado. A sra. Pascoe olhou para a moita com certo desdém.

"Espero a chegada de meu filho em um ou dois dias", disse a sra. Durrant. "Velejando de Falmouth com um amigo num pequeno barco.... Já teve alguma notícia da Lizzie, sra. Pascoe?"

Seus pôneis de rabo comprido tinham ficado lá na estrada, a uns vinte metros de distância, sacudindo as orelhas. O garoto, Curnow, de tempos em tempos espantava as moscas de cima deles. Ele viu sua patroa entrar no chalé; voltar para fora; e contornar, falando energicamente, a julgar pelos movimentos das mãos, o canteiro de verduras em frente ao chalé. A sra. Pascoe era tia dele. As duas mulheres inspecionavam um arbusto. A sra. Durrant se abaixou e colheu um raminho. Depois apontou (seus movimentos eram peremptórios; ela se mantinha muito ereta) para as batatas. Elas estavam com a ferrugem. Todas as batatas nesse ano tinham a ferrugem. A sra. Durrant mostrou à sra. Pascoe quão grave era o avanço da ferrugem em suas batatas. A sra. Durrant falava energicamente; a sra. Pascoe ouvia submissivamente. O garoto Curnow sabia que a sra. Durrant estava dizendo que é perfeitamente simples; mistura-se o pó em um galão de água; "fiz isso com minhas próprias mãos no meu quintal", estava dizendo a sra. Durrant.

"Vai ficar sem nenhuma batata – vai ficar sem nenhuma batata", estava dizendo a sra. Durrant, em sua voz enfática, ao chegarem ao portão. O garoto Curnow ficou imóvel como uma pedra.

A sra. Durrant pegou as rédeas em suas mãos e se instalou na boleia.

"Cuide dessa perna, senão terei que chamar o médico", gritou por sobre os ombros; fustigou os pôneis; e a carruagem se pôs a caminho. O garoto Curnow mal teve tempo de se erguer pelo bico de sua botina para poder embarcar. O garoto Curnow, sentado no meio do banco traseiro, olhou para a tia.

A sra. Pascoe ficou ao portão prestando atenção neles; ficou ao portão até a caleche dobrar a esquina; ficou ao portão, olhando ora para a direita, ora para a esquerda; depois voltou ao seu chalé.

Logo os pôneis atacaram a estrada pantanosa e estufada com as pernas dianteiras a toda. A sra. Durrant deixou as rédeas caírem frouxamente e se recostou. A vivacidade a abandonara. O nariz aquilino era fino como um osso descorado através do qual quase se vê a luz. As mãos, pousadas nas rédeas sobre o colo, eram firmes mesmo em repouso. O lábio superior era tão curto que se elevava desde os dentes frontais quase como que numa expressão de escárnio. Sua mente devorava léguas enquanto a mente da sra. Pascoe se prendia a seu solitário canteiro. Sua mente devorava léguas enquanto os pôneis subiam a estrada da colina. Ela fazia sua mente avançar e recuar, como se os chalés sem teto, os montículos de escória e os quintais dos chalés, cobertos de dedaleiras e sarça, lançassem uma sombra sobre sua mente.

Tendo chegado ao topo, parou a carruagem. As pálidas colinas estavam ao seu redor, cada uma delas coalhada de pedras antigas; abaixo estava o mar, inconstante como um mar meridional; ela própria estava ali sentada, olhando da colina para o mar, ereta, aquilina, equilibrando-se, em igual medida, entre a melancolia e o júbilo. Subitamente chicoteou levemente os pôneis de modo que o garoto Curnow teve que se erguer pelo bico de sua botina para poder embarcar.

As gralhas pousaram; as gralhas levantaram voo. As árvores que elas tocavam tão caprichosamente pareciam insuficientes para alojá-las todas. As copas das árvores cantavam com a brisa em seu interior; os ramos estalavam audivelmente e de quando em quando, embora fosse pleno verão, deixavam cair cascas ou galhinhos. As gralhas subiam e desciam de novo, elevando-se em quantidades cada vez menores à medida que as aves mais espertas se aprontavam para se acomodar, pois a noite já tinha avançado o suficiente para tornar o espaço dentro da floresta quase escuro. O musgo era suave; os troncos das árvores, espectrais. Para além delas situava-se uma campina prateada. A grama-dos-pampas erguia suas lanças emplumadas desde montículos de verde no fim da campina. Uma vastidão de água cintilava. A borboleta-caveira já rodopiava sobre as flores. Laranja e púrpura, nastúrcio e heliotrópio se desbotavam em meio ao crepúsculo, mas a flor de tabaco e a flor de maracujá, sobre as quais a borboleta grande rodopiava, eram brancas como porcelana. As gralhas estalavam juntas as asas nas copas das árvores e se preparavam para dormir quando, bem longe, um som familiar trilou e fremiu – aumentou – retiniu claramente em seus ouvidos – de novo espantou asas sonolentas para o alto – a sineta na casa anunciando o jantar.

Após seis dias de vento salgado, chuva e sol, Jacob Flanders vestira um smoking. O discreto objeto negro se mostrara uma vez ou outra no barco, por entre enlatados, picles, carne em conserva e, à medida que a viagem prosseguia, tornara-se cada vez mais irrelevante, quase inacreditável. E agora, com o mundo estável, iluminado pela luz das velas, só o smoking o conservava protegido. Não podia estar mais grato. Mesmo assim o pescoço, os punhos e o rosto estavam expostos, sem nada que os cobrisse, e sua pessoa inteira, exposta ou não, formigava e ardia de modo que até mesmo um tecido preto se tornava uma cortina imperfeita. Ele recolheu a grande mão vermelha que repousava na toalha da mesa. Subrepticiamente, ela se fechou sobre delgados cálices e arqueados garfos de prata. Os ossos das costeletas estavam decorados com folhos cor-de-rosa – e ontem ele tinha roído um pernil direto do osso! À sua frente estavam formas nebulosas, translúcidas, em amarelo e azul. Atrás delas, mais uma vez, estava o jardim verde-cinza e, por entre as folhas em forma de pera da escalônia, os barcos pesqueiros pareciam presos e suspensos. Um veleiro passava lentamente por detrás das costas das mulheres. Dois ou três vultos cruzaram apressadamente o terraço ao lusco-fusco. A porta se abriu e se fechou. Nada se assentava ou permanecia intacto. Tal como remos movendo-se ora deste lado, ora daquele, assim eram as frases, que chegavam ora aqui, ora ali, vindas de um ou outro lado da mesa.

"Ah, Clara, Clara!", exclamou a sra. Durrant, e como Timothy Durrant acrescentasse "Clara, Clara", Jacob atribuiu à forma em organza amarela, a irmã de Timothy, o nome de Clara. A moça sentou-se sorrindo e corou. Com os olhos escuros do irmão, ela era mais indistinta e de traços mais suaves que ele. Quando o sorriso se apagou, ela disse: "Mas, mãe, foi verdade. Ele disse isso, não disse? A srta. Eliot concordou conosco...".

Mas a srta. Eliot, alta, a cabeça grisalha, estava abrindo espaço a seu lado para o senhor de idade que entrava vindo do terraço. O jantar não ia acabar nunca, pensou Jacob, e ele não queria que acabasse, embora o barco tivesse navegado de um canto ao outro do caixilho da janela, e uma luz assinalasse o fim do quebra-mar. Ele viu que a sra. Durrant focava os olhos na luz. Ela se virou para ele.

"Era você que estava no comando ou Timothy?", disse ela. "Perdoe-me chamá-lo de Jacob. Ouvi tanta coisa a seu respeito." Então seus olhos voltaram para o mar. Seus olhos se tornaram vítreos quando ela contemplou a paisagem.

"Um vilarejo outrora", disse ela, "e agora se desenvolveu...." Levantou-se, levando o guardanapo, e ficou junto à janela.

"Você brigou com Timothy?", perguntou Clara, timidamente. "Eu teria brigado."

A sra. Durrant veio de volta da janela.

"Está ficando cada vez mais tarde", disse ela, sentando-se ereta, e baixando os olhos em direção à mesa. "Vocês deviam estar envergonhados – todos vocês. Sr. Clutterbuck, o senhor devia estar envergonhado." Ela levantou a voz, pois o sr. Clutterbuck era surdo.

"*Estamos* envergonhados", disse uma moça. Mas o velho de barba continuou comendo a torta de ameixa. A sra. Durrant riu e se recostou na cadeira, como que o desculpando.

"Submetemos a questão ao seu julgamento, sra. Durrant", disse um jovem com óculos grossos e bigode ruivo. "Para mim as condições foram cumpridas. Ela me deve um soberano."

"Não *antes* do peixe – *junto com* ele, sra. Durrant", disse Charlotte Wilding.

"Essa foi a aposta; junto com o peixe", disse Clara, seriamente. "Begônias, mãe. Ele devia comê-las junto com o peixe."

"Meu Deus", disse a sra. Durrant.

"Charlotte não vai lhe pagar", disse Timothy.

"Como se atreve...", disse Charlotte.

"Esse privilégio me pertence", disse o polido sr. Wortley, mostrando um estojo de prata recheado de soberanos e deixando escorregar uma moeda sobre a mesa. Então a sra. Durrant se levantou e foi saindo da sala, e as moças em organza amarela e azul e prata a seguiram, e a velha srta. Eliot em seu veludo; e uma mulherzinha rosada, hesitando à porta, impecável, escrupulosa, provavelmente uma governanta. Todos saíram pela porta aberta.

Quando você for velha como eu, Charlotte", disse a sra. Durrant, de braço dado com ela enquanto andavam pelo terraço.

"Por que está tão triste?", perguntou Charlotte,impulsivamente.

"Pareço triste? Espero que não", disse a sra. Durrant.

"Bem, só agora. A senhora *não* é velha."

"Velha o bastante para ser a mãe de Timothy." Elas pararam.

A srta. Eliot estava olhando pelo telescópio do sr. Clutterbuck na beira do terraço. O velho surdo estava ao lado dela, alisando a barba e recitando os nomes das constelações: "Andrômeda, Pastor, Sidônia, Cassiopeia...".

"Andrômeda", murmurou a srta. Eliot, deslocando levemente o telescópio.

A sra. Durrant e Charlotte olhavam ao longo do tubo do instrumento apontado para os céus.

"Há *milhões* de estrelas", disse Charlotte com convicção. A srta. Eliot se afastou do telescópio. De repente, os rapazes gargalharam na sala de jantar.

"Deixe-*me* olhar", disse Charlotte, ansiosa.

"As estrelas me aborrecem", disse a sra. Durrant, andando pelo terraço com Julia Eliot. "Uma vez li um livro sobre as estrelas.... O que eles estão dizendo? Ela parou em frente à janela da sala de jantar. "Timothy", ela falou.

"O moço silencioso", disse a srta. Eliot.

"Sim, Jacob Flanders", disse a sra. Durrant.

"Ah, mãe! Não a reconheci!" exclamou Clara Durrant, vindo da direção oposta com Elsbeth. "Que delícia", ela sussurrou, esmagando uma folha de verbena.

A sra. Durrant se virou e saiu andando sozinha.

"Clara", chamou. Clara foi até ela.

"Como elas são diferentes!", disse a srta. Eliot.

O sr. Wortley, fumando um charuto, passou por elas.

"Cada dia da minha vida me surpreendo concordando...", disse ele ao passar por elas.

"É tão interessante adivinhar...", murmurou Julia Eliot.

"Quando viemos aqui para fora pela primeira vez, conseguíamos ver as flores naquele canteiro", disse Elsbeth.

"Vemos muito pouco agora", disse a srta. Eliot.

"Ela deve ter sido muito bonita, e todo mundo gostava dela, claro", disse Charlotte. "Suponho que o sr. Wortley...", ela parou.

"A morte de Edward foi uma tragédia", disse a srta. Eliot, decididamente.

Nesse ponto, o sr. Erskine juntou-se a elas.

"Não existe isso de silêncio", disse ele, categoricamente. "Posso ouvir vinte sons diferentes numa noite como esta sem contar a voz de vocês."

"Apostamos?", disse Charlotte.

"Feito", disse o sr. Erskine. "Um, o mar; dois, o vento; três, um cachorro; quatro..."

E assim por diante.

"Coitado do Timothy", disse Elsbeth.

"Uma noite muito bonita", gritou a srta. Eliot no ouvido de Clutterbuck.

"Gostaria de contemplar as estrelas?", disse o velho, virando o telescópio na direção de Elsbeth.

"Isso não o deixa melancólico – contemplar as estrelas?", gritou a srta. Eliot.

"Por Deus, não, por Deus, não", disse o sr. Clutterbuck, com uma risada, quando conseguiu compreendê-la. "Por que isso deveria me deixar melancólico? Nem por um segundo – por Deus, não."

"Obrigado, Timothy, mas vou entrar", disse a srta. Eliot. "Elsbeth, pega este xale."

"Estou indo", murmurou Elsbeth com o olho no telescópio. "Cassiopeia", murmurou ela. "Onde estão vocês todos?", perguntou, tirando o olho do telescópio. "Como está escuro!"

A sra. Durrant estava sentada na sala, ao lado de uma luminária, enrolando um novelo de lã. O sr. Clutterbuck lia o *The Times*. Mais adiante havia uma segunda luminária, e em volta dela sentavam-se as mocinhas, dardejando tesouras sobre panos cobertos de lantejoulas, para uma apresentação teatral caseira. O sr. Wortley lia um livro.

"Sim; ele está absolutamente certo", disse a sra. Durrant, erguendo-se e parando de enrolar sua lã. E enquanto o sr. Clutterbuck lia o resto do discurso de lorde Lansdowne, ela ficou sentada reta, sem tocar seu novelo.

"Ah, sr. Flanders", disse ela, falando altivamente, como que para o lorde Lansdowne em pessoa. Então ela suspirou e começou a enrolar seu novelo outra vez.

"Sente-se *ali*", disse ela.

Jacob saiu do lugar escuro junto à janela onde se detivera. A luz se derramava sobre ele, iluminando cada fissura de sua pele; mas nenhum músculo de seu rosto se mexeu quando ele se sentou, olhando para o jardim lá fora.

"Quero saber de sua viagem", disse a sra. Durrant.

"Sim", disse ele.

"Há vinte anos fizemos a mesma coisa."

"Sim", disse ele. Ela o examinou atenciosamente.

"Ele é extraordinariamente desajeitado", pensou, notando como ele ficava mexendo nas meias. "Mas de feições tão distintas."

"Naquele tempo...", recomeçou, e lhe contou como eles tinham velejado... "meu marido, que sabia bastante de navegação porque teve um iate antes de nos casarmos"... e depois o quanto tinham sido temerários em desafiar os pescadores, "quase pagamos com nossas vidas por isso, mas tão orgulhosos de nós mesmos!". Ela fez um gesto brusco com a mão que segurava o novelo de lã.

"Quer que eu segure a lã?", perguntou Jacob, constrangido.

"Você deve fazer isso para sua mãe", disse a sra. Durrant, de novo examinando-o profundamente enquanto lhe passava o novelo. "Sim, fica muito melhor."

Ele sorriu; mas não disse nada.

Elsbeth Siddons surgiu atrás deles com alguma coisa prateada no braço.

"Nós queremos", disse ela.... "Eu vim...", ela se interrompeu.

"Pobrezinho do Jacob", disse a sra. Durrant, calmamente, como se o tivesse conhecido por toda a vida. "Vão fazer você atuar na peça delas."

"Como eu a amo!", disse Elsbeth, ajoelhando-se ao lado da cadeira da sra. Durrant.

"Pode me dar a lã", disse a sra. Durrant.

"Ele vem – ele vem!", gritou Charlotte Wilding. "Ganhei a aposta!"

"Tem outro cacho mais em cima", murmurou Clara Durrant, subindo outro degrau da escada. Jacob segurava a escada enquanto ela se esticava para alcançar as uvas no alto da parreira.

"Consegui!", disse ela, cortando o cabo. Ela parecia translúcida, clara, maravilhosamente bela lá em cima por entre as folhas da videira e os cachos amarelos e roxos, as luzes flutuando sobre ela em ilhas coloridas. Gerânios e begônias erguiam-se em vasos ao lado das escoras; tomates trepavam pelos muros.

"As folhas precisam mesmo ser podadas", ponderou ela, e uma folha verde, aberta como a palma de uma mão, passou rodopiando pela cabeça de Jacob.

"Já tenho mais do que consigo comer", disse ele, olhando para cima.

"Parece mesmo absurdo...", começou Clara, "voltar para Londres..."

"Ridículo", disse Jacob, resoluto.

"Então...", disse Clara, "você deve vir, como é mais apropriado, no próximo ano", disse ela, cortando outra folha, meio ao acaso.

"Se... Se..."

Uma criança passou correndo, aos gritos, pela estufa. Clara desceu devagar a escada com seu cesto de uvas.

"Um cacho de uva branca e dois de uva preta", disse, e pôs duas folhas grandes em cima deles, no lugar em que eles repousavam, encaracolados, mornos, no cesto.

"Eu me diverti muito", disse Jacob, olhando para a estufa, um pouco mais abaixo.

"Sim, foi maravilhoso", disse ela, vagamente.

"Ah, srta. Durrant", disse ele, pegando o cesto de uvas; mas ela passou à frente dele, indo em direção à porta da estufa.

"Você é bom demais – bom demais", pensou, pensando em Jacob, pensando que certamente ele não ia dizer que a amava. Não, não, não.

As crianças estavam rodopiando perto da porta, jogando coisas para o alto.

"Diabinhos!", gritou ela. "O que é que eles pegaram?", perguntou a Jacob.

"Cebolas, acho", disse Jacob. Olhava para elas sem se mexer.

"No próximo agosto, lembre-se, Jacob", disse a sra. Durrant, apertando-lhe as mãos no terraço, onde a fúcsia pendia, como um brinco escarlate, por detrás de sua cabeça. O sr. Wortley saiu pela porta do terraço em pantufas amarelas, carregando o *The Times* e estendendo a mão muito cordialmente.

"Adeus", disse Jacob. "Adeus", repetiu. "Adeus", disse mais uma vez. Charlotte Wilding levantou ligeiro a janela de seu quarto e gritou: "Adeus, sr. Jacob!"

"Sr. Flanders!" exclamou o sr. Clutterbuck, tentando se desprender de sua poltrona de junco. "Jacob Flanders!"

"Tarde demais, Joseph", disse a sra. Durrant.

"Não para posar para mim", disse a srta. Eliot, instalando seu tripé no gramado.

V

"Acho, em vez disso,", disse Jacob, tirando o cachimbo da boca, "que está em Virgílio", e empurrando a cadeira para trás, foi até a janela.

Os condutores mais imprudentes do mundo são, certamente, os dos furgões dos correios. Bamboleando pela Lamb's Conduit Street abaixo, o furgão escarlate dobrou a esquina perto da caixa de correio de um jeito tal que raspou o meio-fio e fez a menininha, que estava ali, na ponta dos pés, para postar uma carta, erguer os olhos, entre assustada e curiosa. Ela ficou parada, com a mão posta na abertura da caixa; depois deixou a carta cair e saiu correndo. É muito raro sentirmos dó ao ver uma criança na ponta dos pés – o mais comum é sentirmos um leve desconforto, um grão de areia no sapato que nem vale a pena tirar – esse é o nosso sentimento, e assim – Jacob voltou-se para a estante de livros.

Num passado distante pessoas importantes moraram aqui e, voltando da Corte depois da meia-noite, ficavam paradas embaixo dos umbrais esculpidos das portas, erguendo as saias de cetim, enquanto o lacaio, acordando, erguia-se de seu colchão no assoalho, fechava às pressas os botões inferiores do colete e franqueava-lhes a entrada. A implacável chuva do século dezoito escorria pelas sarjetas. Hoje em dia, entretanto, a Southampton Row é notável sobretudo pelo fato de que sempre se pode encontrar ali um homem tentando vender uma tartaruga a um alfaiate. "Para destacar o tweed, senhor; o que esses cavalheiros distintos gostam é de alguma coisa estranha que chame a atenção, senhor – e de hábitos asseados, senhor!" Assim anunciam suas tartarugas.

Na esquina da Biblioteca Mudie, em Oxford Street, todas as contas vermelhas e azuis tinham se encavalado na enfiada. Os ônibus a motor estavam emperrados. O sr. Spalding que ia para a Cidade olhava para o sr. Charles Budgeon que se dirigia para o distrito de Shepherd's Bush. A proximidade dos ônibus dava aos passageiros do andar de cima a oportunidade de se olharem uns nos rostos dos outros. Mas poucos tiravam proveito disso. Cada um tinha o próprio problema com que se preocupar. Cada um tinha seu passado trancado dentro de si como as páginas de um livro sabido de cor; e os amigos só conseguiam ler o título, James Spalding, ou Charles Budgeon, e os passageiros que iam para o lado oposto não conseguiam ler absolutamente nada – exceto "um homem com um bigode ruivo", "um moço vestido de cinza fumando cachimbo". A luz do sol de outubro se demorava sobre todos esses homens e mulheres sentados imóveis; e o pequeno Johnnie Sturgeon aproveitou a oportunidade para descer, equilibrando-se, a escada, carregando seu grande e misterioso pacote e, assim, desviando-se em ziguezague por entre as rodas, chegou à calçada, começou a assobiar uma cantiga e logo sumiu de vista – para sempre. Os ônibus arrancaram aos trancos, e cada uma das pessoas, sem exceção, se sentiu aliviada por estar um pouco mais perto do fim de sua jornada, embora algumas tentassem se convencer a levar a termo o compromisso imediato em troca da promessa de alguma gratificação posterior – torta de carne e rins, alguma bebida ou um jogo de dominó no canto enfumaçado de um restaurante da Cidade. Ah, sim, a vida humana é bem suportável no andar de cima de um ônibus em Holborn, quando o guarda ergue o braço e o sol nos bate nas costas, e se existe algo como uma concha secretada pelo homem para abrigar a si próprio, encontramo-la aqui, às margens do Tâmisa, onde as grandes ruas se encontram e a Catedral de St. Paul, tal como a voluta no alto da concha do caracol, serve-lhe de arremate. Jacob, descendo do ônibus, demorou-se nos degraus, consultou o relógio e por fim decidiu entrar.... Seria preciso algum esforço? Sim. Essas mudanças de humor nos consomem.

Escura ela é, assombrada por fantasmas de mármore branco, para os quais o órgão canta eternamente. Se uma botina range, é horrível; depois a ordem; a disciplina. O sacristão com seu báculo tem a vida nivelada sob seus pés. Doces e sagrados são os angelicais meninos do coro. E para sempre, por volta dos ombros de mármore, entram e saem dos dedos entrelaçados os agudos e frágeis sons de vozes e órgão.

Para sempre, réquiem – descanso. Cansada de esfregar os degraus do escritório da Prudential Society, o que ela fazia entra ano, sai ano, a sra. Lidgett tomou seu assento abaixo da tumba do grande duque, cruzou as mãos e entrecerrou os olhos. Um lugar magnífico para uma velha senhora descansar, bem ao lado dos ossos do grande duque, cujas vitórias nada significam para ela, cujo nome ela desconhece, embora nunca deixe de saudar, ao sair, os anjinhos em frente, almejando anjos iguais sobre a própria tumba, pois a cortina de couro de seu coração tem se escancarado toda, e furtivamente, nas pontas dos pés, escapam pensamentos de descanso, doces melodias.... O velho Spicer, entretanto, comerciante de juta, não pensava em nada desse tipo. Muito estranhamente, ele nunca estivera na Catedral de St. Paul durante esses cinquenta anos, embora as janelas de seu escritório dessem para o adro da igreja. "Então é só isso? Bem, um lugar velho e triste.... Onde fica a tumba de Nelson? Sem tempo agora – passo outro dia – uma moeda para pôr na caixa de coleta.... Chuva ou bom tempo? Bem, se ao menos a coisa se decidisse!" Andando à toa, as crianças se desgarram e entram – o sacristão as dissuade – e outro e mais outro... homem, mulher, menino... olhando para cima, apertando os lábios, a mesma sombra esfregando os mesmos rostos; a cortina de couro do coração se escancara toda.

Nada poderia parecer mais certo, visto dos degraus da Catedral de St. Paul, que o fato de cada pessoa estar milagrosamente provida de casaco, saia e botinas; de um meio de renda; de um objetivo. Apenas Jacob, levando na mão *O império bizantino*, de Finlay, que comprara em Ludgate Hill, parecia um tanto diferente; pois levava na mão um livro que, precisamente às nove e meia, ao lado de sua própria lareira, iria abrir e estudar, como ninguém mais dessa gente toda faria. Eles não têm casa. As ruas lhes pertencem; as lojas; as igrejas; deles, as inumeráveis escrivaninhas; as luzes suspensas dos escritórios; os furgões são deles, e a via férrea pendurada lá no alto sobre a rua. Se olharmos mais de perto veremos que três homens idosos, a uma pequena distância um do outro, fazem aranhas correr sobre a calçada como se a rua fosse sua sala de estar, e aqui, contra a parede, uma mulher fixa o olhar no nada, estendendo cadarços de sapato, que ela não pede que compremos. Os cartazes também são deles; e as notícias que estão neles. Uma cidade destruída; uma corrida vencida. Um povo sem teto, dando voltas sob o céu cujo azul ou branco é obstruído por um dossel feito de limalha de aço e excremento de cavalo reduzido a pó.

Acolá, sob a viseira verde, com a cabeça inclinada sobre papel branco, o sr. Sibley transferia números para calhamaços, e sobre cada escrivaninha observa-se, como provisão, um maço de papéis, o alimento do dia, lentamente consumido pela industriosa pena. Inumeráveis casacos, do tipo exigido, pendiam vazios nos corredores o dia todo, mas assim que o relógio batia as seis horas cada um deles era exatamente preenchido, e os pequenos vultos, cada um deles fendido em forma de calças ou então moldado num bloco único, saíam depressa e aos trancos, com um movimento angular para diante, caminhando pelo pavimento; depois afundavam na escuridão. Sob o calçamento, submersos na terra, tubos ocos eternamente marginados por luz amarela conduziam-nos para esta ou aquela direção, e letras grandes sobre placas esmaltadas representavam no mundo de baixo os parques, as praças e os largos do de cima. "Marble Arch – Shepherd's Bush" – para a maioria, Arch e Bush são, eternamente, letras brancas sobre fundo azul. Apenas num ponto – pode ser Acton, Holloway, Kensal Rise, Caledonian Road – o nome, de fato, representa lojas onde se compram coisas, e casas, numa das quais, descendo à direita, onde as árvores podadas irrompem de sob as pedras do pavimento, há uma janela quadrada com uma cortina, e um quarto.

Muito depois do pôr do sol uma velha cega sentava-se numa banqueta dobrável com as costas apoiadas na parede de pedra do Union of London and Smith's Bank, segurando firme nos braços um vira-lata marrom e cantando alto, não por umas moedas, não, das profundezas de seu lascivo, selvagem coração – de seu pecaminoso, calejado coração – pois a filha que vem buscá-la é fruto do pecado e deveria estar na cama, coberta, pronta para dormir, em vez de ouvir à luz do lampião a canção selvagem da mãe, encostada na parede do Banco, cantando, não por umas moedas, com seu cão contra o peito.

Para casa eles iam. As agulhas cinzentas da igreja os acolhiam; a veneranda Cidade, velha, pecaminosa e majestosa. Um atrás do outro, arredondados ou pontiagudos, perfurando o céu ou se aglomerando, como veleiros, como penhascos de granito, agulhas e escritórios, cais e fábricas abarrotam a zona do Bank; os peregrinos se arrastam eternamente; barcaças repousam, sobrecarregadas, no meio do rio; segundo creem alguns, a Cidade ama suas prostitutas.

Mas poucos, ao que parece, são admitidos a esse nível. De todas as carruagens que deixam o arco da Opera House, nenhuma dobra em direção ao leste, e quando o ladrãozinho é pego na praça vazia do mercado, ninguém em traje negro e branco ou em vestido de festa cor-de-rosa obstrui o trânsito por ter parado, com uma mão sobre a porta da carruagem, para ajudar ou condenar – embora lady Charles, para fazer-lhe justiça, suspire triste quando sobe a escadaria de sua casa, baixa o Tomás de Kempis da estante e não dorme até que sua mente se perca, entrando no túnel da complexidade das coisas. "Por quê? Por quê? Por quê?", suspira. Ao fim e ao cabo, é melhor voltar a pé da Opera House. A fadiga é o melhor sonífero.

A temporada de outono estava a pleno vapor. Tristão repuxava seu manto até as axilas duas vezes por semana; Isolda fazia ondular sua echarpe em milagrosa sintonia com a batuta do maestro. Em todos os lados do teatro viam-se rostos rosados e colos resplandecentes. Quando uma mão régia pertencente a um corpo invisível deslizava para fora e recolhia o buquê vermelho e branco que repousava no parapeito do camarote, a Rainha da Inglaterra parecia um nome pelo qual valia a pena morrer. A beleza, na sua variedade de estufa (que não é das piores), florescia num camarote após o outro; e embora nada se dissesse de profunda importância, e embora seja de consenso geral que a espirituosidade abandonou os lábios formosos mais ou menos na época em que Walpole morreu – de qualquer modo, quando Victoria desceu vestindo camisola para encontrar seus ministros, os lábios (vistos através de um binóculo de ópera) continuavam rubros, adoráveis. Cavalheiros distintos em estágio adiantado de calvície, portando bengalas de castão de ouro, passeavam pelos corredores carmesim entre as primeiras filas de poltronas, e só interrompiam a conversa com os camarotes quando as luzes se apagavam, e o maestro, fazendo uma reverência, primeiro para a rainha, depois para os homens calvos, girava sobre os calcanhares e erguia sua batuta.

Então, na semiescuridão, dois mil corações recordaram, anteviram, percorreram escuros labirintos; e Clara Durrant disse adeus a Jacob Flanders, e provou em efígie a doçura da morte; e a sra. Durrant, sentada atrás dela na escuridão do camarote, suspirou seu pungente suspiro; e o sr. Wortley, mudando de posição atrás da esposa do embaixador italiano, pensou que Brangien estava um tantinho rouca; e empoleirado no balcão, muitos metros acima de suas cabeças, Edward Whittaker sub-repticiamente mantinha uma lanterna dirigida à sua cópia do libreto em escala reduzida; e... e...

Em suma, quem está observando se sufoca com tantas observações. Apenas para evitar que sejamos tragados pelo caos, a natureza e a sociedade, em conluio, convencionaram um sistema de classificação que é a própria simplicidade; primeira plateia, camarotes, anfiteatro, balcão. Os moldes são preenchidos a cada noite. Não há nenhuma necessidade de distinguir detalhes. Mas a dificuldade subsiste – temos que escolher. Pois embora eu não tenha nenhum desejo de ser Rainha da Inglaterra – ou apenas por um momento – eu prontamente me sentaria ao lado dela; escutaria os mexericos do primeiro-ministro; a condessa murmurar e partilhar suas lembranças de salões e jardins; as fachadas inteiriças dos respeitáveis escondem, afinal, todo seu código secreto; senão por que seriam tão impermeáveis? E, depois, livrando-se de seu próprio disfarce, quão estranho é assumir, por um instante, o de algum outro – o de qualquer um – para se tornar um homem de valor que regeu o Império; referir-se, enquanto Brangien canta, aos fragmentos de Sófocles ou ver num lampejo, enquanto o pastor flauteia sua melodia, pontes e aquedutos. Mas não – temos que escolher. Nunca houve necessidade mais implacável! ou uma necessidade que implicasse maior dor, desastre mais certo; pois não importa onde me assente, morro exilado: Whittaker em sua pensão; lady Charles em seu solar.

Um jovem cavalheiro com um nariz como o de Wellington, que tinha ocupado uma poltrona de sete xelins e seis pênis, dirigiu-se à saída e desceu as escadarias de pedra quando a ópera acabou, como se ainda estivesse um tanto dissociado de seus colegas pela influência da música.

À meia-noite Jacob Flanders ouviu uma batida na porta.

"Por Júpiter!", exclamou. "Era de você mesmo que eu precisava!", e sem mais preâmbulos acharam os versos que ele tinha procurado o dia todo; só que não eram de Virgílio, mas de Lucrécio.

"Sim; isso vai deixá-lo de olhos arregalados", disse Bonamy, quando Jacob parou de ler. Jacob estava emocionado. Era a primeira vez que lia seu ensaio em voz alta.

"Porco desgraçado!", disse ele, um tanto exageradamente; mas o elogio lhe subira à cabeça. O Professor Bulteel, de Leeds, tinha publicado uma edição de Wycherley sem dizer que tinha omitido, estripado ou indicado apenas por asteriscos várias palavras indecentes e algumas frases indecentes. Um ultraje, disse Jacob; uma traição; pura pudicícia; sinal de uma mente lasciva e de uma natureza odiosa. Aristófanes e Shakespeare foram citados. A vida moderna foi repudiada. Foram feitas muitas pilhérias com o título professoral, e Leeds como sede do saber foi objeto de gargalhadas de desprezo. E a coisa extraordinária era que esses jovens cavalheiros estavam absolutamente certos – extraordinária porque, no momento mesmo em que Jacob passava a limpo as páginas de seu ensaio, ele sabia que ninguém jamais iria imprimi-las; e, sem erro, devolvidas elas foram, da *Fortnightly,* da *Contemporary,* da *Nineteenth Century* – ocasião em que Jacob as jogou na caixa preta de madeira em que guardava as cartas da mãe, a velha calça de flanela e um bilhete ou dois com o carimbo postal da Cornualha. A tampa se fechou sobre a verdade.

Essa caixa preta de madeira, sobre a qual seu nome em tinta branca ainda era legível, ficava entre as janelas altas da sala de estar. A rua passava embaixo. Sem dúvida, o dormitório ficava atrás. A mobília – três cadeiras de vime e uma mesa elástica – viera de Cambridge. Essas casas (a filha da sra. Garfit, a sra. Whitehorn, era a senhoria desta) foram construídas, digamos, há cento e cinquenta anos. Os quartos são bem-proporcionados, os tetos, altos; sobre o vão da porta, uma rosácea, ou uma caveira de carneiro, está entalhada na madeira. O século dezoito tem sua distinção. Até os lambris, pintados com uma tinta da cor da framboesa, têm sua distinção....

"Distinção" – a sra. Durrant disse que Jacob Flanders tinha um "ar distinto." "Extremamente desajeitado", disse ela, "mas com ar tão distinto." Ao vê-lo pela primeira vez, essa sem dúvida é a palavra adequada para descrevê-lo. Recostado em sua cadeira, retirando o cachimbo da boca e dizendo para Bonamy: "Agora, sobre essa ópera" (pois eles tinham encerrado o assunto da indecência). "Esse Wagner"... distinção era, claro, uma das palavras a ser utilizada, embora, só de olhá-lo seria difícil dizer qual era seu lugar na

Opera House, primeira plateia, balcão ou segunda plateia. Escritor? Faltava-lhe autoconsciência. Pintor? Havia algo na forma de suas mãos (descendia, pelo lado mãe, de uma família da mais remota antiguidade e da mais profunda obscuridade) que indicava bom gosto. Depois, a boca – mas seguramente, de todas as ocupações fúteis, essa de catalogar traços pessoais é a pior. Uma palavra é suficiente. Mas e se não conseguirmos encontrá-la?

"Gosto de Jacob Flanders", escreveu Clara Durrant em seu diário. "É tão desligado das coisas mundanas. Não se dá ares de importância, e pode-se dizer a ele de que coisas a gente gosta, embora ele seja intimidante porque..." Mas o sr. Letts deixava muito pouco espaço em seus diários de um xelim. Não era ela que iria invadir o espaço da quarta-feira. A mais modesta, a mais franca das mulheres! "Não, não, não", suspirou, parada à porta da estufa, "não quebre – não estrague" – o quê? Algo infinitamente maravilhoso.

Entretanto, esta é apenas a linguagem de uma jovem, uma jovem que, além disso, ama ou se abstém de amar. Queria que o momento durasse para sempre, exatamente como era naquela manhã de julho. E momentos não fazem isso. Agora, por exemplo, Jacob estava contando uma história sobre uma excursão a pé que fizera, e a pousada se chamava "The Foaming Pot", o que, considerando o nome da proprietária... Eles explodiram em gargalhadas. A piada era indecente.

Então Julia Eliot disse "o moço silencioso", e como ceava com primeiros ministros, sem dúvida queria dizer: "Se quiser se dar bem no mundo, terá que destravar a língua".

Timothy Durrant jamais fez qualquer comentário de qualquer espécie.

A criada, por sua vez, achou que tinha sido generosamente recompensada.

A opinião de Sopwith era tão sentimental quanto a de Clara, ainda que enunciada de maneira muito mais inteligente.

Betty Flanders era romântica em relação a Archer e terna em relação a John; ficava irracionalmente irritada com o jeito estabanado de Jacob em casa.

O capitão Barfoot gostava mais dele que dos outros dois meninos; mas quanto a dizer por quê....

Parece, então, que homens e mulheres estão igualmente equivocados. Parece que uma opinião profunda, imparcial e absolutamente justa de nossos semelhantes é de todo desconhecida. Ou somos homens ou somos mulheres. Ou somos frios ou sentimentais. Ou somos jovens ou estamos ficando velhos. De todo modo, a vida não é senão uma procissão de fantasmas, e só Deus sabe por que os abraçamos tão ansiosamente e os vemos partir com tanta angústia, uma vez que não passam de fantasmas. E por que, se isso e muito mais que isso é verdade, por que, ainda assim, nos surpreendemos, no canto da janela, pela súbita visão de que o jovem na cadeira é, de todas as coisas do mundo, a mais real, a mais sólida, a que melhor conhecemos – por que, deveras? Pois no instante seguinte não sabemos nada sobre ele.

Tal é o modo pelo qual enxergamos. Tais são as condições de nosso amor.

("Tenho vinte e dois anos. É quase fim de outubro. A vida é toda ela agradável, embora, desgraçadamente, haja um grande número de tolos à volta. A gente deve se dedicar a alguma coisa ou outra – só Deus sabe a quê. Tudo é realmente muito divertido – exceto levantar-se de manhã e vestir fraque.")

"Escute, Bonamy, e quanto a Beethoven?"

("Bonamy é um cara incrível. Ele sabe praticamente tudo – não mais do que eu sobre literatura inglesa – mas em compensação leu todos aqueles franceses.")

"Desconfio muito que você esteja dizendo bobagem, Bonamy. Apesar do que você diz, o pobre do velho Tennyson...."

("A verdade é que deveriam nos ter ensinado francês. Neste momento, suponho, o velho Barfoot está conversando com minha mãe. Trata-se de um caso estranho, com certeza. Mas não consigo imaginar Bonamy lá naquele lugar. Maldita Londres!") pois as carretas do mercado se arrastavam rua abaixo.

"Que tal uma caminhada no sábado?"

("O que vai acontecer no sábado?")

Então, puxando a caderneta, confirmou que a noite da festa dos Durrants era na semana seguinte.

Mas embora tudo isso possa muito bem ser verdade – Jacob pensou e falou isso ou aquilo – cruzou as pernas desse ou daquele jeito – reabasteceu o cachimbo – bebericou seu uísque e conferiu uma vez sua caderneta ao mesmo tempo que desgrenhava os cabelos, resta algo ali que jamais pode ser transmitido a uma segunda pessoa a não ser pelo próprio Jacob. Ademais, parte disso não é Jacob mas Richard Bonamy – o quarto; as carretas do mercado; a hora; o momento mesmo da história. Considere-se, depois, o efeito do sexo – como entre homem e mulher ele paira ondulante, tremulante, de modo que se vê aqui um vale, acolá um pico, quando, na verdade, talvez tudo seja tão plano como minha mão. Mesmo as palavras exatas adquirem a ênfase errada. Mas algo está sempre nos impelindo a zumbir, vibrando, como a mariposa-esfinge, à boca da caverna do mistério, dotando Jacob Flanders de todo tipo de características que ele absolutamente não tem – pois, embora, com certeza, ele estivesse sentado falando a Bonamy, a metade do que dizia era insípido demais para ser repetido; muita coisa, incompreensível (sobre gente desconhecida e o Parlamento); o que resta é, sobretudo, uma questão de conjecturas. Ainda assim sobre ele pairamos, vibrando.

"Sim", disse o capitão Barfoot, esvaziando o cachimbo com uma batida na borda da lareira de Betty Flanders e abotoando o casaco. "Dobra o trabalho, mas não me importo."

Ele era agora conselheiro municipal. Contemplavam a noite, que era a mesma de Londres, apenas um tanto mais transparente. Sinos de igreja lá embaixo na cidade badalavam as onze horas. O vento vinha do mar. E todas as janelas dos quartos vizinhos estavam escuras – os Pages dormiam; os Garfits dormiam; os Cranches dormiam – enquanto em Londres a essa hora estavam queimando o Guy Fawkes em Parliament Hill.

VI

As chamas tinham pegado fácil.

"Lá está a Catedral de St. Paul", alguém gritou.

Quando a madeira começou a arder, a Cidade de Londres iluminou-se por um segundo; nos outros lados da fogueira havia árvores. Dos rostos que surgiam frescos e vívidos como que pintados de amarelo e rubro o mais notável era o de uma moça. Por uma artimanha da luz do fogo ela parecia não ter corpo. A oval do rosto e o cabelo pairavam junto ao fogo tendo por pano de fundo um vácuo escuro. Como que ofuscados pelo clarão, os olhos verde-azuis fitavam as chamas. Cada um dos músculos de seu rosto estava tenso. Havia algo de trágico no fato de ela estar fitando desse jeito – sua idade, entre vinte e vinte e cinco anos.

Uma mão, descendo da intermitente escuridão, enfiou-lhe na cabeça o chapéu cônico e branco de um pierrô. Sacudindo a cabeça, ela ainda fitava as chamas. Um rosto com suíças e bigodes apareceu atrás dela. Dois pés de mesa e uma braçada de gravetos e folhas foram atirados ao fogo. Tudo isso se inflamou e revelou rostos muito mais atrás, redondos, pálidos, lisos, barbudos, alguns cobertos com chapéu-coco; todos atentos; revelou também a Catedral de St. Paul flutuando na inconstante neblina, e duas ou três agulhas estreitas, brancas como papel, em forma de apagador de incêndio.

As chamas lutavam por se enfiar por entre a madeira e rugiam quando, sabe Deus de onde, baldes começaram a atirar água em lindas formas ocas, como que de cascos de tartaruga polidos; atiraram uma vez e outra mais; até o chiado ficar parecendo um enxame de abelhas; e todos os rostos se apagaram.

"Ah, Jacob", disse a moça, enquanto marchavam colina acima no escuro, "Estou tão terrivelmente infeliz!"

Explosões de riso vindo dos outros chegavam até eles – altas, baixas; algumas à frente, outras atrás.

O restaurante do hotel estava brilhantemente iluminado. Numa ponta da mesa, havia uma cabeça de cervo em gesso; na outra, algum busto romano pintado de preto e vermelho para representar Guy Fawkes, a quem a noite pertencia. Os convivas estavam unidos por festões de rosas de papel, de modo que quando chegou a hora de cantarem, juntos e de mãos dadas, "Auld Lang Syne", uma linha rosa e amarela subia e baixava ao longo de toda a mesa. Houve um enorme coro de batidinhas de taças verdes de vinho. Um jovem se levantou, e Florinda, pegando um dos globos violáceos que estavam sobre a mesa, atirou-o direto na cabeça dele. O globo reduziu-se a pó.

"Estou tão terrivelmente infeliz!", disse, virando-se para Jacob, que estava sentado a seu lado.

A mesa correu, como se sobre pés invisíveis, para o fundo do salão, e um realejo, decorado com um pano vermelho e dois vasos de flores de papel, começou a desdobrar uma valsa.

Jacob não sabia dançar. Ficou encostado à parede fumando cachimbo.

"Achamos", disseram duas das pessoas que dançavam, separando-se do resto e fazendo uma profunda reverência à sua frente, "que você é o homem mais bonito que já vimos."

Coroaram-lhe então a cabeça com flores de papel. Depois alguém trouxe uma poltrona branca e dourada e fizeram com que a ocupasse. Ao passarem, as pessoas penduravam uvas de vidro em seus ombros até ele ficar parecendo a figura de proa de um navio naufragado. Então Florinda sentou-se em seus joelhos e escondeu o rosto em seu colete. Com uma das mãos ele segurava a moça; com a outra, o seu cachimbo.

"Agora vamos conversar", disse Jacob, enquanto descia a Haverstock Hill entre quatro e cinco horas da manhã de seis de novembro, de braço dado com Timmy Durrant, "sobre algo sensato."

Os gregos – sim, foi sobre que isso que conversaram – como, depois que tudo foi dito e feito, depois que se enxaguou a boca com toda a literatura do mundo, incluindo a chinesa e a russa (mas esses eslavos não são civilizados), é o sabor do grego que perdura. Durrant citou Ésquilo – Jacob, Sófocles. É verdade que nenhum grego poderia ter entendido ou nenhum professor deixado de apontar – Bem, não importa; para que serve o grego senão para ser gritado ao alvorecer na Haverstock Hill? Além disso, Durrant nunca ouviu Sófocles, nem Jacob, Ésquilo. Eles eram jactanciosos, triunfantes; parecia a ambos que tinham lido todos os livros do mundo; conhecido todos os pecados, as paixões e as alegrias. As civilizações se erguiam à volta deles como flores prontas para serem colhidas. Os séculos batiam em seus pés como ondas boas para serem singradas. E ao passarem em revista tudo isso que surgia por entre a neblina, a luz dos postes, as sombras de Londres, os dois jovens decidiram a favor da Grécia.

"Provavelmente", disse Jacob, "somos as únicas pessoas no mundo que sabem o que os gregos queriam dizer."

Tomaram café numa vendinha em que as cafeteiras eram de metal polido e pequenas lamparinas ardiam ao longo do balcão.

Tomando Jacob por um militar, o homem da vendinha lhe falou do filho em Gibraltar, e Jacob amaldiçoou o exército britânico e enalteceu o duque de Wellington. Assim, de novo seguiram em frente, descendo a colina e falando sobre os gregos.

Uma coisa estranha – pensando bem – esse amor pelos gregos, florescendo em tal obscuridade, distorcido, desencorajado, e contudo despontando, sem mais nem menos, especialmente ao se deixar recintos cheios de gente, ou após uma indigestão de letra impressa, ou quando a lua flutua por entre as ondas das colinas, ou em vazios, descorados, estéreis dias londrinos, como um remédio certeiro; uma lâmina afiada; sempre um milagre. Jacob não sabia mais grego do que lhe era necessário para seguir aos tropeços uma peça de teatro. Da história antiga nada sabia. Não obstante, enquanto flanava por Londres tinha a impressão de que eles faziam reverberar as pedras do calçamento da estrada para a Acrópole, e que, se os visse chegando, Sócrates se poria de pé e diria "caríssimos", pois todo o sentimento de Atenas estava inteiramente em consonância com o coração dele; livre, aventureiro, cheio de vida.... Ela o chamara pelo primeiro nome sem pedir-lhe permissão. Ela se sentara em seus joelhos. Assim faziam todas as boas mulheres no tempo dos gregos.

Nessa hora, vibrou no ar um lamento vacilante, trêmulo, dolente, ao qual parecia faltar força para se desdobrar e, contudo, ele se estendeu; ao som do qual portas em ruelas laterais se abriram brusca e soturnamente; operários pisando forte saíram para a rua.

Florinda estava enjoada.

A sra. Durrant, insone como sempre, fez uma marca ao lado de certas linhas d'*O inferno*.

Clara dormia enterrada nos travesseiros; em cima da penteadeira, rosas desarranjadas e um par de longas luvas brancas.

Ainda com o cônico chapéu branco de pierrô na cabeça, Florinda estava enjoada.

O quarto parecia apropriado para essas catástrofes – barato, cor de mostarda, meio sótão, meio estúdio, curiosamente ornamentado com estrelas de papel prata, chapéus femininos do País de Gales e rosários pendendo das arandelas a gás. Quanto à história de Florinda, seu nome lhe tinha sido conferido por um pintor que quisera passar a ideia de que a flor de sua virgindade ainda não fora colhida. Seja como for, ela não tinha sobrenome, e quanto aos pais, tinha apenas a fotografia de uma sepultura, sob a qual, dizia, o pai estava enterrado. Às vezes, ela se punha a falar sobre o tamanho dela, e corria o boato de que o pai de Florinda morrera do crescimento dos ossos, que nada conseguiu parar; e também que a mãe gozava da confiança de um artista da realeza, e vez por outra a própria Florinda virava uma princesa, mas sobretudo quando embriagada. Assim, deixada à própria sorte e, ainda por cima, bonita, com olhos trágicos e lábios de criança, ela falava mais sobre virgindade do que a maioria das mulheres; e acabara de perdê-la na noite anterior ou, então, a prezava mais que à menina dos olhos, dependendo do homem com quem falava. Mas falava só com homens? Não, tinha sua confidente: a Mãe Stuart. Stuart, frisaria essa dama, é o nome de uma Casa Real; mas o que isso significava, e qual era seu negócio, ninguém sabia; apenas que a sra. Stuart recebia vales postais toda segunda-feira de manhã, tinha um papagaio, acreditava na transmigração das almas e podia ler o futuro em folhas de chá. Um papel de parede de pensão sujo é o que ela era, servindo de proteção à castidade de Florinda.

Agora Florinda chorava, e passou o dia flanando pelas ruas; ficou em Chelsea vendo o rio correr; caminhou sem pressa ao longo das ruas de comércio; abriu a bolsa nos ônibus e empoou o rosto; leu cartas de amor, apoiando-as na jarra de leite da casa de chá A. B. C.; descobriu resquícios de vidro dentro do açucareiro; acusou a garçonete de querer envenená-la; afirmou que um ou outro rapaz botava os olhos nela; e se viu, perto do anoitecer, descendo devagar a rua de Jacob, quando se deu conta de que gostava mais daquele homem, Jacob, do que dos judeus sujos, e, sentando-se à sua mesa (ele transcrevia seu ensaio sobre a Ética da indecência), tirou as luvas e contou-lhe que a Mãe Stuart tinha lhe batido na cabeça com o abafador do bule de chá.

Jacob fiava-se na sua palavra, de que ela era casta. Sentada junto à lareira, ela tagarelava a respeito de pintores famosos. A sepultura do pai foi mencionada. Selvagem e frágil e bela era a impressão que ela dava, e assim eram as mulheres dos gregos, pensou Jacob; e isso era vida; e ele próprio, um homem, e Florinda, casta.

Ela saiu com um dos poemas de Shelley debaixo do braço. A sra. Stuart, disse, falava dele com frequência.

Admiráveis são os inocentes. Acreditar que a moça, em si, transcende todas as mentiras (pois Jacob não era tolo a ponto de acreditar cegamente); admirar invejosamente nela a vida desancorada – em contraste com a dele, protegida e reclusa – ter à mão, como remédio supremo e certeiro para todos os males da alma, Adonais e as peças de Shakespeare; imaginar uma camaradagem toda intensa da parte dela, protetora da dele, embora igual para ambos, pois as mulheres, pensava Jacob, são exatamente como os homens – tal inocência é admirável o bastante e, talvez, afinal, não tão tola assim.

Pois, quando Florinda chegou em casa aquela noite, ela primeiro lavou os cabelos; depois comeu bombons de chocolate; depois abriu o Shelley. Ela se entediou terrivelmente, é verdade. Afinal de contas, aquilo era *sobre* o quê? Teve que apostar consigo mesma que não ia comer outro até virar a página. Na realidade, caiu no sono. Mas, a bem da verdade, tinha sido um longo dia, a Mãe Stuart tinha atirado o abafador de chá; – veem-se cenas horríveis nas ruas, e, embora Florinda fosse ignorante como uma toupeira e nunca fosse aprender a ler corretamente nem mesmo suas cartas de amor, ainda assim tinha lá os seus sentimentos, gostava mais de uns homens que de outros e estava sempre disponível para a vida. Se era virgem ou não parece uma questão de somenos. A não ser que seja, de fato, a única coisa de real importância.

Jacob estava inquieto quando ela o deixou.

A noite inteira homens e mulheres fervilhavam, indo de um lado para o outro, pelas zonas de costume. Os que chegavam em casa mais tarde podiam ver sombras por detrás das cortinas até mesmo nos bairros mais respeitáveis. Nenhuma praça, debaixo de neve ou neblina, ficava sem seu par amoroso. Todas as peças de teatro giravam em torno do mesmo tema. Balas atravessavam cabeças em quartos de hotel quase todas as noites por causa disso. Quando o corpo escapava da mutilação, raramente o coração ia incólume para o túmulo. Quase não se falava em outra coisa em teatros e em romances populares. Mesmo assim afirmamos que se trata de uma questão sem importância alguma.

Graças a Shakespeare e Adonais, a Mozart e ao bispo Berkeley – escolha quem lhe aprouver – o fato é escondido e as noites passam, para a maioria de nós, respeitavelmente, ou apenas com aquele tipo de tremor que uma serpente provoca ao se insinuar sob a relva. Mas, por outro lado, o próprio ato de esconder desvia a mente da letra impressa e do som. Tivesse Florinda tido uma mente, ela poderia ter lido com olhos mais lúcidos do que os nossos. Ela e os de sua espécie têm resolvido a questão reduzindo-a à trivialidade de lavar as mãos todas as noites antes de ir para a cama, sendo a única dificuldade a de decidir como se prefere a água, quente ou fria, mas, tendo resolvido essa questão, a mente pode seguir o seu caminho sem ser perturbada.

Mas ocorreu, sim, a Jacob, no meio do jantar, perguntar-se se ela tinha uma mente.

Estavam sentados numa pequena mesa do restaurante.

Florinda apoiou os cotovelos na mesa e encaixou o queixo na concha das mãos. O casaco tinha caído para trás. Revestida de ouro e branco, com contas brilhantes, ela emergiu, o rosto desabrochando do corpo, inocente, mal e mal pintada, os olhos francamente vagueando à sua volta ou lentamente fixando-se em Jacob e ali repousando. Ela falou:

"Sabe aquela caixa preta e grande que o australiano deixou no meu quarto sabe-se lá quanto tempo atrás?... Realmente acho que peles fazem uma mulher parecer velha.... É o Bechstein que está entrando agora.... Estava imaginando como você era quando menino, Jacob." Mordiscou seu pãozinho e olhou para ele.

"Jacob. Você é como uma daquelas estátuas.... Acho que há coisas bonitas no Museu Britânico, não concorda? Um monte de coisas bonitas...", falou, sonhadora. O recinto estava ficando cheio; o calor, aumentando. Conversa de restaurante é conversa de sonâmbulos entorpecidos, tantas coisas para ver – tanto ruído – outras pessoas conversando. É possível entreouvir o que dizem? Ah, mas elas não devem entreouvir o que *nós* dizemos.

"Parece a Ellen Nagle – aquela moça...", e assim por diante.

"Estou muitíssimo feliz desde que lhe conheci, Jacob. Você é um homem tão *bom*."

O recinto ficava cada vez mais cheio; a conversa, mais alta; as facas, mais ruidosas.

"Bem, você percebe que o que a faz dizer coisas assim é..."

Ela se deteve. Assim fizeram todos.

"Amanhã... domingo... um terrível... você é que sabe... então vá!" Crash! E ela saiu impetuosamente.

Era na mesa do lado da deles que a voz se tornava cada vez mais alta. De repente a mulher jogou os pratos no chão. O homem ficou ali, abandonado. Todo mundo olhando. Então – "Bem, pobre sujeito, não devemos ficar aqui olhando. Que situação! Ouviu o que ela disse? Por Deus, ele parece um tolo! Deixou a desejar, suponho. A mostarda toda espalhada pela toalha. Os garçons se rindo."

Jacob observava Florinda. Parecia haver em seu rosto algo horrivelmente desmiolado – ali sentada, os olhos arregalados.

Ela saiu impetuosamente, a mulher de negro com a pluma dançando no chapéu. Mas ela tinha que ir a algum lugar. A noite não é um oceano escuro e agitado no qual mergulhamos ou navegamos como uma estrela. Na realidade, era uma noite úmida de novembro. Os postes do Soho espalhavam grandes borrões oleosos de luz no calçamento. As vielas laterais estavam escuras o bastante para esconder junto às entradas dos edifícios tanto homem quanto mulher. Uma das mulheres se adiantou quando Jacob e Florinda se aproximaram.

"Ela deixou cair a luva", disse Florinda.

Jacob, dando um passo à frente, entregou-a a ela.

Ela agradeceu-lhe efusivamente; voltou sobre os seus passos; deixou cair a luva outra vez. Mas por quê? Para quem?

Entrementes, para onde fora a outra mulher? E o homem?

A luz dos postes não chega longe o bastante para nos contar. As vozes, iradas, lúbricas, desesperadas, apaixonadas, não eram muito diferentes das vozes de feras enjauladas dentro da noite. Só que não estavam enjauladas, nem eram feras. Pare um homem; pergunte-lhe pelo caminho; ele lhe dirá; mas temos medo de perguntar-lhe pelo caminho. O que tememos? – o olho humano. Imediatamente o calçamento se estreita, o abismo se aprofunda. Ali! Dissolveram-se nele – ambos, homem e mulher. Mais adiante, ostensivamente apregoando sua meritória solidez, uma pensão exibe, por detrás de janelas desprovidas de cortinas, seu testemunho da solidez de Londres. Ali eles se sentam, bem iluminados, vestidos feito damas e cavalheiros, em poltronas de bambu. Viúvas de homens de negócio laboriosamente provam que têm juízes na família. Esposas de comerciantes de carvão logo retrucam que seus pais tinham cocheiros entre seus criados. Uma criada traz café, e a cesta de crochê tem que ser afastada. E, assim, outra vez no escuro, passando aqui por uma moça à venda, ou ali por uma velha que não tem mais que fósforos a oferecer, passando pela multidão que sai do metrô, por mulheres com os cabelos cobertos, passando, finalmente, por nada mais a não ser portas fechadas, batentes de porta entalhados e um solitário policial, Jacob, de braço dado com Florinda, chegou ao seu quarto e, acendendo a lâmpada, não disse absolutamente nada.

"Não gosto de você quando faz essa cara", disse Florinda.

O problema é insolúvel. O corpo está atrelado a um cérebro. A beleza vai de mãos dadas com a estupidez. Ali sentava-se ela, os olhos pregados no fogo como se estivesse olhando para o pote de mostarda quebrado. A despeito de defender a indecência, Jacob não tinha certeza se gostava dela em estado bruto. Teve uma violenta vontade de retornar à companhia masculina, aos quartos enclausurados e às obras dos clássicos; e estava pronto a se voltar com fúria contra quem quer que fosse que tivesse moldado a vida assim.

Então Florinda pôs a mão em seu joelho.

Afinal, ela não tinha culpa nenhuma. Mas a ideia o deixava triste. Não são catástrofes, assassinatos, mortes, doenças que nos envelhecem e nos liquidam; é o modo como as pessoas olham e riem, e sobem às carreiras os degraus dos ônibus.

Qualquer desculpa, entretanto, é boa para uma mulher estúpida. Ele lhe disse que lhe doía a cabeça.

Mas quando ela olhou para ele, em silêncio, meio que adivinhando, meio que compreendendo, desculpando-se talvez, dizendo, em todo caso, como ele dissera, "Não tenho culpa nenhuma", ereta e bela de corpo, o rosto como um molusco dentro de sua carapaça, então ele soube que claustros e clássicos de nada valem. Trata-se de um problema insolúvel.

VII

Por essa época uma firma que fazia negócios com o Oriente pôs no mercado pequenas flores de papel que se abriam ao entrar em contato com a água. Como também era costume usar tigelinhas com água para molhar os dedos após o jantar, a nova descoberta se mostrou de grande utilidade. Nesses lagos protegidos, as florzinhas coloridas fluíam e flutuavam; superavam ondas calmas e escorregadias e às vezes afundavam e jaziam como seixos no fundo do vidro. Sua sorte era observada por olhos atentos e adoráveis. Trata-se, sem dúvida, de uma grande descoberta, que leva à união dos corações e ao início de novos lares. As flores de papel não faziam nada menos que isso.

Não se deve pensar, entretanto, que elas tomaram o lugar das flores da natureza. Rosas, lírios, cravos em especial espreitavam por sobre as bordas dos vasos e inspecionavam as vidas fulgurantes e as súbitas mortes de suas parentas artificiais. O sr. Stuart Ormond fez justamente esse comentário; gracioso, aliás, foi a opinião geral; e Kitty Craster casou-se com ele por causa disso seis meses mais tarde. Mas flores reais jamais poderão ser deixadas de lado. Se pudessem, a vida humana seria algo bem diferente. Pois flores fenecem; crisântemos são os piores; perfeitos à noite; amarelos e decaídos na manhã seguinte – impróprios para serem vistos. Levando tudo em conta, embora o preço seja proibitivo, os cravos valem mais a pena; – resta a questão, entretanto, de saber se é sensato encomendá-los com reforço de arame. Algumas lojas recomendam isso. É, com certeza, a única maneira de conservá-los num baile; mas a questão de saber se isso é necessário em jantares festivos, a menos que os recintos estejam muito quentes, continua em aberto. A velha sra. Temple recomendava pôr uma folha de hera – apenas uma – dentro da jarra. Ela dizia que mantinha a água pura por dias a fio. Mas há razões para crer que a velha sra. Temple estava equivocada.

Os cartõezinhos com os nomes gravados, entretanto, são um problema mais sério que as flores. Mais pernas de cavalos foram exauridas; mais vidas de cocheiros, consumidas; mais horas úteis de tempo vespertino foram em vão esbanjadas do que as que foram necessárias para ganharmos a batalha de Waterloo e, de quebra, pagar por ela. Esses diabinhos são a causa de tantas moratórias, calamidades e aflições quanto a própria batalha. Em algumas ocasiões, a sra. Bonham acabara de sair, em outras, ela está em casa. Mas, ainda que os cartões fossem abolidos, o que parece improvável, há forças incontroláveis insuflando vida nas tempestades, transtornando manhãs de trabalho e minando a estabilidade da tarde – a saber, costureiras e confeitarias. Seis metros de seda são o bastante para cobrir um corpo inteiro; mas e se tivermos que inventar seiscentos modelos e o dobro disso de cores? – em meio a tudo há a urgente questão do bolo com gotinhas de creme verde e ameias de pasta de amêndoa. Ele não tinha chegado.

As horas flamengas adejavam suavemente através do céu. Mas regularmente elas mergulhavam suas asas num negro de piche; em Notting Hill, por exemplo, ou nas cercanias de Clerkenwell. Não é de admirar que a língua italiana continuasse uma arte misteriosa e o piano tocasse sempre a mesma sonata. Para comprar um par de meias elásticas para a sra. Page, viúva, sessenta e três anos, beneficiária da soma de cinco xelins por semana de auxílio social do governo e amparada por seu único filho, empregado na tinturaria Mackie e sofrendo de dores de peito no inverno, cartas deveriam ser redigidas, colunas deveriam ser preenchidas com a mesma letra redonda e simples com que escrevia, no diário do sr. Letts, como o tempo estava bom, como as crianças eram uns diabinhos, e Jacob Flanders, tão desligado. Clara Durrant conseguia as meias, tocava a sonata, enchia os vasos, buscava o bolo, distribuía os cartões e, quando a grande invenção das flores de papel destinadas a serem mergulhadas em tigelinhas de molhar os dedos foi introduzida, foi uma das que mais se maravilhou com suas breves vidas.

Tampouco faltavam poetas para celebrar o tema em versos. Edwin Mallett, por exemplo, escreveu os seus terminando assim:

E leram seu destino nos olhos de Chloe,

o que fez Clara corar na primeira leitura, e rir na segunda, dizendo que era bem do feitio dele chamá-la de Chloe quando seu nome era Clara. Rapaz ridículo! Mas quando, entre as dez e as onze horas de uma manhã chuvosa, Edwin Mallett estendeu sua vida aos pés dela, ela saiu correndo da sala e se escondeu no quarto, e Timothy, no andar de baixo, não conseguiu continuar seu trabalho durante toda aquela manhã por causa dos soluços dela.

"Este é o resultado de se entregar à diversão", disse a sra. Durrant severamente, inspecionando o carnê de baile todo marcado com as mesmas iniciais, ou melhor, eram diferentes desta vez – R. B. em vez de E. M.; agora era Richard Bonamy, o rapaz com o nariz de Wellington.

"Mas jamais me casaria com um homem com um nariz como aquele", disse Clara.

"Bobagem", disse a sra. Durrant.

"Mas estou sendo severa demais", pensou. Pois Clara, perdendo sua vivacidade, rasgou seu carnê, jogando-o no guarda-fogo da lareira.

Tais eram as seríssimas consequências da invenção das flores de papel destinadas a serem mergulhadas em tigelinhas de molhar os dedos.

"Por favor", disse Julia Eliot, assumindo sua posição junto à cortina, quase em frente à porta, "não me apresente. Gosto de ficar olhando. O divertido", continuou, dirigindo-se ao sr. Salvin, que, por ser manco, estava acomodado numa poltrona, "o divertido de uma festa é observar as pessoas – indo e vindo, indo e vindo."

"A última vez em que nos encontramos", disse o sr. Salvin, "foi no Farquhars. Pobre mulher! Tem que se sujeitar a tanta coisa."

"Ela não está encantadora?", exclamou a srta. Eliot quando Clara Durrant passou por eles.

"E qual deles...?", perguntou o sr. Salvin, baixando a voz e falando num tom de brincadeira.

"Há tantos...", replicou a srta. Eliot. Três rapazes estavam à entrada da porta procurando pela anfitriã.

"A senhorita não se lembra de Elizabeth como eu", disse o sr. Salvin, "dançando o bailado das Highlands em Banchory. Clara não tem a vivacidade da mãe. Clara é um tanto apagada."

"Quantas pessoas diferentes vemos aqui!", disse a srta. Eliot.

"Felizmente não somos governados pelos jornais vespertinos", disse o sr. Salvin.

"Eu nunca os leio", disse a srta. Eliot. "Não sei nada de política", acrescentou.

"O piano está afinado", disse Clara, passando por eles, "mas temos que pedir a alguém para mudá-lo de lugar para nós."

"Vão dançar?", perguntou o sr. Salvin.

"Ninguém vai incomodá-lo", disse peremptoriamente a sra. Durrant ao passar.

"Julia Eliot. É *mesmo* a Julia Eliot!", disse a velha lady Hibbert, segurando-lhe as mãos. "E o sr. Salvin. O que vai ser de nós, sr. Salvin? Com toda a minha experiência de política inglesa – Meu caro, estava pensando em seu pai na última noite – um de meus amigos mais antigos, sr. Salvin. Nunca me diga que garotas de dez anos são incapazes de amar! Sabia todo o Shakespeare de cor antes de chegar aos meus treze anos, sr. Salvin!"

"Não me diga", disse o sr. Salvin.

"Mas, sim, digo", disse lady Hibbert.

"Ah, sr. Salvin, sinto muito...."

"Eu me retirarei daqui se a senhorita tiver a bondade de me dar uma mão", disse o sr. Salvin.

"O senhor vai sentar ao lado de minha mãe", disse Clara. "Todo mundo parece ter vindo para cá.... Sr. Calthorp, deixe-me apresentá-lo à srta. Edwards."

"A senhorita vai viajar no Natal?", disse o sr. Calthorp.

"Se o meu irmão conseguir sua licença", disse a srta. Edwards.

“Em que regimento ele está?”, disse o sr. Calthorp.

“No vigésimo dos hussardos”, disse a srta. Edwards.

“Talvez ele conheça meu irmão”, disse o sr. Calthorp.

“Receio não ter entendido o seu nome”, disse a srta. Edwards.

“Calthorp”, disse o sr. Calthorp.

“Mas que prova havia de que a cerimônia de casamento fora realmente realizada?”, disse o sr. Crosby.

“Não, não há nenhuma razão para duvidar de que Charles James Fox...”, começou o sr. Burley; mas, nesse ponto, a srta. Stretton lhe disse que conhecia bem a irmã dele; estivera com ela não fazia seis semanas; e achara a casa encantadora, mas desolada no inverno.

“Indo a todos os lugares como as moças fazem hoje em dia —”, disse a srta. Forster.

O sr. Bowley olhou à sua volta e, vendo Rose Shaw, foi em sua direção, estendeu as mãos e disse: “E então?”.

“Nada”, respondeu ela. “Nada mesmo – embora eu os tenha deixado sozinhos a tarde inteira de propósito.”

“Meu Deus, meu Deus”, disse o sr. Bowley. “Vou convidar Jimmy para o café da manhã.”

“Mas quem poderia resistir a ela?”, exclamou Rose Shaw. “Clara, minha querida – sei que não devemos tentar detê-la...”

“A senhora e o sr. Bowley estão fazendo uma grande fofoca, tenho certeza”, disse Clara.

“A vida é malvada – a vida é detestável”, exclamou Rose Shaw.

“Não há muito a dizer sobre esse tipo de coisa, não é mesmo?”, disse Timothy Durrant a Jacob.

“As mulheres gostam disso.”

"Gostam de quê?", disse Charlotte Wilding, aproximando-se.

"De onde você está vindo?", disse Timothy. "Jantando em algum lugar, suponho."

"Não vejo por que não", disse Charlotte.

"Devem ir todos para o andar de baixo", disse Clara, ao passar. "Conduza Charlotte, Timothy. Como vai, sr. Flanders?"

"Como vai, sr. Flanders?", disse Julia Eliot, estendendo a mão. "Tudo bem com o senhor?"

"Quem é Silvia? o que ela é?
Que todos os moços a cortejam?"

cantava Elsbeth Siddons.

Todos ficaram onde estavam ou buscaram uma cadeira para se sentar.

"Oh", suspirou, no meio da canção, Clara, que estava ao lado de Jacob.

"À honra de Silvia cantai,
  Que Silvia a tudo supera;
Supera os pobres mortais
  Que do fado estão à espera.
Trazei-lhe arranjos florais",

cantava Elsbeth Siddons.

"Oh!", exclamou Clara, em voz alta, e aplaudiu com suas mãos enluvadas; e Jacob aplaudiu com suas mãos nuas; e então ela se adiantou e pediu às pessoas que estavam à porta que entrassem.

"O senhor está morando em Londres?", perguntou a srta. Julia Eliot.

"Sim", disse Jacob.

"Em aposentos alugados?"

"Sim."

"Ali está o sr. Clutterbuck. A gente sempre vê o sr. Clutterbuck aqui. Temo que ele não se sinta muito feliz em casa. Dizem que a sra. Clutterbuck...", ela baixou a voz. "É por isso que ele fica com os Durrants. O senhor estava lá quando representaram a peça do sr. Wortley? Ah, não, claro que não – no último momento, não sei se o senhor ficou sabendo – o senhor teve que encontrar sua mãe, lembro bem, em Harrogate – No último momento, como dizia, justo quando tudo estava pronto, as roupas terminadas e tudo – Agora Elsbeth vai cantar de novo. Acho que Clara vai acompanhá-la ou virar as páginas para o sr. Carter. Não, o sr. Carter vai tocar sozinho – Isso é *Bach*", sussurrou ela, enquanto o sr. Carter tocava os primeiros compassos.

"O senhor é um aficionado da música?", disse a sra. Durrant.

"Sim. Gosto de escutar", disse Jacob. "Mas não conheço nada."

"Poucas pessoas conhecem", disse a sra. Durrant. "Ouso dizer que nunca lhe ensinaram. Por que isso, sir Jasper? – Sir Jasper Bigham – Sr. Flanders. Por que não se ensina às pessoas nada daquilo que elas têm obrigação de saber, sir Jasper?" Ela se afastou, enquanto eles continuaram encostados à parede.

Durante três minutos, nenhum dos cavalheiros disse qualquer coisa, embora Jacob talvez tivesse se movido um palmo para a esquerda e, depois, a mesma distância para a direita. Depois Jacob resmungou e subitamente atravessou a sala.

"Vem comigo comer alguma coisa?", disse ele para Clara Durrant.

"Sim, um sorvete. Rápido. Agora", disse ela.

Desceram as escadas.

Mas a meio caminho encontraram o sr. e a sra. Gresham, Herbert Turner, Sylvia Rashleigh e um amigo da América que se atreveram a trazer, "sabendo que a sra. Durrant – queria apresentar o sr. Pilcher. – O sr. Pilcher, de Nova York – Esta é a srta. Durrant".

"De quem muito ouvi falar", disse o sr. Pilcher, fazendo uma profunda reverência.

E assim Clara o deixou.

VIII

Por volta das nove e meia, Jacob saía de casa, a sua porta batendo, outras portas batendo, comprando seu jornal, pegando seu ônibus ou, se o tempo permitisse, fazendo o percurso a pé, tal como faziam outras pessoas. A cabeça inclinada, uma escrivaninha, um telefone, livros encadernados em couro verde, luz elétrica.... "Mais carvão, senhor?"... "Seu chá, senhor."... Conversa sobre futebol, os Hotspurs, os Arlequin[s]; às seis e meia, o *Star* trazido pelo contínuo; as gralhas do Gray's Inn passando no alto; galhos sob a neblina, finos e frágeis; e, de quando em quando, em meio ao tráfego, uma voz gritando: "O veredito – o veredito – o vencedor – o vencedor", enquanto as cartas se acumulam num cesto, Jacob as assina, e cada fim de tarde o encontra, ao pegar o casaco, com um novo músculo do cérebro que acabara de ser exercitado.

Então, às vezes uma partida de xadrez; ou pinturas na Bond Street, ou uma longa caminhada de volta à casa para tomar ar, de braços com Bonamy, marchando meditativamente, a cabeça jogada para trás, o mundo um espetáculo, a lua vespertina por sobre os campanários em busca de louvor, as gaivotas voando alto, Nelson em sua coluna inspecionando o horizonte, e o mundo nosso navio.

Enquanto isso, a carta da pobre da Betty Flanders, tendo alcançado a segunda entrega postal do dia, ficou ali, em cima da mesa do vestíbulo – pobre da Betty Flanders, escrevendo o nome do filho, Jacob Alan Flanders, Esq., como costumam fazer as mães, e a tinta, clara, profusa, sugerindo o modo como as mães lá em Scarborough rabiscam junto à lareira, com os pés sobre o guarda-fogo, com o serviço de chá já retirado, e não conseguem nunca, nunca, dizer o que quer que seja

– provavelmente isto – Nunca ande com mulheres de má fama, seja um bom moço; vista as camisas grossas; e volte, volte, volte para mim.

Mas ela não dizia nada disso. "Você se lembra da velha srta. Wargrave, que se mostrou tão prestativa quando você teve coqueluche?", escreveu ela; "morreu, por fim, a pobrezinha. Eles vão ficar contentes se você escrever. Ellen veio me visitar e passamos um belo dia fazendo compras. O velho Mouse está ficando muito enferrujado e temos que empurrá-lo para ele poder subir qualquer morrinho. Rebecca, após não sei quanto tempo, foi, finalmente, visitar o sr. Adamson. Três dentes, disse ele, precisam ser arrancados. O tempo é tão ameno para essa época do ano que já dá para ver botõezinhos nas pereiras. E a sra. Jarvis me conta —" A sra. Flanders gostava da sra. Jarvis, sempre dizia que ela era boa demais para morar num lugar parado como aquele e, embora ela nunca desse ouvidos para seu desabafo e lhe dissesse ao final (erguendo os olhos, molhando a linha na boca ou tirando os óculos) que um pouco de turfa ao redor das raízes dos íris ajudava a protegê-los da geada, e a grande liquidação de saldos da Parrot era na próxima terça, "lembre-se disso" – a sra. Flanders sabia exatamente como a sra. Jarvis se sentia; e como eram interessantes suas cartas sobre a sra. Jarvis, podia-se lê-las ano após ano – essas obras inéditas das mulheres, escritas junto à lareira em deslavada abundância, secadas pela chama, pois o mata-borrão estava todo furado, e a pena, partida e cheia de coágulos. E depois o capitão Barfoot. Ela o chamava de "o capitão", falava dele francamente, embora nunca sem alguma reserva. O capitão estava se informando, em seu favor, a respeito das terras de Garfit; dava conselhos sobre a criação das galinhas; prometia lucros; ou padecia de ciática; ou a sra. Barfoot ficara dentro de casa por semanas a fio; ou o capitão diz que as coisas estão feias, quer dizer, na política, pois, como sabia Jacob, o capitão às vezes falava, ao cair da noite, sobre a Irlanda ou a Índia; e então a sra. Flanders se punha a devanear sobre Morty, o irmão, desaparecido por todos esses anos – teriam os nativos feito dele prisioneiro, teria o seu navio afundado – iria o Almirantado informá-la? – o capitão batendo o cachimbo para esvaziá-lo, como bem sabia Jacob, levantando-se para ir embora, esticando-se, todo duro, para pegar o novelo de lã da sra. Flanders, que tinha rolado para baixo da poltrona. A conversa sobre a criação de galinhas voltava uma vez e outra, a mulher, mesmo aos cinquenta, impulsiva por natureza, antevendo, no nebuloso futuro, bandos de legornes, cochins, orpingtons; tal como Jacob, no esboço borrado que ela fazia dele; mas forte como ele era; fresca e vigorosa, correndo pela casa toda, repreendendo Rebecca.

A carta estava ali em cima da mesa do vestíbulo; entrando naquela noite, Florinda levou-a consigo, colocando-a em cima da mesa ao beijar Jacob, e Jacob, vendo a letra, deixou-a ali, sob a lâmpada, entre a lata de biscoito e a caixa de fumo. Fecharam a porta do quarto atrás deles ao entrarem.

A sala de estar não sabia de nada nem se importava. A porta estava fechada; e supor que a madeira, quando estala, transmita alguma outra coisa que não o fato de que os ratos estão ocupados e que a madeira esteja seca é pueril. Essas casas antigas são apenas tijolo e madeira, embebidas de suor humano, engrumadas de sujeira humana. Mas se o envelope azul-claro ao lado da lata de biscoito tivesse os sentimentos de uma mãe, o coração seria rasgado pelo pequeno estalo, pela súbita agitação. Por detrás da porta estava a coisa obscena, a alarmante presença, e o terror se apoderaria dela como na morte ou no parto. Melhor, talvez, entrar porta adentro e enfrentá-la, em vez de ficar sentada na antecâmara, ouvindo o pequeno estalo, a súbita agitação, pois o coração dela estava inchado, e a dor o atravessava. Meu filho, meu filho – esse seria seu grito, emitido para ocultar a visão dele deitado com Florinda, inexcusável, irracional, numa mulher com três filhos, morando em Scarborough. E a culpa era de Florinda. Na verdade, quando a porta se abriu e o casal veio para fora, a sra. Flanders teria se atirado em cima dela – só que foi Jacob quem, em seu roupão, saiu primeiro, afável, imponente, maravilhosamente saudável, como um bebê que tomou ar fresco, com um olho claro como água corrente. Florinda veio atrás, se espreguiçando, bocejando um pouco; ajeitando o cabelo em frente ao espelho – enquanto Jacob lia a carta da mãe.

Consideremos as cartas – como elas chegam na hora do café da manhã, e no fim da tarde, com seus selos amarelos e seus selos verdes, imortalizados pelo carimbo postal – pois ver o nosso próprio envelope em cima da mesa de outra pessoa significa nos darmos conta da rapidez com que os nossos atos se separam de nós e se tornam alheios. Então, enfim, o poder que tem a mente de deixar o corpo se torna manifesto, e talvez temamos ou odiemos ou desejemos que seja aniquilado esse fantasma de nós mesmos que jaz sobre a mesa. Ainda assim, há cartas que meramente dizem que o jantar é às sete horas; outras encomendam carvão; marcam encontros. Nelas, a mão é quase imperceptível; isso para não falar da voz ou da repreensão. Oh, mas quando o correio bate e a carta chega, o milagre parece se repetir – tentativa de conversa. Veneráveis são as cartas, infinitamente bravas, abandonadas, e perdidas.

Sem elas a vida se romperia. "Venha para o chá, venha para o jantar, o que tem de verdade nessa história?, soube das novidades? a vida na capital é divertida; os dançarinos russos...." Essas coisas são nossos esteios e escoras. Elas entrelaçam nossos dias e fazem da vida um globo perfeito. E contudo, e contudo... quando vamos ao jantar, quando, apertando pontas de dedos, esperamos nos ver em breve em algum local, uma dúvida se insinua; é essa a maneira de passar nossos dias? esses raros, limitados dias, tão cedo a nós distribuídos – tomando chá? jantando fora? E os recados se acumulam. E os telefones tocam. E, a qualquer lugar que vamos, fios e tubos nos rodeiam para carregar as vozes que tentam atravessar antes que a última carta do baralho seja distribuída e os dias se acabem. "Tentam atravessar", pois quando erguemos a taça, apertamos as mãos, expressamos alguma esperança, alguma coisa murmura: Isso é tudo? Não conseguirei nunca saber, partilhar, ter certeza? Estou condenada, todos os meus dias, a escrever cartas, a transmitir vozes, que caem sobre a mesa do chá, enfraquecem com o passar do tempo, a fazer convites, enquanto a vida encolhe, para que venham jantar? Contudo as cartas são veneráveis; e o telefone, destemido, pois a jornada é solitária, e se, unidos por recados e telefones, viajamos em companhia, talvez – quem sabe – possamos conversar no caminho.

Certo, alguns tentaram. Byron escrevia cartas. Cowper também. Por séculos a fio, a escrivaninha tem acomodado folhas feitas precisamente para a comunicação com os amigos. Mestres da língua, poetas de remotas eras, se voltaram da folha que perdura para a folha que perece, afastando a bandeja do chá, chegando para perto do fogo (pois cartas são escritas quando a escuridão se estreita em volta de uma caverna vermelho-vivo), e se entregaram à tarefa de alcançar, tocar, penetrar o coração individual. Como se fosse possível! Mas as palavras têm sido usadas com demasiada frequência; têm sido mexidas e reviradas, e deixadas expostas à poeira das ruas. As palavras que buscamos pendem junto à árvore. Chegamos ao alvorecer e as encontramos, frescas, por sob a folha.

A sra. Flanders escrevia cartas; a sra. Jarvis as escrevia; a sra. Durrant também; a Mãe Stuart, na verdade, perfumava suas páginas, acrescentando-lhes, assim, um aroma que a língua inglesa não pode proporcionar; Jacob tinha escrito, na sua época, longas cartas sobre arte, moralidade e política, a rapazes na universidade. As cartas de Clara Durrant eram as de uma criança. Florinda – o obstáculo entre Florinda e sua pena era algo intransponível. Imagine uma borboleta, um mosquito ou algum outro inseto alado que, preso a uma vareta coberta de lodo, atravessa uma página. Sua ortografia era abominável. Seus sentimentos, infantis. E, por alguma razão, quando escrevia, proclamava sua fé em Deus. Depois havia riscos – manchas de lágrima; e a própria letra era irregular e se redimia apenas pelo fato – que realmente sempre redimia Florinda – pelo fato de que ela se importava. Sim, fosse com bombons de chocolate, com banhos quentes ou com a forma de seu rosto no espelho, Florinda, assim como não conseguia engolir uísque, também não conseguia simular um sentimento. Incontinente era sua rejeição. Grandes homens são fiéis à verdade, e essas pequenas prostitutas, fitando o fogo, tirando da bolsa uma esponja de pó de arroz, retocando os lábios a dois dedos do espelho, têm (assim pensava Jacob) uma fidelidade inviolável.

Então ele a viu dobrando a Greek Street de braços dados com outro homem.

A luz da lâmpada a arco voltaico encharcava-o da cabeça aos pés. Ficou ali parado, imóvel, por um minuto, debaixo dela. Sombras enxadrezavam a rua. Outros vultos, sozinhos ou juntos, saíam aos borbotões, passavam vacilantes e tapavam a vista de Florinda com o homem.

A luz encharcava Jacob da cabeça aos pés. Podia-se ver a estampa de suas calças; os velhos nós de sua bengala; os cadarços de seus sapatos; as mãos nuas; e o rosto.

Era como se uma pedra tivesse sido moída até virar pó; como se faíscas brancas saltassem de uma lívida pedra de amolar, que era sua espinha dorsal; como se uma montanha-russa, tendo se precipitado nas profundezas, caísse, caísse, caísse. Isso estava em seu rosto.

Se sabemos ou não o que se passava em sua mente é outra questão. Tendo em conta dez anos a mais de idade e a diferença de sexo, o medo em relação a ele vem primeiro; o qual é sorvido pelo desejo de ajudar – levando de roldão o bom senso, a razão e a hora da noite; logo em seguida, vem a raiva – de Florinda, do destino; e, depois, borbulharia, vindo à tona, um irresponsável otimismo. "Seguramente, há luz suficiente na rua, neste momento, para afogar todas as nossas preocupações em ouro!" Oh, de que serve dizer isso? No exato instante em que falamos e olhamos por sobre o ombro em direção à Shaftesbury Avenue, o destino está cinzelando uma marca nele. Ele se virou para ir embora. Quanto a segui-lo de volta a seus aposentos, não – isso não faremos.

Contudo, isso, claro, é precisamente o que fazemos. Ele entra e fecha a porta, embora estivesse batendo apenas as dez horas num dos relógios da cidade. Ninguém consegue ir para a cama às dez horas. Ninguém estava pensando em ir para a cama. Era janeiro e a noite estava tenebrosa, mas a sra. Wagg estava parada na soleira da porta, como que esperando alguma coisa acontecer. Um realejo tocava como um rouxinol obsceno embaixo de folhas molhadas. Crianças corriam pela rua. Aqui e ali podiam-se vislumbrar, para além da porta do vestíbulo, paredes forradas de lambris marrons.... O caminho que a mente percorre debaixo de janelas alheias é bastante estranho. Ora distraída por lambris marrons; ora por uma samambaia num vaso; aqui improvisando umas frases para dançar ao ritmo do realejo; ali roubando uma alegria desprendida do espetáculo de algum bêbado; depois inteiramente absorvida pelas palavras que os pobres gritam uns para os outros de um lado da rua para o outro (tão francas, tão fortes) – contudo, o tempo todo tendo por centro, por ímã, um moço a sós em seu quarto.

"A vida é malvada – a vida é detestável", gritou Rose Shaw.

A coisa estranha sobre a vida é que, embora a sua natureza deva ter sido evidente para todo mundo por centenas de anos, ninguém deixou qualquer descrição adequada dela. As ruas de Londres têm o seu mapa; mas nossas paixões não foram mapeadas. O que vamos encontrar se dobrarmos esta esquina?

"Holborn fica bem à sua frente", diz o policial. Oh, mas onde acabaremos, se, em vez de passar ao largo do velho com sua barba branca, sua medalha de prata e seu violino barato, deixamos que ele vá adiante com sua história, que termina com um convite para ir a algum lugar, aparentemente ao seu quarto, que dá para a Queen's Square, e ali ele nos mostra uma coleção de ovos de pássaro e uma carta do secretário do Príncipe de Gales, e isso (pulando os estágios intermediários) nos transporta a um dia de inverno, na costa de Essex, onde o barquinho parte de repente em direção ao navio, e o navio zarpa e nós contemplamos, na linha do horizonte, os Açores; e os flamingos levantam voo; e ali nos sentamos, à beira do charco, tomando ponche de rum, um proscrito da civilização, pois cometemos um crime, provavelmente estamos infectados de febre amarela, e – complete o esboço como achar melhor.

Tão frequentes quanto as esquinas de Holborn são esses hiatos na continuidade de nossos caminhos. Contudo seguimos em frente.

Rose Shaw, falando de maneira bastante emocionada com o sr. Bowley, na festa vespertina da sra. Durrant, algumas noites atrás, disse que a vida era malvada porque um homem chamado Jimmy se recusava a desposar uma mulher chamada (se a memória não falha) Helen Aitken.

Os dois eram bonitos. Os dois eram apagados. A mesa de chá oval os separava irremediavelmente, e o prato com biscoitos era tudo que ele jamais lhe dera. Ele fazia uma reverência; ela inclinava a cabeça. Eles dançavam. Ele dançava divinamente. Eles se sentavam no recanto do jardim; nenhuma palavra era dita. O travesseiro dela ficava molhado de lágrimas. O amável sr. Bowley e a adorável Rose Shaw se estranhavam e lamentavam. Bowley morava num apartamento da mansão Albany. Rose renascia toda noite precisamente quando o relógio badalava as oito horas. Todos os quatro eram triunfos da civilização, e se você insiste em dizer que o domínio da língua inglesa é parte de nossa herança, só podemos replicar que a beleza é quase sempre muda. A beleza masculina em associação com a beleza feminina gera no espectador uma sensação de medo. Eu os via com frequência – Helen e Jimmy – e os associava a navios à deriva, e temia por meu próprio e pequeno barco. Ou, ainda, você alguma vez observou esses belos cãezinhos collies deitados de cabeça erguida, a vinte metros de distância? Quando ela lhe passou a taça houve aquele frêmito em seus flancos. Bowley percebeu o que acontecia – convidou Jimmy para o café da manhã. Helen deve ter feito confidências a Rose. De minha parte, acho extremamente difícil interpretar canções sem palavras. E agora Jimmy alimenta corvos em Flanders e Helen visita hospitais. Ah, a vida é abominável, a vida é malvada, como dizia Rose Shaw.

Os postes de luz de Londres escoram a escuridão como que sobre pontas de baionetas ardentes. O dossel amarelo afunda e enfuna em cima do imenso leito de baldaquino. Passageiros dentro das carruagens postais entrando às carreiras na Londres do século dezoito espiavam por entre os galhos desfolhados e a viam fulgurando abaixo deles. A luz arde por detrás de persianas amarelas e persianas rosadas, e por sobre as vidraças em arco em cima das portas da frente e, embaixo, nas janelas e nos porões. A feira do Soho vibra de tanta luz. Carne crua, canecos de porcelana e meias de seda se inflamam sob ela. Vozes cruas se enroscam em volta dos resplandecentes jatos de gás. Mãos nos quadris, eles ficam aos berros plantados no calçamento da rua – os senhores Kettle e Wilkinson, comerciantes; suas esposas estão sentadas dentro da barraca, peliças em volta do pescoço, braços cruzados, olhos desdenhosos. Os rostos diferentes que vemos! O homenzinho enfiando os dedos na carne deve ter se agachado diante do fogo em inumeráveis pensões, e ouvido e visto e sabido tantas coisas que elas parecem sair sozinhas, e até mesmo fluentes, dos olhos escuros, da boca mole, enquanto ele enfia silenciosamente os dedos na carne, o rosto triste como o de um poeta, e sem nunca ter entoado uma canção. Mulheres envoltas em xale carregam bebês de pálpebras roxas; meninos ficam parados nas esquinas; meninas olham para o outro lado da rua – ilustrações grosseiras, imagens num livro cujas páginas viramos e voltamos a virar como se devêssemos encontrar, por fim, o que procuramos. Cada rosto, cada loja, cada janela de quarto, cada pub e cada praça escura é uma imagem febrilmente virada – em busca de quê? É a mesma coisa com os livros. O que buscamos ao percorrer milhões de páginas? Continuamos, esperançosos, virando páginas – ah, aqui está o quarto de Jacob.

Ele estava sentado à mesa lendo o *Globe*. A página rosada estava estendida, plana, diante dele. Apoiava o rosto na mão, de modo que a pele da face se franzia em profundas pregas. Terrivelmente severo era como ele parecia, decidido, e desafiante. (O que se passa com uma pessoa no período de meia hora! Mas nada podia salvá-lo. Esses eventos fazem parte de nossa paisagem. Um estrangeiro chegando em Londres dificilmente deixaria de notar a Catedral de St. Paul.) Ele julgava a vida. Esses jornais rosados e esverdeados são delgadas folhas de gelatina prensadas a cada noite sobre o cérebro e o coração do mundo. Eles recolhem a impressão do todo. Jacob passou o olho por ele. Uma greve, um assassinato, futebol, cadáveres encontrados; uma gritaria de todas as partes da Inglaterra ao mesmo tempo. Que desgraça que o *Globe* não tenha nada de melhor a oferecer a Jacob Flanders! Quando uma criança começa a ler livros de história, ficamos desoladamente surpresos de ouvi-la soletrar, em sua fresca voz, as palavras antigas.

O discurso do primeiro-ministro foi noticiado num espaço de mais de cinco colunas. Mexendo no bolso, Jacob tirou o cachimbo e começou a enchê-lo. Cinco, dez, quinze minutos se passaram. Jacob levou o jornal para perto do fogo. O primeiro-ministro propunha uma lei que concedia um governo autônomo à Irlanda. Jacob sacudiu o cachimbo para esvaziá-lo. Certamente estava pensando no governo autônomo para a Irlanda – uma questão muito difícil. Uma noite muito fria.

A neve, que caíra a noite toda, se estendia, às três da tarde, por sobre os campos e a colina. Touceiras de capim seco se destacavam no topo da colina; os arbustos de tojo estavam enegrecidos e de vez em quando um estilhaço negro atravessava a neve enquanto o vento transportava lufadas de partículas congeladas à sua frente. O som era o de uma vassoura varrendo – varrendo.

A correnteza rastejava pela rua sem ser vista por ninguém. Gravetos e folhas agarravam-se à grama congelada. O céu era de um cinza soturno, e as árvores, de ferro negro. Inflexível era a severidade do interior. Às quatro horas a neve começou de novo a cair. O dia se extinguira.

Uma janela pintada de amarelo, com cerca de pouco mais de meio metro de largura, combatia sozinha os campos brancos e as árvores negras.... Às seis, um vulto masculino carregando uma lanterna atravessou o campo.... Um feixe de gravetos alojado em cima de uma pedra se desgrudou de repente e foi, boiando, em direção ao bueiro.... Um bloco de neve escorregou de um galho de abeto e caiu.... Mais tarde houve um grito de lamento.... Um carro a motor veio pela estrada empurrando a escuridão à sua frente.... A escuridão fechou-se atrás dele....

Espaços de completa imobilidade separavam cada um desses movimentos. A terra parecia estar morta.... Então o velho pastor retornou, todo rígido, pelo campo. Rígida e dolorosamente, a terra congelada era pisada e cedia sob a pressão como um moinho prisional. As vozes fatigadas dos relógios repetiam o evento da hora ao longo de toda a noite.

Jacob também as ouviu e apagou o fogo. Ergueu-se. Espreguiçou-se. Foi para a cama.

IX

A condessa de Rocksbier estava sentada à cabeceira da mesa, sozinha com Jacob. Nutrida a champanhe e especiarias havia pelo menos dois séculos (quatro, se contarmos o ramo feminino da família), a condessa Lucy parecia bem nutrida. Um nariz apurado para aromas é o que ela tinha, prolongado, como que em busca deles; o lábio inferior projetava uma saliência estreita e vermelha; os olhos eram pequenos, com tufos da cor da areia por sobrancelhas, e a mandíbula era pesada. Por detrás dela (a janela dava para a Grosvenor Square) via-se Moll Pratt sobre na calçada, oferecendo violetas a quem quisesse comprar; e a sra. Hilda Thomas, erguendo a saia, preparando-se para atravessar a rua. Uma era de Walworth; a outra, de Putney. Ambas usavam meias pretas, mas a sra. Thomas estava envolta em peles. A comparação era muito vantajosa para lady Rocksbier. Moll tinha mais humor, mas era violenta; estúpida também. Hilda Thomas era de fala mansa e evasiva, todas as suas molduras prateadas, tortas; as taças para ovos quentes, espalhadas pela sala de estar; e as janelas, com as cortinas cerradas. Lady Rocksbier, não obstante as deficiências de seu perfil, fora magnífica nas caçadas a cavalo. Usava a faca com autoridade, partia os ossos do frango, pedindo desculpas a Jacob, com as próprias mãos.

"Quem está passando ali?", perguntou a Boxall, o mordomo.

"A carruagem de lady Fittlemere, minha senhora", o que lhe trouxe à lembrança a necessidade de enviar-lhe um cartão perguntando pela saúde do lorde, seu marido. Uma velha e rude senhora, pensou Jacob. O vinho era excelente. Ela se referia a si mesma como "uma velha senhora" – "tão amável de sua parte vir almoçar com uma velha senhora" – o que o deixava envaidecido. Falou de

Joseph Chamberlain, que ela conhecera. Disse que Jacob devia vir conhecer – uma de nossas celebridades. E lady Alice entrou com três cães numa correia e Jackie, que correu para beijar a avó, enquanto Boxall trazia um telegrama, e a Jacob foi dado um bom charuto.

Pouco antes de um cavalo saltar, ele desacelera, ladeia, se recompõe, se eleva como uma onda monstruosa e mergulha de ponta-cabeça sobre seu lado direito. Sebes e céu se precipitam num semicírculo. Então, como se nosso próprio corpo se fundisse ao do cavalo e fossem os nossos membros anteriores, confundidos com os dele, que saltassem, lançando-se no ar, lá vamos nós, o chão elástico, os corpos uma massa de músculos, e ainda assim também estamos no comando, em rígida impassividade, os olhos julgando acuradamente. Então as curvas cessam, e são agora simples e puras marteladas, que trepidam; e, com um solavanco, nos endireitamos; reclinando-nos um pouco, borbulhando, fervilhando, as artérias latejantes cobertas de uma fina lâmina de gelo, ofegando: "Oh! ho! Hah!", o vapor elevando-se dos cavalos ao trocarem encontrões na encruzilhada em que fica o poste indicando o caminho, e a mulher de avental se levanta e espia pelo vão da porta. O homem se ergue de entre os repolhos para também dar uma espiada.

Assim galopava Jacob pelos campos de Essex, atolava na lama, perdia a caça e cavalgava sozinho comendo sanduíches, espiando por sobre as sebes, notando as cores que pareciam recém-raspadas, maldizendo sua sorte.

Ele tomou chá na estalagem; e ali estavam todos eles, batendo na mesa, batendo os pés no chão, dizendo "Você primeiro", lacônicos, bruscos, jocosos, vermelhos como barbelas de peru, falando sem papas na língua até a sra. Horsefield e sua amiga, a srta. Dudding, aparecerem na porta com as saias erguidas e os cabelos soltos. Então Tom Dudding deu uma batidinha na janela com seu chicote. Um carro a motor roncava no pátio. Cavalheiros, buscando por fósforos nos bolsos, foram para fora, e Jacob entrou no bar com Brandy Jones para fumar com os rústicos. Ali estavam o velho Jevons com um olho a menos, roupas da cor da lama, o saco às costas e o cérebro afundado alguns palmos na terra, por entre as raízes de violeta e de urtiga; Mary Sanders, com sua caixa de madeira; e Tom, o filho retardado do sacristão, mandou vir cerveja – tudo isso a cinquenta quilômetros de Londres.

A sra. Papworth, de Endell Street, em Covent Garden, trabalhava para o sr. Bonamy, na New Square, no Lincoln's Inn, e enquanto lavava os pratos na área de serviço, ouviu os jovens cavalheiros conversando na sala ao lado. O sr. Sanders estava ali outra vez; Flanders, ela queria dizer; e se uma velha senhora inquisitiva entende mal um nome, que chance haverá de ela relatar fielmente uma discussão? Enquanto mantinha os pratos imersos na água e depois os punha na pilha sob o gás sibilante, ela escutava: escutava Sanders falando num tom alto e um tanto imperativo: "bem", ele disse, e "absoluto" e "justiça" e "punição", e "a vontade da maioria". Então seu cavalheiro começou a falar; ela torcia por ele na discussão com Sanders. Contudo Sanders era um ótimo rapaz (nisso, toda a sujeira começou a rodopiar em volta da cuba, sendo logo colhida por suas mãos roxas, quase sem unhas). "Mulheres" – pensou, e ficou imaginando o que Sanders e seu cavalheiro faziam *nesse* sentido, uma pálpebra nitidamente se fechando enquanto divagava, pois ela era mãe de nove – três natimortos e um surdo-mudo de nascença. Guardando os pratos nas prateleiras, ouviu Sanders insistindo mais uma vez ("Ele não dá vez a Bonamy", pensou). "Algum objetivo", disse Bonamy; e "denominador comum" e algo mais – palavras, todas, muito compridas, notou ela. "É coisa de livro", pensou, e enquanto enfiava os braços no casaco, ouviu alguma coisa – talvez a mesinha perto da lareira – cair; e depois plac, plac, plac – como se estivessem lutando – à volta da sala, fazendo dançar os pratos.

"Sobre o café de amanhã, senhor", disse ela, abrindo a porta; e ali estavam Sanders e Bonamy como dois touros de Basã, empurrando-se de um lado para outro, fazendo um enorme barulho, e as cadeiras todas atravancando a passagem. Nunca se deram conta de sua presença. Ela se sentiu maternal para com eles. "O seu café de amanhã, senhor", disse ela, quando eles se aproximaram. E Bonamy, o cabelo todo desgrenhado e a gravata solta, parou e empurrou Sanders para a poltrona, e disse que o sr. Sanders tinha quebrado a jarra de café e ele estava ensinando o sr. Sanders a —

Era bem verdade, a jarra jazia quebrada sobre o tapete da lareira.

"Qualquer dia desta semana menos quinta", escreveu a srta. Perry, e esse não era, de modo algum, o primeiro convite. Seriam as semanas da srta. Perry todas elas vazias com exceção das quintas-feiras, e seria seu único desejo ver o filho da velha amiga? O tempo é dispensado a solteironas ricas em longas fitas brancas. Que elas enrolam, dando-lhes voltas e mais voltas, ajudadas por cinco criadas, um mordomo, um belo papagaio mexicano, refeições regulares, a assinatura de livros da coleção Mudie e amigos que aparecem para uma visita. Já estava um pouco magoada por Jacob não tê-la visitado.

"Sua mãe", disse ela, "é uma das minhas amigas mais antigas."

A srta. Rosseter, que estava sentada junto à lareira, segurando o *Spectator* entre o rosto e as chamas, tinha se recusado a usar um guarda-fogo, mas acabou aceitando. O tempo foi então discutido, pois, em deferência a Parkes, que estava abrindo pequenas mesas, questões mais sérias foram adiadas. A srta. Rosseter chamou a atenção de Jacob para a beleza do armário.

"Tão maravilhosamente hábil em descobrir coisas", disse ela. A srta. Perry o encontrara em Yorkshire. O norte da Inglaterra entrou na conversa. Quando Jacob falou, ambas escutaram. A srta. Perry estava se preparando para dizer algo apropriado e viril quando a porta foi aberta e o sr. Benson, anunciado. Agora havia quatro pessoas sentadas na sala. A srta. Perry tinha 66 anos; a srta. Rosseter, 42; o sr. Benson, 38; e Jacob, 25.

"Meu velho amigo parece bem, como sempre", disse o sr. Benson, batendo nas varetas da gaiola do papagaio; a srta. Rosseter, ao mesmo tempo, elogiou o chá; Jacob distribuiu os pratos errados; e a srta. Perry expressou seu desejo de uma maior aproximação. "Seus irmãos", começou ela, vagamente.

"Archer e John", Jacob completou para ela. Então, para sua própria satisfação, ela se lembrou do nome de Rebecca; e de como um dia "quando vocês eram menininhos, brincando na sala —"

"Mas a srta. Perry está com o pegador de chaleira", disse a srta. Rosseter e, de fato, a srta. Perry o trazia apertado contra o peito. (Tinha ela, então, sido apaixonada pelo pai de Jacob?)

"Tão inteligente" – "não tão bom como costuma ser" – "achei muito injusto", disseram o sr. Benson e a srta. Rosseter, discutindo o *Saturday Westminster.* Não competiam eles regularmente por prêmios? Não tinha o sr. Benson ganhado, três vezes, um guinéu, e a srta. Rosseter, uma vez, dez xelins e seis pênis? Naturalmente, Everard Benson era fraco do coração, mas, ainda assim, ganhar prêmios, lembrar-se de papagaios, adular a srta. Perry, desprezar a srta. Rosseter, receber pessoas para o chá em seus aposentos (que eram ao estilo de Whistler, com livros bonitos sobre as mesas), tudo isso, era o que sentia Jacob sem conhecê-lo, fazia dele um desprezível imbecil. Quanto à srta. Rosseter, tinha tratado um câncer e agora pintava aquarelas.

"Escapando tão cedo?", disse vagamente a srta. Perry. "Em casa todas as tardes, se você não tiver nada melhor a fazer – menos às quintas-feiras."

"Nunca vi o senhor abandonar suas velhas amigas uma única vez", dizia a srta. Rosseter, e o sr. Benson inclinava-se sobre a gaiola do papagaio, e a srta. Perry ia em direção à sineta....

O fogo ardia luminoso entre duas colunas de mármore esverdeado, e em cima do console da lareira havia um relógio verde vigiado por Britânia apoiada em sua lança. Quanto a pinturas – uma donzela em chapéu de abas largas oferecia rosas a um cavalheiro em roupas do século dezoito por sobre o portão do jardim. Um mastim deitava-se encostado a uma porta toda estragada. Os painéis inferiores das janelas eram de vidro jateado, e as cortinas, perfeitamente drapeadas, eram de pelúcia e também verdes.

Laurette e Jacob estavam sentados, lado a lado, as pontas dos pés no guarda-fogo da lareira, em duas largas poltronas forradas de pelúcia verde. As saias de Laurette eram curtas, as pernas longas, finas e transparentemente cobertas. Seus dedos acariciavam os tornozelos.

"Não é bem que eu não os entenda", disse ela, pensativa. "Tenho que tentar ir de novo."

“A que horas você estará lá?”, disse Jacob.

Ela sacudiu os ombros.

“Amanhã?”

Não, amanhã não.

“Este tempo me faz ter saudades do campo”, disse ela, virando a cabeça e contemplando, pela janela, o quintal dos casarões.

“Queria que você tivesse estado comigo no sábado”, disse Jacob.

“Eu costumava montar”, disse ela. Ela se levantou graciosa e calmamente. Jacob se levantou. Ela sorriu para ele. Enquanto ela fechava a porta, ele pôs uns tantos xelins em cima do console da lareira.

No conjunto, uma conversa das mais sensatas; um cômodo dos mais respeitáveis; uma moça inteligente. Com o único senão de que a própria madame, conduzindo Jacob até a porta, tinha aquele olhar oblíquo, aquela lascívia, aquele tremor da superfície (visível sobretudo nos olhos), que ameaça despejar o saco inteiro de excremento, com muita dificuldade represado, sobre a calçada. Em suma, alguma coisa estava errada.

Não fazia muito tempo que os operários tinham dourado o “y” final do nome de lorde Macaulay e os nomes todos se estendiam numa fileira ininterrupta em volta da cúpula do Museu Britânico. A uma profundidade considerável, abaixo, muitas centenas de vivos sentavam-se junto aos raios de uma roda de carroça transcrevendo trechos de livros impressos para livros manuscritos; vez por outra levantando-se para consultar o catálogo; retomando furtivamente seus lugares, enquanto, de tempos em tempos, um homem silencioso reabastecia suas mesinhas.

Houve uma pequena catástrofe. A pilha da srta. Marchmont se desequilibrou e caiu sobre a mesinha de Jacob. Essas coisas aconteciam à srta. Marchmont. O que estaria ela buscando através de milhões de páginas, em seu velho vestido de pelúcia e sua peruca clarete, com suas joias e suas frieiras? Às vezes, uma coisa, às vezes, outra, para confirmar sua filosofia de que cor é som – ou, talvez, de que ela tenha algo a ver com música. Ela nunca conseguia dizer ao certo, embora não fosse por falta de tentativa. E ela não podia nos convidar a ir ao seu quarto, pois "não estava muito limpo, receio", de modo que ela tinha que nos apanhar de passagem, ou tomar um banco do Hyde Park para poder explicar sua filosofia. O ritmo da alma depende disso – ("como são malcriados esses meninos!", diria ela), e a política irlandesa do sr. Asquith, e Shakespeare entra em cena, "e a rainha Alexandra certa vez muito gentilmente acusou o recebimento de um exemplar de meu panfleto", ela diria, fazendo, magnificamente, um gesto com a mão para que os meninos se afastassem. Mas ela precisa de fundos para publicar o seu livro, pois "os editores são capitalistas – os editores são covardes". E assim, com uma cotovelada, sua pilha de livros desabou.

Jacob continuou inteiramente inabalável.

Mas, do outro lado, Fraser, o ateu, que detestava pelúcia, mais de uma vez assediado com panfletos, se mexeu, irritado. Abominava tudo que era vago – a religião cristã, por exemplo, e as afirmações do velho deão Parker. O deão Parker escrevia livros e Fraser os destruía por completo por força da lógica e não batizava os seus filhos – sua esposa o fazia secretamente na bacia de lavar o rosto – mas Fraser a ignorava e continuava apoiando blasfemadores, distribuindo panfletos, coletando seus fatos no Museu Britânico, sempre no mesmo terno xadrez e gravata flamejante, mas pálido, sardento, irritável. Realmente, que trabalheira – destruir a religião!

Jacob transcrevia uma passagem inteira de Marlowe.

A srta. Julia Hedge, a feminista, aguardava seus livros. Eles não chegavam. Ela molhou a pena. Olhou em volta. O olho foi atraído pelas últimas letras do nome de lorde Macaulay. E ela leu todos eles ao redor da cúpula – os nomes dos grandes homens que nos fazem lembrar — "Que droga", disse Julia Hedge, "por que não deram espaço para uma Eliot ou uma Brontë?"

Desafortunada Julia! molhando a pena em amargura e deixando soltos os cadarços dos sapatos. Quando seus livros chegaram, ela se entregou à sua gigantesca tarefa, mas percebia, através de um dos nervos de sua exasperada sensibilidade, com que compostura, com que despreocupação e com que desígnio os leitores masculinos se concentravam na deles. Aquele rapaz, por exemplo. O que tinha a fazer senão transcrever poemas? E ela tinha que estudar estatística. Há mais mulheres que homens. Sim; mas, se for permitido que as mulheres trabalhem como trabalham os homens, elas morrerão muito mais depressa. Elas se tornarão extintas. Este era seu argumento.

Havia morte e bílis e poeira amarga na ponta de sua pena; e à medida que a tarde passava, o rubro tinha se insinuado nas maçãs de seu rosto e uma luz pairava em seus olhos.

Mas o que levava Jacob Flanders a ler Marlowe no Museu Britânico?

A juventude, a juventude – algo selvagem – algo pedante. Por exemplo, temos o sr. Masefield, temos o sr. Bennett. Jogue-os no fogo de Marlowe e queime-os até virarem cinza. Não deixe sobrar nada. Não flerte com a mediocridade. Abomine sua própria época. Construa uma melhor. E para pôr isso em ação leia artigos incrivelmente maçantes sobre Marlowe para seus amigos. Para cujo propósito deve-se confrontar diferentes edições no Museu Britânico. Deve-se fazer a coisa sozinho. Inútil deixar aos cuidados dos vitorianos, que estripam, ou dos vivos, que são meros cronistas. A matéria e a substância do futuro dependem inteiramente de seis rapazes. E como Jacob era um deles, ele parecia, sem dúvida, um pouco régio e pomposo ao virar as páginas, e Julia Hedge, muito naturalmente, lhe tinha antipatia.

Nesse meio-tempo um homem com cara de bolacha empurrou um bilhete na direção de Jacob, e Jacob, recostando-se em sua cadeira, iniciou uma desconfortável e murmurada conversa, e eles saíram juntos (Julia Hedge os observava), e riram alto (julgou ela) assim que se viram no saguão.

Ninguém ria no salão de leitura. Havia mudanças de lugar, murmúrios, espirros acompanhados de desculpas, e tosses repentinas, descaradas e perturbadoras. A hora de estudo estava quase no fim. Auxiliares recolhiam os exercícios. Crianças relapsas queriam se espreguiçar. Crianças aplicadas escreviam sem descanso – oh, outro dia se vai e tão pouco se fez! E de vez em quando ouvia-se, vindo do conjunto inteiro de seres humanos, um profundo suspiro, após o qual o velho ofensivo tossiria descaradamente e a srta. Marchmont relincharia como um cavalo.

Jacob voltou justo a tempo de devolver seus livros.

Os livros estavam agora devolvidos ao seu lugar. Algumas das letras do alfabeto se esparramavam ao redor da cúpula. Estreitamente agrupados num círculo em volta da cúpula estavam Platão, Aristóteles, Sófocles e Shakespeare; as literaturas de Roma, Grécia, China, Índia, Pérsia. Uma página de poemas espremia-se, plana, contra outra, uma letra lustrosa estendia-se, suave, contra outra, numa densidade de significado, num conglomerado de beleza.

"O que a gente precisa mesmo é de uma boa xícara de chá", disse a srta. Marchmont, pedindo de volta seu guarda-chuva surrado.

A srta. Marchmont precisava de sua xícara de chá, mas nunca conseguia resistir ao impulso de dar uma última olhada nos mármores de Elgin. Ela olhou para eles de esguelha, abanando as mãos e resmungando uma ou duas palavras de saudação, o que fez Jacob e o outro homem se virarem. Ela sorriu para eles amavelmente. Tudo desaguava em sua filosofia – de que cor é som ou talvez tenha algo a ver com música. E tendo prestado seu serviço, ela saiu, mancando, para tomar chá. Era a hora de fechar. O público se aglomerava no saguão para reaver seus guarda-chuvas.

Em sua maior parte, os frequentadores esperam com toda a paciência sua vez. Ficar ali em pé e esperar enquanto alguém confere fichas brancas é reconfortante. O guarda-chuva certamente será encontrado. Mas o fato instiga, o dia todo, a se entrar, através de Macaulay, Hobbes, Gibbon; através de oitavos, quartos, fólios; faz com que se mergulhe mais e mais fundo através de páginas cor de marfim e encadernações em couro marroquino nessa densidade de pensamento, nesse conglomerado de saber.

A bengala de Jacob era como todas as outras; talvez eles tivessem confundido os escaninhos.

Há no Museu Britânico uma mente enorme. Tenha em consideração que Platão está ali lado a lado com Aristóteles; e Shakespeare com Marlowe. Essa mente imensa armazena um cabedal cuja posse está além da capacidade de qualquer mente individual. Entretanto (já que eles levam tanto tempo para encontrar a bengala de alguém), não se pode deixar de pensar que seria possível vir para cá com uma caderneta, sentar-se a uma escrivaninha e ler tudo isso. Um homem erudito é o que existe de mais venerável – um homem como Huxtable, do Trinity, que escreve todas as suas cartas em grego, dizem, e podia fazer frente a Bentley. E depois há a ciência, os quadros, a arquitetura – uma mente enorme.

Empurraram a bengala por cima do balcão. Jacob ficou parado sob o pórtico do Museu Britânico. Chovia. A Great Russell Street estava vítrea e brilhante – aqui, amarela, ali, fora da farmácia, vermelha e azul claro. As pessoas caminhavam ligeiro rente ao muro;

as carruagens chacoalhavam atabalhoadamente pelas ruas. Bom, mas um pouco de chuva não faz mal a ninguém. Jacob caminhava quase como se tivesse estado no campo; e mais tarde, naquela noite, lá estava, sentado à sua mesa com seu cachimbo e seu livro.

Chovia muito. O Museu Britânico ficava numa sólida e imensa colina, muito claro, muito lustroso sob a chuva, a menos de meio quilômetro dele. A mente monumental estava envolvida em pedra; e cada uma das mesinhas de suas profundezas estava segura e seca. Os vigias noturnos, fazendo lampejar suas lanternas sobre os dorsos de Platão e Shakespeare, se asseguravam de que, no dia vinte e dois de fevereiro, nem fogo nem rato nem ladrão iam violar esses tesouros – homens pobres e altamente respeitáveis, com mulher e família em Kentish Town, por vinte anos dão o melhor de si para proteger Platão e Shakespeare e depois são enterrados em Highgate.

A pedra repousa sólida sobre o Museu Britânico, tal como o osso repousa frio sobre as visões e o calor do cérebro. Só que aqui o cérebro é o de Platão e o de Shakespeare; o cérebro tem feito cântaros e estátuas, grandes touros e pequenas joias, e atravessado sem cessar o rio da morte por aqui e por ali, buscando algum cais, ora embrulhando bem o corpo para seu longo sono; ora depositando uma moedinha sobre os olhos; ora voltando escrupulosamente as pontas dos pés para o leste. Entrementes, Platão continua seu diálogo; a despeito da chuva; a despeito dos assobios chamando coches de aluguel; a despeito da mulher dos estábulos nos fundos da Great Ormond Street que voltou para casa embriagada e grita a noite toda: "Me deixem entrar! Me deixem entrar!".

Na rua, embaixo do quarto de Jacob, as vozes se elevavam.

Mas ele continuou lendo. Pois, afinal, Platão lá permanece, imperturbável. E Hamlet profere seu solilóquio. E os mármores de Elgin lá jazem a noite toda, a lanterna do velho Jones às vezes evocando Ulisses ou a cabeça de um cavalo; ou, às vezes, um lampejo de ouro ou o rosto murcho e amarelo de uma múmia. Platão e Shakespeare lá permanecem; e Jacob, que estava lendo *Fedro*, ouvia pessoas vociferando à volta do poste de luz, e a mulher esmurrando a porta e gritando: "Me deixem entrar!", como se uma pedra de carvão tivesse resvalado do fogo, ou uma mosca, ao cair do teto, tivesse pousado de costas, fraca demais para se virar.

O *Fedro* é muito difícil. E, assim, quando, por fim, nos pomos a ler sem mais delongas, acertando o passo, marchando adiante, tornando-nos (assim parece) momentaneamente parte dessa envolvente, imperturbável energia que tem feito recuar as trevas à sua frente desde que Platão andou pela Acrópole, é simplesmente impossível cuidar do fogo.

O diálogo se aproxima do fim. A argumentação de Platão está concluída. A argumentação de Platão está bem guardada na mente de Jacob, e durante cinco minutos a mente de Jacob avança sozinha rumo às trevas. Então, levantando-se, ele abriu as cortinas e viu, com espantosa claridade, que os Springetts, do outro lado da rua, tinham ido dormir; que chovia; que os judeus e a mulher estrangeira estavam junto à caixa do correio, no fim da rua, discutindo.

Cada vez que a porta se abria e novas pessoas entravam, as que já estavam na sala se mexiam ligeiramente; as que estavam em pé olhavam por sobre os ombros; as que estavam sentadas paravam no meio da frase. Fosse pela luz ou pelo vinho ou pelo dedilhar de um violão, algo vibrante se passava cada vez que a porta se abria. Quem estava chegando?

"É Gibson."

"O pintor?"

"Mas continue o que estava dizendo."

Estavam falando algo que era muito, mas muito íntimo mesmo para ser dito abertamente. Mas o ruído das vozes fazia as vezes de uma matraca na mente da pequena srta. Withers, enxotando para o alto bandos de passarinhos, e então eles se acalmaram, e então ela ficou com medo, passou uma mão nos cabelos, juntou as duas em volta dos joelhos e ergueu, nervosa, os olhos para Oliver Skelton e disse:

"Prometa, *prometa*, que não vai contar a ninguém."... tão atencioso que ele era, tão delicado. Era do caráter do marido que ela falava. Ele era frio, disse.

Descendo na direção deles vinha a esplêndida Magdalen, morena, cálida, sinuosa, mal tocando a grama com os pés metidos em sandálias. O cabelo ondulava; os grampos pareciam mal e mal segurar as ondulantes sedas. Uma atriz, naturalmente, uma linha de luz perpetuamente sob si. "Meu caro" foi tudo o que ela disse, mas sua voz saiu modulando por entre desfiladeiros alpinos. E no chão ela se estatelou, e entoou, pois não havia nada a dizer, sonoros ahs e ohs. Mangin, o poeta, aproximando-se dela, ficou olhando-a do alto, fumando o seu cachimbo. O baile começou.

A grisalha sra. Keymer pediu a Dick Graves que lhe dissesse quem era Mangin, e falou que tinha visto mais do que o suficiente desse tipo de coisa em Paris (Magdalen tinha montado nos joelhos dele; agora o cachimbo dele estava em sua boca) para estar chocada. "Quem é aquele?", disse ela, detendo os óculos quando eles chegaram a Jacob, pois, de fato, ele parecia quieto, não indiferente, mas como alguém numa praia, observando.

"Oh, minha querida, deixe-me apoiar em você", disse, ofegante, Helen Askew, pulando num pé só, pois o cordão de prata à volta do tornozelo tinha se soltado. A sra. Keymer virou-se e contemplou o quadro na parede.

"Dá uma espiada no Jacob", disse Helen (estavam tapando os olhos dele para algum jogo).

E Dick Graves, um tanto embriagado, muito leal e muito simplório, disse-lhe que considerava Jacob o maior dos homens que já conhecera. E no chão se sentaram, as pernas cruzadas, em cima de almofadões, e falaram sobre Jacob, e a voz de Helen tremia, pois ambos pareciam heróis para ela, e a amizade entre eles tão mais bonita que a amizade das mulheres. Anthony Pollett agora convidou-a a dançar, e enquanto dançavam ela olhava por sobre os ombros para eles, em pé junto à mesa, bebendo juntos.

O magnífico mundo – o vivo, o sadio, o vigoroso mundo.... Essas palavras se referem ao trecho do pavimento de madeira entre Hammersmith e Holborn, em janeiro, entre as duas e as três da manhã. Esse era o chão sob os pés de Jacob. Era saudável e magnífico porque um quarto, em cima dos estábulos, em algum lugar próximo do rio, continha cinquenta pessoas vibrantes, comunicativas, simpáticas. E, depois, caminhar pelo calçamento (praticamente não havia um único coche de aluguel ou policial à vista) é, por si só, emocionante. O longo colar de Piccadilly, todo pontilhado de diamantes, revela-se em sua melhor forma quando está vazio. Um jovem cavalheiro não tem nada a temer. Pelo contrário, embora possa não ter dito nada de brilhante, ele se sente muito seguro de poder dar conta do recado. Estava contente por ter conhecido Mangin; admirava a moça sentada no chão; gostava de todos eles; gostava desse tipo de coisa. Em suma, todos os tambores e trombetas estavam soando. Os varredores de rua eram as únicas pessoas por perto neste momento. Quase desnecessário dizer como Jacob simpatizava com eles; como lhe agradava entrar em casa enfiando a chave em sua própria porta; como tinha a impressão de trazer consigo ao quarto vazio dez ou onze pessoas que ele não conhecia quando saiu dali; como buscou ao redor por algo para ler, e encontrou, e nunca leu, e caiu no sono.

De fato, tambores e trombetas não é nenhuma frase musical. De fato, Piccadilly e Holborn, e a sala de visitas vazia e a sala de visitas com cinquenta pessoas dentro estão sujeitos a qualquer instante a fazerem explodir música no ar. As mulheres são, talvez, mais impressionáveis que os homens. É raro que alguém diga qualquer coisa a respeito, e, ao ver as hordas atravessando a ponte de Waterloo para pegarem o trem direto para Surbiton, pode-se pensar que a razão as impeliu. Não, não. São os tambores e as trombetas. Só que, se você se afasta e entra num daqueles pequenos refúgios sobre a ponte de Waterloo para pensar sobre o assunto, provavelmente tudo lhe parecerá uma confusão – tudo um mistério.

Elas atravessam a ponte sem parar. Algumas vezes, em meio a carroças e ônibus, surgirá um caminhão com enormes árvores recém-cortadas da floresta e presas por correntes. Então, talvez, o furgão de um pedreiro com lápides cobertas de letras recém-talhadas lembrando como alguém amava alguém que está enterrado em Putney. Então o carro a motor à frente dá um solavanco, e as lápides passam rápido demais para que você consiga ler o que falta. O tempo todo o borbotão de pessoas nunca para de passar do lado de Surrey para a Strand; da Strand para o lado de Surrey. A impressão que se tem é de que os pobres atacaram a cidade e estão agora voltando a pé para seus próprios refúgios, como besouros correndo para seus esconderijos, pois aquela velha coxeia bastante em direção a Waterloo, agarrada a uma sacola surrada, como se tivesse saído à luz e agora estivesse fugindo às pressas, com alguns ossos de frango roídos, para seu abrigo subterrâneo. Por outro lado, embora o vento esteja furioso e golpeando-lhes o rosto, aquelas moças ali, caminhando de mãos dadas, berrando uma canção, parecem não sentir nem frio nem vergonha. Estão sem chapéu. Elas triunfam.

O vento encrespa as águas. O rio corre, impetuoso, sob nós, e os homens em cima das barcaças têm que pôr todo o seu peso na cana do leme. Um encerado preto está amarrado em volta de uma volumosa carga de ouro. Avalanches de carvão rutilam de negro. Como de costume, pintores estão suspensos sobre tábuas ao longo dos grandes hotéis à margem do rio, e nas janelas dos hotéis já surgem pontos de luz. Do outro lado, a Cidade é branca como que de velhice; a Catedral de St. Paul eleva-se, branca, por sobre edifícios ogivais, oblongos ou ornados com gregas, ao seu redor. É apenas a cruz que irradia um dourado-rosa. Mas em que século estamos? Será que essa procissão do lado de Surrey para a Strand tem acontecido desde sempre? Aquele velho vem atravessando a ponte por essas seis centenas de anos, com a turba de garotos nos seus calcanhares, pois ele está embriagado ou cego pela miséria, e está envolto em trapos velhos, iguais aos que os peregrinos devem ter vestido. Ele vai em frente, se arrastando. Ninguém fica parado. A impressão que se tem é de que marchamos ao som de música; talvez o vento e o rio; talvez esses mesmos tambores e trombetas – o êxtase e o tumulto da alma. Ora, até os infelizes riem, e o policial, longe de julgar o homem embriagado, o inspeciona, bem-humorado, e os garotos dão de novo no pé, e o escriturário de Somerset House não tem senão tolerância para com ele, e o homem que está lendo meia página de *Lotário* na banca de livros reflete, benevolente, os olhos afastados do texto, e a mocinha hesita em atravessar e volta para ele o olhar brilhante, ainda que vago, dos jovens.

Brilhante, ainda que vago. Tem, talvez, vinte e dois anos. É maltrapilha. Atravessa a rua e contempla os asfódelos e as tulipas vermelhas na vitrine da florista. Hesita e então se apressa em direção ao Temple Bar. Caminha ligeiro e, ainda assim, qualquer coisa lhe serve de distração. Ora parece ver e ora parece não notar nada.

X

Passando por dentro do cemitério em desuso da paróquia de St. Pancras, Fanny Elmer vagava por entre os sepulcros caiados que ficam junto ao muro, atravessando o gramado para ler algum nome, indo adiante depressa quando o vigia se aproximava, indo depressa para a rua, ora parando diante de uma vitrine com alguma porcelana azul, ora se apressando para compensar o tempo perdido, subitamente entrando numa padaria, comprando uns pãezinhos, acrescentando algum bolo, indo de novo em frente de modo que quem quisesse segui-la teria que correr muito. Ela não era, contudo, nenhuma malvestida sem graça nenhuma. Usava meias de seda e sapatos com fivelas de prata, tão somente a pena vermelha do chapéu tinha vergado e o fecho da bolsa estava com defeito, pois dela caiu, enquanto caminhava, um exemplar da programação do Museu de Madame Tussauds. Tinha os tornozelos de um cervo. O rosto se escondia. Sem dúvida, nesse lusco-fusco, movimentos ligeiros, olhares breves e exaltadas esperanças acontecem muito naturalmente. Ela passou bem embaixo da janela de Jacob.

O apartamento estava calmo, escuro e silencioso. Jacob estava em casa, ocupado com um problema de xadrez, o tabuleiro em cima de um banquinho entre os joelhos. Uma das mãos mexia nos cabelos atrás da cabeça. Ele a trouxe para a frente devagar e levantou a rainha branca do tabuleiro; depois colocou-a de volta na mesma casa. Abasteceu o cachimbo; refletiu; moveu dois peões; avançou o cavalo branco; depois refletiu, com um dedo sobre o bispo. Neste instante, Fanny Elmer passou embaixo da janela.

Ela estava indo posar para Nick Bramham, o pintor.

Ela se sentou, envolta num florido xale espanhol, segurando um romance barato.

"Um pouco mais baixo, um pouco mais solto – melhor assim, perfeito", resmungou Bramham, que a desenhava e fumava ao mesmo tempo, e estava naturalmente com dificuldade de falar. A cabeça poderia ter sido obra de um escultor que tivesse feito a testa quadrada, esticado a boca e deixado marcas dos polegares e rastros dos outros dedos na argila. Mas os olhos nunca tinham sido cerrados. Eram muito proeminentes, e muito injetados, como que em consequência de ficarem olhando e olhando o tempo todo de olhos abertos, e, quando ele falava, eles pareciam, por um segundo, perturbados, mas continuavam fixos. Uma lâmpada elétrica sem anteparo estava suspensa sobre a cabeça da moça.

Quanto à beleza das mulheres, é como a luz sobre o mar, nunca fiel a uma onda só. Todas a possuem; todas a perdem. Ora ela é opaca e densa como uma peça de toucinho; ora transparente como um vidro suspenso. Os rostos fixos são os opacos. Eis aqui lady Venice, exibida como um monumento a ser admirado, mas esculpido em alabastro, para ser posto sobre o console da lareira e jamais ser espanado. Uma morena impecável, perfeita da cabeça aos pés, serve apenas como uma ilustração a ser deixada sobre a mesa da sala de visitas. As mulheres das ruas têm rostos de cartas de baralho; o perfil acuradamente preenchido com rosa ou amarelo e a linha à volta dele rigidamente traçada. E então, debruçada na janela do último andar, olhando para baixo, vê-se a beleza em pessoa; ou no canto de um ônibus; ou agachada numa sarjeta – uma beleza radiante, revelando-se por um momento, retraindo-se logo depois. Ninguém pode dá-la como certa ou agarrá-la ou tê-la embrulhada em papel. Não há nada a obter das lojas, e só os céus sabem que é melhor ficar sentado em casa do que frequentar as vitrines de vidro laminado na esperança de delas arrebatar, vivos, o verde brilhante, o rubi reluzente. Vidro rolado pelo mar quando vira pires perde seu brilho tão ligeiro quanto a seda. Assim, ao falarmos numa mulher bonita, queremos dizer apenas algo fugidio que por um segundo se utiliza dos olhos, dos lábios ou das faces de Fanny Elmer, por exemplo, para brilhar através deles.

Ela não era bonita, ali posando rijamente; o lábio inferior demasiado proeminente; o nariz demasiado largo; os olhos demasiado juntos. Era uma moça magra, de faces radiantes e cabelos negros, aborrecida neste momento, ou rija pelo esforço de posar. Quando Bramham partiu sua barra de carvão, ela se sobressaltou. Bramham estava irritado. Agachou-se à frente do fogão a gás, aquecendo as mãos. Enquanto isso, ela olhava o desenho dele. Ele resmungou. Fanny jogou um roupão por sobre os ombros e pôs uma chaleira para ferver.

"Pelo amor de Deus, como está ruim", disse Bramham.

Fanny jogou-se no chão, cruzou as mãos em volta dos joelhos e olhou para ele, seus belos olhos – sim, a beleza, pairando no quarto, brilhou ali por um segundo. Os olhos de Fanny pareciam interrogar, lamentar, ser, por um segundo, o próprio amor. Mas ela exagerava. Bramham não notou nada. E quando a água ferveu, ela ficou de gatinhas e se pôs de pé, mais como um potro ou um cachorrinho do que como uma mulher amorosa.

Agora Jacob caminhou até a janela e ficou ali, de mãos nos bolsos. O sr. Springett, do outro lado da rua, saiu, inspecionou a vitrine de seu estabelecimento e voltou para dentro. As crianças passavam por ali, espiando os palitos de caramelo cor-de-rosa. O furgão da Pickfords vinha chacoalhando rua abaixo. Um garotinho se balançava numa corda. Dois minutos mais tarde ele abriu a porta da frente e saiu caminhando na direção de Holborn.

Fanny Elmer tirou a capa do gancho. Nick Bramham removeu o desenho e o pôs, enrolado, debaixo do braço. Apagaram as luzes e se foram rua abaixo, abrindo caminho por entre as pessoas todas, os carros a motor, os ônibus, as carretas, até chegarem a Leicester Square, cinco minutos antes de Jacob ter chegado lá, pois o trajeto dele era ligeiramente maior e ele teve que parar por causa de um grupo de pessoas em Holborn que esperava para ver o rei passar de carro, de modo que Nick e Fanny já estavam debruçados sobre a grade da *promenade* do teatro Empire quando Jacob passou pela porta de vaivém e tomou seu lugar ao lado deles.

"Olá, não tinha lhe visto", disse Nick, cinco minutos depois.

"Que grande mentira", disse Jacob.

"A srta. Elmer", disse Nick.

Jacob tirou o cachimbo da boca muito desajeitadamente.

Muito sem jeito era como ele estava. E quando se sentaram num sofá de pelúcia e deixaram a fumaça subir entre eles e o palco, e ouviram, longe, as vozes agudas e a jovial orquestra atacando no tempo certo, ele ainda estava sem jeito, mas Fanny pensou: "Que linda voz!". Pensou em como ele falara tão pouco, mas com que firmeza. Pensou em como os rapazes são cheios de dignidade e reservados, e quão inconscientes eles são, e quão silenciosamente a gente podia se sentar ao lado de Jacob e ficar olhando para ele. E o quanto ele pareceria uma criança, chegando cansado após uma noite, pensou ela, e quão majestoso; um pouco arrogante, talvez; "mas eu não cederia", pensou. Ele se levantou e se debruçou sobre a grade. A fumaça pairava à sua volta.

E a beleza dos rapazes parece estar para sempre esculpida em fumaça, por mais que persigam, cheios de vida, bolas de futebol ou arremessem bolas de críquete, dancem, corram ou marchem pelas estradas. Talvez estejam prestes a perdê-la. Talvez perscrutem os olhos de heróis de tempos remotos e tomem seus lugares entre nós com certo desdém, pensou ela (vibrando como corda de violino, a ser tocada e partida). De todo modo, amam o silêncio e falam magnificamente, cada palavra caindo como um disco recém-cunhado, e não o blá-blá-blá das moedinhas gastas de que se utilizam as moças; e se movem decididamente, como se soubessem quanto tempo devem se demorar e quando devem partir – ah, mas o sr. Flanders tinha apenas ido em busca de um programa.

"Os bailarinos se apresentam por último", disse ele, voltando para junto dos dois.

E não é engraçado, continuou pensando Fanny, como os rapazes tiram uma porção de moedas de prata do bolso da calça e as examinam em vez de terem apenas o suficiente num porta-moedas?

Depois lá estava ela em pessoa, rodopiando pelo palco, em babados brancos, e a música era a dança e o salto de sua própria alma, e todo o mecanismo, roca e engrenagem do mundo eram postos a girar suavemente em meio àqueles velozes redemoinhos e cataratas – era a sensação que tinha, ali parada, rígida, inclinada sobre a grade, a um passo de Jacob Flanders.

Sua surrada luva preta caiu no chão. Quando Jacob lhe devolveu a luva, ela se sobressaltou, irritada. Pois jamais houve paixão tão irracional. E por um instante Jacob teve medo dela – é tão violento, tão perigoso quando as moças se põem rígidas; agarram a grade; se apaixonam.

Eram meados de fevereiro. Os telhados do subúrbio de Hampstead Garden pairavam em meio a uma trêmula neblina. Estava muito quente para caminhar. Um cão latia, latia, latia lá embaixo no vale. As sombras líquidas avançavam sobre a planície.

O corpo, após uma doença prolongada, fica lânguido, passivo, receptivo à doçura, mas fraco demais para contê-la. Lágrimas brotam e caem enquanto o cão late no vale, as crianças brincam de correr atrás de aros de ferro, o campo escurece e clareia. Para além de um véu, parece. Oh, mas cerrem mais o véu senão vou desfalecer de brandura, suspirou Fanny Elmer, sentada num banco em Judges Walk, contemplando o subúrbio de Hampstead Garden. Mas o cão continuava latindo. Os carros a motor buzinavam na rua. Ela ouviu um tropel e um zunzum ao longe. O alvoroço se alojou em seu coração. Ela se levantou e caminhou. A grama estava de um verde fresco; o sol, quente. À volta da lagoa crianças se abaixavam para soltar barquinhos na água; ou eram puxadas, gritando, por suas babás.

Ao meio-dia, moças saem ao ar livre. Os homens estão todos ocupados na cidade. Elas se instalam na beira da lagoa azul. O vento fresco espalha as vozes das crianças por todos os lados. *Meus* filhos, pensou Fanny Elmer. As mulheres ficam ao redor da lagoa, afugentando os cães enormes, peludos e brincalhões. O bebê é delicadamente embalado no carrinho. Os olhos de todas as babás, mães e outras mulheres que passeiam por ali estão um tanto vidrados, absortos. Elas concordam delicadamente com um aceno da cabeça em vez de responder quando os meninos puxam sua saia implorando para ir embora.

E Fanny começou a andar, ouvindo um som agudo – o assobio de algum trabalhador, talvez – no ar. Agora, em meio às árvores, era o tordo fazendo fremir no ar morno um bater de asas de júbilo, mas o medo é que parecia instigá-lo, pensou Fanny; como se também ele estivesse ansioso de tanta alegria no coração – como se fosse observado enquanto cantava e fosse pressionado pelo tumulto a cantar. Ali estava ele! Inquieto, voou para a próxima árvore. Ela ouvia o seu canto mais debilmente. Para além dele havia o zunzum das rodas e o vento soprando.

Ela gastou dez pênis com o almoço.

"Oh, não, senhorita, a moça esqueceu a sombrinha", resmungou a senhora sardenta de dentro do cubículo de vidro junto à porta da Express Dairy Company.

"Quem sabe eu consiga alcançá-la", respondeu Milly Edwards, a garçonete de tranças claras; e zarpou porta afora.

"Não deu", disse ela, voltando um instante depois com a sombrinha barata de Fanny. Ela pôs as mãos nas tranças.

"Ah, essa porta!", resmungou a senhora do caixa.

Suas mãos estavam enfiadas em meias-luvas pretas e as pontas dos dedos que puxavam as tiras de papel eram inchadas como linguiça.

"Pastelão e salada para um. Café grande e panquecas. Ovos com torradas. Dois bolinhos de fruta."

Assim berravam as agudas vozes das garçonetes. Os clientes ouviam seus pedidos repetidos em sinal de confirmação; viam com antegozo a mesa do lado ser servida. Seus ovos com torradas foram finalmente servidos. Seus olhos não vagueavam mais à espera do prato.

Cubos úmidos de massa caíam em bocas abertas feito sacos triangulares.

Nelly Jenkinson, a datilógrafa, esmigalhava seu bolo sem muito interesse. Cada vez que a porta se abria, ela erguia os olhos. O que esperava ver?

O comerciante de carvão lia o *Telegraph* sem parar, errou o pires e, tateando distraído, pôs a xícara diretamente sobre a toalha.

"Você já ouviu despropósito igual?", concluiu a sra. Parsons, removendo as migalhas de suas peles.

"Leite quente e bolinho de aveia para um. Bule de chá. Pãezinhos e manteiga", berravam as garçonetes.

A porta abria e fechava.

Assim é a vida dos idosos.

É curioso, quando se está estirado num barco, observar as ondas. Eis aqui três delas, quase do mesmo tamanho, chegando regularmente uma atrás da outra. Então, apressando-se atrás delas, chega uma quarta, muito grande e ameaçadora; ela empina o barco; segue em frente; de algum modo se funde sem ter conseguido nada; achata-se junto com o resto.

O que pode ser mais violento do que a fúria dos galhos num vendaval, a árvore rendendo-se inteira tronco acima, até a pontinha de cada ramo, ondulando e tremulando de acordo com a direção do vento e, ainda assim, nunca levantando voo, descabelada?

O trigo se retorce e se encolhe como que se preparando para se livrar das raízes e, ainda assim, se mantém preso.

Ora, ora, até das janelas, mesmo ao crepúsculo, vê-se uma vaga arrojar-se pela rua, uma aspiração, como que de braços estendidos, olhos cheios de desejo, bocas abertas de pasmo. E, então, pacificamente nos deixamos cair. Pois se a exaltação perdurasse nos desfaríamos como espuma em contato com o ar. O brilho das estrelas se deixaria ver através de nós. Desabaríamos vendaval abaixo em gotas salgadas – como às vezes acontece. Pois os espíritos impetuosos se negam a aceitar essa oscilação. Nunca, para eles, nenhum movimento de sobe e desce ou de ficar inutilmente suspenso. Nunca nenhum ato de fazer de conta ou de mentir por conveniência ou amavelmente supor que uma pessoa não é muito diferente da outra, que o fogo é cálido, o vinho, gostoso, a extravagância, um pecado.

"As pessoas são tão simpáticas, quando a gente as conhece melhor."

"Não conseguiria pensar mal dela. A gente deve lembrar —" Mas Nick talvez, ou Fanny Elmer, acreditando implicitamente na verdade do instante, se precipite no vazio, fira o rosto, suma como granizo cortante.

“Ah”, disse Fanny, irrompendo estúdio adentro, quarenta e cinco minutos atrasada, porque ficara vagando pela vizinhança do Foundling Hospital simplesmente para ter a oportunidade de ver Jacob descer a rua, pegar a chave e abrir a porta, “desculpa pelo atraso”; ao que Nick nada disse e Fanny reagiu com hostilidade.

“Não volto nunca mais aqui!”, gritou por fim.

“Então, não volte”, replicou Nick, e ela se precipitou porta afora sem ao menos um boa-noite.

Como era lindo – aquele vestido na loja da Evelina perto da Shaftesbury Avenue! Eram quatro da tarde de um bonito dia do começo de abril, e Fanny era do tipo que ficava presa em casa às quatro da tarde de um dia bonito? Outras moças, nessa mesma rua, se debruçavam sobre livros de contabilidade ou exaustivamente enfiavam carretéis e carretéis de linha entre seda e organza; ou, em meio a festões de fitas, na Swan & Edgar, rapidamente adicionavam o valor de uns quantos pênis e alguns quebrados no verso da conta e embrulhavam o metro e tanto em papel de seda e perguntavam à próxima da fila: “Em que posso ajudar?”.

Na loja da Evelina, perto da Shaftesbury Avenue, as peças de uma mulher eram exibidas separadamente. No lado esquerdo ficava a saia. No meio, cingido a uma haste, havia um boá de pluma. Enfileirados como as cabeças de malfeitores no Temple Bar ficavam os chapéus – esmeralda e branco, com uma leve grinalda em volta, ou descaído, por debaixo de plumas completamente tingidas. E em cima do tapete ficavam os pés – dourados e pontiagudos, ou de couro envernizado com fendas mostrando o forro escarlate.

Objeto de deleite dos olhos das mulheres, as roupas, por volta das quatro da tarde, pareciam bolos com cobertura de glacê infestados de moscas na vitrine de uma confeitaria. Fanny também as devorava com os olhos.

Mas pela Gerrard Street vinha um homem alto num casaco surrado. Uma sombra atravessou a vitrine da loja da Evelina – a sombra de Jacob, embora não fosse Jacob. E Fanny virou-se e andou ao longo da Gerrard Street e desejou que tivesse lido mais livros. Nick nunca lia livro algum, nunca falava da Irlanda ou da Câmara dos Lordes; e as suas unhas, então! Ela ia aprender latim e ler Virgílio. Fora uma leitora voraz. Lera Scott; lera Dumas. Na Slade ninguém lia. Mas ninguém conhecia Fanny na Slade ou imaginava o quanto aquilo lhe parecia vazio; a paixão por brincos, por bailes, por Tonks e por Steer – quando eram apenas os franceses que conseguiam pintar, dizia Jacob. Pois os modernos eram fúteis; a pintura, a menos respeitável das artes; e por que ler outra coisa além de Marlowe e Shakespeare, dizia Jacob, e Fielding, se for preciso ler romances?

"Fielding", disse Fanny, quando o homem da Charing Cross Road lhe perguntou que livro ela queria.

Ela comprou o *Tom Jones*.

Às dez da manhã, num quarto que dividia com uma professora do primário, Fanny Elmer lia *Tom Jones* – esse livro místico. Pois é dessa coisa enfadonha (pensou Fanny) sobre pessoas com nomes estranhos que Jacob gosta. Pessoas de bem gostam disso. Mulheres desleixadas que não se importam com o jeito de cruzar as pernas leem *Tom Jones* – um livro místico; pois há algo nos livros, pensou Fanny, que, se tivesse tido uma boa educação, eu poderia ter gostado – muito mais que de brincos e flores, suspirou, pensando nos corredores da Slade e no baile à fantasia da semana seguinte. Ela não tinha nada apropriado para a ocasião.

Eles são reais, pensou Fanny Elmer, repousando os pés na faixa lateral da lareira. Algumas pessoas o são. Nick, talvez, só que ele era tão estúpido. E as mulheres, nunca – exceto a srta. Sargent, mas ela saía de casa na hora do almoço e se dava ares de importância. Elas ficavam lá sentadas lendo em silêncio a noite toda, pensou ela. Em vez de irem a espetáculos de variedade; espiarem vitrines; fazerem troca-troca de roupas, como Robertson, que tinha vestido a mantilha dela, e ela, o colete dele, coisa que Jacob só conseguia fazer com muito embaraço; pois ele gostava de *Tom Jones*.

Ali estava ele em seu colo, em colunas duplas, pelo preço de três xelins e três pênis; o livro místico no qual Henry Fielding muitos anos atrás censurou, em perfeita prosa, Fanny Elmer por regalar-se com o escarlate, dizia Jacob. Pois ele nunca lia romances modernos. Ele gostava de *Tom Jones*.

"Gosto de *Tom Jones* de verdade", disse Fanny, às cinco e meia do mesmo dia do início de abril quando Jacob, na poltrona à frente dela, puxou seu cachimbo.

Ai, ai, as mulheres mentem! Mas não Clara Durrant. Uma mente impecável; uma natureza cândida; uma virgem acorrentada a uma rocha (em algum lugar perto da Lowndes Square), eternamente servindo chá a homens idosos em coletes brancos e de olhos azuis, sempre nos olhando diretamente no rosto, tocando Bach. Dentre todas as mulheres, era a que Jacob mais reverenciava. Mas, sentar-se a uma mesa com pão e manteiga, com viúvas ricas envolvidas em veludo, e nunca dizer a Clara nada além daquilo que Benson dizia ao papagaio quando a velha srta. Perry servia o chá, era um ultraje insuportável às liberdades e aos decoros da natureza humana – ou algo desse teor. Pois Jacob não dizia nada. Apenas admirava o fogo. Fanny largou o *Tom Jones*.

Ela costurava ou tricotava.

"O que é isso?", perguntou Jacob.

"Para o baile na Slade."

E ela buscou o toucado; as calças; os sapatos com borlas vermelhas. O que deveria usar?

"Estarei em Paris", disse Jacob.

E qual é a graça dos bailes à fantasia?, pensou Fanny. A gente encontra as mesmas pessoas; veste as mesmas roupas; Mangin se embebeda; Florinda senta-se nos seus joelhos. Ela flerta a torto e a direito – com Nick Bramham, agora mesmo.

"Em Paris?", disse Fanny.

"A caminho da Grécia", respondeu ele.

Pois, disse ele, não há nada tão detestável quanto Londres em maio.

Ele a esqueceria.

Um pardal passou voando pela janela carregando uma palha – uma palha de um monte junto a um paiol no terreno de uma fazenda. O velho spaniel pardo fareja ao pé do monte à procura de ratos. Os ramos superiores dos olmos já estão cheios de ninhos. Os castanheiros abanavam seus leques. E as borboletas se exibem pelas sendas da Forest. Talvez a imperador-roxo esteja se banqueteando, como diz Morris, em cima de uma pasta de carne putrefata ao pé de um carvalho.

Fanny pensou que tudo vinha de *Tom Jones*. Ele podia sair sozinho com um livro no bolso e observar os texugos. Pegava um trem às oito e meia e caminhava a noite toda. Via pirilampos e trazia para casa vagalumes dentro de caixinhas de remédio. Caçava com os cães veadeiros da New Forest. Tudo vinha de *Tom Jones*; e ele iria para a Grécia com um livro no bolso e se esqueceria dela.

Pegou seu espelhinho. Ali estava o rosto dela. E se a gente enrolasse um turbante em volta da cabeça de Jacob? Ali estava o rosto dele. Ela acendeu a lâmpada. Mas como a luz do dia entrava pela janela, apenas a metade era iluminada pela lâmpada. E embora ele parecesse terrível e magnífico e ia desistir da Forest, disse ele, para ir à Slade, fantasiado de paladino turco ou imperador romano (e ele deixou que ela lhe escurecesse os lábios e cerrou os dentes e fez carranca diante do espelho), ainda assim – ali estava *Tom Jones*.

XI

"Archer", disse a sra. Flanders com aquela ternura que as mães com muita frequência demonstram para com seus filhos homens mais velhos, "estará amanhã em Gibraltar."

O correio pelo qual esperava (caminhando Dods Hill acima enquanto os incertos sinos da igreja badalavam a melodia de um hino sacro em torno de sua cabeça, o relógio dando quatro batidas em meio às notas circundantes; a grama arroxeando sob uma nuvem que anunciava tempestade; e as duas dúzias de casas da vila encolhendo-se juntas, infinitamente humildes, sob uma lâmina de sombra), o correio, com toda a sua variedade de mensagens, envelopes endereçados com letras grossas, com letras inclinadas, selados ora com selos ingleses, ora com selos das colônias ou, às vezes, apressadamente estampados com uma barra amarela, o correio estava prestes a espalhar uma miríade de mensagens mundo afora. Se lucramos ou não com esse hábito de comunicação profusa não cabe a nós decidir. Mas que a arte de escrever cartas é praticada de forma insincera hoje em dia, em particular por moços em viagem ao exterior, é algo que parece bastante provável.

Por exemplo, considere esta cena.

Eis aqui Jacob Flanders, já no exterior e fazendo uma parada em Paris para depois seguir viagem. (A velha srta. Birkbeck, prima de sua mãe, morrera no último junho e lhe deixara uma centena de libras.)

"Você não precisa repetir essa besteira toda mais uma vez, Cruttendon", disse Mallinson, o pintor baixinho e careca que estava sentado a uma mesa de mármore, respingada de café e cheia de marcas redondas de vinho, falando muito depressa e, sem nenhuma dúvida, mais do que um tantinho embriagado.

"Então, Flanders, terminou a carta para a tua progenitora?", disse Cruttendon, quando Jacob chegou e sentou-se ao lado deles, segurando um envelope endereçado à sra. Flanders, arredores de Scarborough, Inglaterra.

"Você defende Velásquez?" disse Cruttendon.

"Por amor de Deus, claro que sim", disse Mallinson.

"Ele sempre fica desse jeito", disse Cruttendon, irritado.

Jacob olhou para Mallinson com exagerada calma.

"Vou te dizer as três maiores coisas que já foram escritas em toda a literatura", disse Cruttendon subitamente. "Fique aí suspensa como uma fruta, minha alma", começou ele....

"Não dê ouvidos a um homem que não gosta de Velásquez", disse Mallinson.

"Adolphe, não sirva mais vinho ao sr. Mallinson", disse Cruttendon.

"Sejamos justos, sejamos justos", disse Jacob, imparcialmente. "Deixe que um homem se embriague se é o que ele quer. Isso é Shakespeare, Cruttendon. Estou contigo nesse respeito. Shakespeare tinha mais verve que todos esses malditos *frogs* postos juntos. 'Fique aí suspensa como uma fruta, minha alma'", começou ele a citar, numa voz retórica e musical, fazendo um floreado com o cálice de vinho. "Que o diabo preteie esta sua cara de nata, seu grande tolo!", exclamou ele, enquanto o vinho escorria pela borda.

"Fique aí suspensa como uma fruta, minha alma", Cruttendon e Jacob começaram, os dois ao mesmo tempo, e irromperam os dois numa gargalhada.

"Malditas moscas", disse Mallinson, dando um tapinha na calva. "O que elas pensam que eu sou?"

"Alguma coisa perfumada", disse Cruttendon.

"Cala essa boca, Cruttendon", disse Jacob. "Esse sujeito não tem modos", explicou muito polidamente para Mallinson. "Ele quer impedir as pessoas de beberem. Olha aqui. Eu quero tutano assado. Qual é mesmo, em francês, a palavra para tutano assado? Tutano assado, Adolphe. Então, dá para entender, seu imbecil?"

"E vou te dizer, Flanders, qual é a segunda coisa mais bela em toda a literatura", disse Cruttendon, apoiando-se no chão e se debruçando sobre a mesa, de modo que seu rosto quase tocava o de Jacob.

"Era uma vez um gato xadrez", intrometeu-se Mallinson, tamborilando na mesa. "A coisa mais in-cri-vel-mente bela de toda a literatura.... Cruttendon é um bom camarada", comentou em tom de confidência. "Mas é um tanto estúpido." E jogou a cabeça para a frente.

Bem, nenhuma palavra disso tudo jamais foi contada à sra. Flanders; nem o que aconteceu quando pagaram a conta e deixaram o restaurante, caminhando ao longo do Boulevard Raspail.

Depois, eis aqui outro fiapo de conversa; a hora, por volta das onze da manhã; o cenário, um estúdio; e o dia, domingo.

"Vou te contar, Flanders", disse Cruttendon, "preferia ter um dos pequenos quadros de Mallinson que um Chardin. E quando digo isso...", ele espremia a ponta de um tubo quase vazio... "Chardin era dos bons.... Ele os vende agora para poder pagar o jantar. Mas espere até os marchands o descobrirem. Um dos bons – ah, um dos bons mesmo."

"É uma vida tremendamente divertida", disse Jacob, "ficar à toa por aqui. Ainda assim, trata-se de uma arte estúpida, Cruttendon." Ele caminhava pelo aposento. "Agora tem esse sujeito, Pierre Louÿs." Ele pegou um livro.

"Agora, prezado senhor, será que não daria para se acalmar?", disse Cruttendon.

"Eis aqui uma sólida peça de arte", disse Jacob, pondo uma tela em cima de uma cadeira.

"Ah, isso eu fiz há séculos", disse Cruttendon, espiando por sobre o ombro.

"Em minha opinião, você é um pintor muito competente", disse Jacob depois de algum tempo.

"Agora, se você quiser ver no que estou envolvido neste momento", disse Cruttendon, pondo uma tela diante de Jacob. "Aí está. É isso. Algo assim. Isso é...", ele torceu o polegar formando um circulo em torno do bulbo pintado de branco de uma lâmpada.

"Uma peça de arte muito densa", disse Jacob, escarranchando-se à frente da tela. "Mas o que eu gostaria que você explicasse..."

A srta. Jinny Carslake, pálida, sardenta, mórbida, entrou no aposento.

"Ah, Jinny, quero te apresentar um amigo. Flanders. Inglês. Rico. Bem relacionado. Continue, Flanders...."

Jacob não disse nada.

"É *isso* – isso não está certo", disse Jinny Carslake.

"Não", disse Cruttendon, categórico. "Não dá para fazer."

Ele tirou a tela da cadeira e a pôs de pé no chão com a parte de trás voltada para eles.

"Sentem-se, damas e cavalheiros. A srta. Carslake vem da mesma parte do mundo que você, Flanders. De Devonshire. Ah, pensei que você tivesse dito Devonshire. Muito bem. Ela também é filha da igreja. A ovelha negra da família. A mãe dela lhe escreve essas cartas. Diga-me – tem aí uma com você? Em geral chegam num domingo. Uma espécie de efeito das badaladas dos sinos de uma igreja, entende?"

"Já conheceu todos os pintores do sexo masculino?", disse Jinny. "Mallinson estava embriagado? Se você for ao seu estúdio ele lhe dará um de seus quadros. Vou te contar, Teddy..."

"Só um segundinho", disse Cruttendon. "Em que estação estamos?" Ele olhou para fora da janela.

"Domingo é nosso dia de folga, Flanders."

"Será que ele...", disse Jinny, olhando para Jacob. "Você..."

"Sim, ele virá conosco", disse Cruttendon.

E então eis aqui Versalhes.

Jinny se postou junto à amurada de pedra e se inclinou sobre o lago, segurando-se nos braços de Cruttendon para não cair na água. "Ali! Ali!", gritou. "Bem em cima!" Alguns peixes testudos, letárgicos, tinham emergido das profundezas para pegar as migalhas de pão que ela atirava. "Vejam só", disse ela, abaixando-se ligeiro. E então a água clara e ofuscante, encrespada e comprimida, espirrou no ar. A fonte se espraiou. Pelo meio dela chegava, de muito longe, o som de uma música militar. A água estava toda franzida de gotas. Um balão azul tocou de leve a superfície. Incrível como todas as babás e crianças e homens, velhos e jovens, se amontoavam na margem, se debruçavam sobre a amurada e agitavam suas varetas! A menininha correu estendendo os braços na direção de seu balão, mas ele afundou debaixo da fonte.

Edward Cruttendon, Jinny Carslake e Jacob Flanders saíram caminhando em fila ao longo da trilha de cascalho amarelo; subiram no gramado; passaram, assim, por debaixo das árvores; e acabaram dando no vilarejo onde Maria Antonieta costumava tomar seu chocolate. Edward e Jinny entraram, mas Jacob esperou do lado de fora, sentado no cabo de sua bengala desdobrável. Os outros vieram de novo para fora.

"E então?", disse Cruttendon, sorrindo para Jacob.

Jinny esperava; Edward esperava; e ambos olhavam para Jacob.

"E então?", disse Jacob, sorrindo e apertando a bengala com ambas as mãos.

"Venham junto", decidiu ele; e se pôs a caminho. Os outros o seguiram, sorrindo.

E então foram até o barzinho na rua lateral onde as pessoas estavam sentadas tomando café, observando os soldados, batendo o cigarro no cinzeiro pensativas.

"Mas ele é muito diferente", disse Jinny, juntando as mãos sobre o copo. "Não creio que você saiba o que Ted quer dizer quando fala uma coisa dessas", disse ela, olhando para Jacob. "Mas eu sei. Às vezes tenho vontade de me matar. Às vezes ele fica na cama o dia todo – simplesmente fica ali deitado.... Não quero vocês em cima da mesa"; ela sacudiu as mãos. Pombos balofos e iridescentes andavam aos pulinhos à volta de seus pés.

"Vejam só o chapéu daquela mulher", disse Cruttendon. "Como conseguem pensar uma coisa dessas?... Não, Flanders, não creio que conseguiria viver como você. Quando a gente desce aquela rua em frente ao Museu Britânico – como se chama mesmo? – é disso que falo. É tudo igual a isso. Aquelas mulheres gordas – e o homem postado no meio da rua como se estivesse prestes a ter um ataque..."

"Todo mundo dá comida para eles", disse Jinny, enxotando os pombos. "São umas criaturinhas estúpidas."

"Bem, não sei", disse Jacob, tragando seu cigarro. "Tem a Catedral de St. Paul."

"Quero dizer isso de trabalhar o dia todo num escritório", disse Cruttendon.

"Que se dane tudo", desabafou Jacob.

"Mas você não conta", disse Jinny, olhando para Cruttendon. "Você é louco. Quero dizer, só pensa em pintar."

"Sim, eu sei. Não posso evitar. Diga-me, será que o rei George vai ceder na questão dos membros da Câmara dos Lordes?"

"Ele certamente será obrigado a isso", disse Jacob.

"Isso mesmo!", disse Jinny. "Ele realmente está bem informado."

"Eu estaria se pudesse, compreendem?", disse Cruttendon, "mas eu simplesmente não consigo."

"*Acho* que eu conseguiria", disse Jinny. "Só que são apenas as pessoas de quem não gostamos que conseguem. No nosso país, quero dizer. Elas não falam de outra coisa. Até pessoas como a minha mãe."

"Agora, se eu viesse morar aqui —", disse Jacob. "Quanto é a minha parte na conta, Cruttendon? Ah, muito bem. Faz como achar melhor. Esses pássaros estúpidos, tão logo precisamos deles – eles voam para longe."

E, por fim, sob as lâmpadas a arco voltaico da Gare des Invalides, com um desses movimentos estranhos que são tão leves e contudo tão definitivos, que podem ferir ou passar despercebidos, mas que, em geral, infligem uma boa dose de mal-estar, Jinny e Cruttendon se aproximaram; Jacob manteve-se afastado. Eles precisavam se separar.

Alguma coisa precisava ser dita. Nada foi dito. Um homem passou com um carrinho de bagagem tão perto das pernas de Jacob que por pouco não as esfolou. Quando Jacob recuperou o equilíbrio, os outros dois estavam indo embora, mas Jinny ainda deu uma espiada por sobre os ombros, e Cruttendon, abanando a mão, sumiu, como o grande gênio que ele era.

Não – a sra. Flanders não foi informada de nada disso, embora Jacob sentisse, pode-se dizer com segurança, que nada no mundo tinha importância maior; e, quanto a Cruttendon e Jinny, eram para ele as pessoas mais marcantes que jamais conhecera – embora, naturalmente, não pudesse antever, como de fato sucedeu, que, com o passar do tempo, Cruttendon se poria a pintar pomares; teve, portanto, que morar em Kent; e devia, por essa época, era de se crer, ter encerrado a fase da flor de maçã, uma vez que sua esposa, por cuja causa ele fazia isso, fugira com um romancista; mas, não; Cruttendon ainda pinta pomares, loucamente, em solidão. Depois, Jinny Carslake, após seu caso com Lefanu, o pintor americano, começou a frequentar filósofos indianos, e agora a vemos em pensões, na Itália, apreciando um porta-joias contendo seixos comuns colhidos na beira da estrada. Mas se a gente os observa fixamente, diz ela, a multiplicidade se transforma em unidade, que é, de alguma forma, o segredo da vida, embora isso não a impeça de ficar de olho no macarrão enquanto ele circula pela mesa e, às vezes, em noites de primavera, ela faz as mais estranhas confidências a tímidos moços ingleses.

Jacob não tinha nada a esconder de sua mãe. Só que ele próprio não conseguia compreender sua extraordinária exaltação, e quanto a pô-la no papel —

"As cartas de Jacob são bem do jeito dele", disse a sra. Jarvis dobrando a folha.

"Na verdade, ele parece estar ...", disse a sra. Flanders, e se interrompeu, pois estava cortando um vestido e tinha que endireitar o molde, "... se divertindo muito."

A sra. Jarvis pensava em Paris. Às suas costas, a janela estava aberta, pois era uma noite amena; uma noite calma; quando a lua parecia encoberta e as macieiras estavam totalmente imóveis.

"Nunca tenho pena dos mortos", disse a sra. Jarvis, ajeitando a almofada nas costas e entrelaçando as mãos atrás da cabeça. Betty Flanders não escutou pois sua tesoura fazia muito barulho na mesa.

"Eles descansam", disse a sra. Jarvis. "E nós passamos nossos dias fazendo coisas bobas e inúteis sem saber por quê."

A sra. Jarvis não era benquista na vila.

"Você nunca caminha a essa hora da noite?", perguntou ela à sra. Flanders.

"Sem dúvida está maravilhosamente ameno", disse a sra. Flanders.

Mas fazia anos desde que ela abrira o portão do pomar e saíra em direção a Dods Hill após o jantar.

"Está completamente seco", disse a sra. Jarvis, enquanto fechavam o portão do pomar e passavam ao gramado.

"Não irei longe", disse Betty Flanders. "Sim, Jacob deixará Paris na quarta-feira."

"Dos três, Jacob sempre foi o que se mostrou meu amigo", disse a sra. Jarvis.

"Então, minha querida, não vou além daqui", disse a sra. Flanders. Tinham subido a colina escura e chegado ao acampamento romano.

O parapeito erguia-se aos seus pés – o círculo plano que rodeava o acampamento ou a sepultura. A quantidade de agulhas que Betty Flanders tinha perdido ali! e o broche de granada.

"Às vezes fica muito mais claro do que isso", disse a sra. Jarvis, de pé sobre o topo. Não havia nenhuma nuvem e, ainda assim, via-se um nevoeiro sobre o mar e sobre os pântanos. As luzes de Scarborough faiscavam, como se uma mulher usando um colar de diamantes, virasse a cabeça para um lado e para o outro.

"Como está quieto aqui!", disse a sra. Jarvis.

A sra. Flanders esfregava a grama com a ponta dos pés, pensando no seu broche de granada.

A sra. Jarvis tinha dificuldade em pensar em si mesma nessa noite. Estava tão calmo. Não havia vento algum; nada correndo, voando, escapando. Sombras negras pairavam, imóveis, sobre os urzais prateados. As moitas de tojo estavam completamente imóveis. A sra. Jarvis tampouco pensava em Deus. Havia uma igreja atrás delas, é claro. O relógio da igreja bateu as dez horas. Será que as batidas chegavam até as moitas de tojo ou o espinheiro as ouvia?

A sra. Flanders estava se abaixando para pegar um seixo. Às vezes as pessoas encontram coisas, pensou a sra. Jarvis, e, contudo, sob esse luar nebuloso era impossível enxergar qualquer coisa, exceto ossos e pedacinhos de greda.

"Jacob o comprou com seu próprio dinheiro, e então eu vim com o sr. Parker aqui em cima para apreciar a vista e ele deve ter caído —", murmurou a sra. Flanders.

Teriam os ossos se mexido, ou eram as espadas enferrujadas? Seria agora o broche de dois pênis e meio da sra. Flanders para sempre parte da abundante acumulação? e se todos os fantasmas acorressem em bandos e se juntassem à sra. Flanders no círculo, não se sentiria ela perfeitamente em seu lugar, uma matrona inglesa plenamente viva, se tornando corpulenta?

O relógio bateu o quarto de hora.

As frágeis ondas de som quebravam em meio aos tojos hirtos e aos raminhos de espinheiro, enquanto o relógio da igreja dividia o tempo em intervalos de quartos de hora.

Inertes e imensos, os urzais recebiam a informação "Passam quinze minutos da hora cheia", mas nada respondiam, a não ser por uma amoreira que se mexia.

Contudo, mesmo sob essa luz, era possível ler as inscrições sobre as lápides, vozes sumárias dizendo "Sou Bertha Ruck", "Sou Tom Gage". E dizem em qual dia do ano morreram, e o Novo Testamento diz algo, muito imponente, muito enfático ou confortante, em honra a eles.

Os urzais aceitam isso tudo também.

O luar cai como uma página branca sobre o muro da igreja e ilumina a família ajoelhada no vão e a tabuleta afixada em 1780 em homenagem ao fidalgo da vila, que socorria os pobres e acreditava em Deus – de modo que a contida voz subsiste sob a voluta de mármore como se pudesse se impor ao tempo e à atmosfera.

Agora uma raposa se move furtivamente por trás das moitas de tojo.

Com frequência, mesmo à noite, a igreja parece cheia de gente. Os bancos estão gastos e sebosos, as batinas, no seu devido lugar, e os hinários, nos suportes. É uma nave com toda a tripulação a bordo. O madeiramento se retesa para abrigar os mortos e os vivos, os lavradores, os carpinteiros, os nobres que caçam raposas e os agricultores cheirando a lodo e conhaque. Suas línguas se juntam ao escandirem as palavras límpidas que para sempre estilhaçam o tempo e os imensos pântanos. Lamento e credulidade e elegia, desespero e triunfo, mas, sobretudo, bom senso e afável indiferença, saem marchando janela afora em qualquer momento desses quinhentos anos.

Ainda assim, como disse a sra. Jarvis, acelerando seus passos em direção aos urzais: "Como está quieto!". Quieto ao meio-dia, exceto quando a caça o atravessa em debandada; quieto à tarde, exceto pelas ovelhas desgarradas; à noite o urzal está completamente quieto.

Um broche de granada caiu na grama. Uma raposa se põe a andar furtivamente. Uma folha gira em torno de se mesma. A sra. Jarvis, que tem cinquenta anos, descansa no acampamento sob o luar nebuloso.

"... e," disse a sra. Flanders, endireitando as costas, "nunca gostei muito do sr. Parker."

"Nem eu", disse a sra. Jarvis. Elas começaram a caminhar de volta para casa.

Mas suas vozes pairaram por um instante por sobre o acampamento. O luar não arruinava nada. O urzal aceitava tudo. Tom Gage chora alto pelo tempo que durar sua lápide. Os esqueletos romanos estão em lugar seguro. As agulhas de cerzir de Betty Flanders estão seguras também, assim como seu broche de granada. E, às vezes, ao meio-dia, sob a luz do sol, o urzal parece juntar esses pequenos tesouros como uma governanta. Mas à meia-noite, quando ninguém fala ou anda às pressas, e o espinheiro está completamente parado, seria tolice importunar o urzal com perguntas – o quê? e por quê?

O relógio da igreja, entretanto, soa as doze badaladas.

XII

A água caía como chumbo de uma saliência na montanha – como uma corrente de grossos elos brancos. O trem disparava por uma campina verde em declive, e Jacob via tulipas listradas desabrochando e ouvia um pássaro cantando, na Itália.

Um carro a motor cheio de oficiais italianos corria ao longo da estrada plana e emparelhava com o trem, deixando um rastro de poeira. Havia árvores entrelaçadas com videiras – como dissera Virgílio. Aqui estava uma estação; e havia uma fantástica cena de despedidas, com mulheres em botas amarelas de cano alto e meninos esquisitos e pálidos em meias listradas. As abelhas de Virgílio tinham se espalhado pelas planícies da Lombardia. Era costume dos antigos forçar as videiras a treparem por entre os olmos. Depois, em Milão, havia falcões de asas pontudas, de um castanho brilhante, fazendo figurações sobre os telhados.

Esses vagões italianos ficam terrivelmente quentes com o sol da tarde em cima deles e é grande a chance de que a corrente que range e range se rompa antes de a locomotiva chegar ao topo do desfiladeiro. Para cima, para cima, para cima ela vai, como um trenzinho numa montanha-russa. Cada um dos picos está coberto de árvores pontudas, e espetaculares vilarejos de uma alvura geral se apinham nos ressaltos da montanha. Há sempre uma torre branca bem no topo, telhados horizontais com ondulações rubras, e uma queda abrupta embaixo. Não é um lugar onde se caminha depois do chá. Para começar, não há grama nenhuma. Uma encosta inteira estará tomada por oliveiras. Já em abril, a terra entre elas se converte em grumos ressequidos de poeira. E não há nem escadinhas para transpor as cercas nem trilhas para pedestres, nem alamedas enxadrezadas pela sombra das folhas nem estalagens do século dezoito com *bow-windows* onde se come ovos mexidos com presunto. Ah, não, a Itália é toda rusticidade, desolação, inclemência, e padres negros caminhando, lerdos, pelas estradas. É estranho, também, como nunca escapamos das *villas*.

Ainda assim, viajar sozinho com cem libras para gastar é uma boa coisa. E se o dinheiro acabasse, o que é provável, ele seguiria a pé. Poderia passar a pão e vinho – vinho em garrafas empalhadas – pois após fazer a Grécia ele iria dar cabo de Roma. A civilização romana era, sem dúvida, uma coisa muito inferior. Mas, mesmo assim, Bonamy falava um monte de bobagem. "Você deveria ter ido a Atenas", diria a Bonamy quando voltasse. "Ficar diante do Partenon", ele diria, ou "as ruínas do Coliseu suscitam algumas reflexões absolutamente sublimes", ideia que ele poria por escrito e em detalhes por carta. Poderia se transformar num ensaio sobre a civilização. Uma comparação entre os antigos e os modernos, com algumas boas e certeiras estocadas no sr. Asquith – algo no estilo de Gibbon.

Um senhor corpulento alçou-se penosamente para dentro do vagão, empoeirado, roupas largas, todo enredado em correntes de ouro, e Jacob, lamentando não ter vindo da raça latina, olhou para fora.

É estranho pensar que, ao viajar por dois dias e duas noites, estejamos no coração da Itália. *Villas* inesperadas surgem em meio às oliveiras; e criados regando os cactos. Vitórias pretas estacionam entre pomposos pilares ornados com escudos em gesso. É, ao mesmo tempo, momentâneo e surpreendentemente íntimo – ser exibido diante dos olhos de um estrangeiro. E há o solitário cume de um morro ao qual ninguém jamais chega e, contudo, é visto por mim, que não faz muito descia Piccadilly no andar superior de um ônibus. E o que eu queria era sair pelos campos, sentar e ouvir os gafanhotos, e pegar um punhado de terra – terra italiana, como é italiana a poeira sobre os meus sapatos.

Jacob os ouvia nas estações ferroviárias gritando nomes estranhos no meio da noite. O trem parou e ele ouviu sapos coaxando nas proximidades, e levantou cautelosamente a cortina e viu um imenso e estranho charco todo branco sob o luar. O vagão estava carregado da fumaça de cigarro, que pairava à volta do globo coberto pelo quebra-luz verde. O senhor italiano roncava, estirado, sem as botas e com o colete desabotoado.... E toda essa coisa de ir para a Grécia parecia a Jacob ser um tédio intolerável – ficar sentado sozinho em hotéis e sair para contemplar monumentos – teria sido melhor ter ido para a Cornualha com Timmy Durrant.... "O-h", protestou Jacob, quando a escuridão começou a se desfazer diante dele e a luz se mostrou, mas o homem se atravessou à sua frente para alcançar alguma coisa – o gordo homem italiano, em seu peitilho postiço de camisa, barba por fazer, amarrotado, obeso, estava abrindo a porta para ir se lavar.

Então Jacob se endireitou no assento e viu um esbelto esportista italiano com uma arma na mão caminhando ao longo da estrada sob a luz da manhãzinha, e a ideia toda do Partenon veio-lhe à mente num estalo.

"Por Júpiter!", pensou, "devemos estar quase lá!" e meteu a cabeça para fora da janela e sentiu o ar direto no rosto.

É extremamente exasperador que vinte e cinco pessoas de nosso círculo de relações sejam capazes de dizer sem pestanejar algo muito pertinente sobre ir à Grécia, enquanto para nós há uma rolha bloqueando todas as emoções, quaisquer que sejam elas. Pois após ter feito sua higiene no hotel em Patras, Jacob seguira, ao sair, as linhas do bonde por uns dois quilômetros e meio; e, ao voltar, as seguira por dois quilômetros e meio; encontrara vários bandos de perus; várias tropas de jumentos; perdera-se em becos; lera anúncios de espartilhos e de sopa Maggi; crianças tinham-lhe pisado os pés; o lugar cheirava a queijo podre; e alegrou-se ao se ver de repente diante de seu hotel. Havia um exemplar atrasado do *Daily Mail* atirado no meio de xícaras de café; o qual ele leu. Mas o que poderia fazer depois do jantar?

Sem dúvida, deveríamos estar, globalmente falando, em situação muito pior do que estamos não fora nosso espantoso talento para a ilusão. Por volta da idade de doze anos, tendo deixado de lado as bonecas e quebrado nossos trenzinhos a vapor, a França, mas muito mais provavelmente a Itália, e quase com certeza a Índia, passam a atrair nossa fértil imaginação. Nossas tias estiveram em Roma; e todo mundo tem um tio que pela última notícia que se tem estava – pobre homem – em Rangum. Ele nunca mais voltará. Mas são as preceptoras que dão origem ao mito da Grécia. Contemple aquela cabeça (dizem elas) – o nariz, veja bem, reto como um dardo, cachos, sobrancelhas – tudo em acordo com a beleza varonil; e suas pernas e braços apresentam linhas que indicam um grau perfeito de evolução – uma vez que os gregos se preocupavam tanto com o torso quanto com o rosto. E os gregos conseguiam pintar frutas que os pássaros iam bicar. Primeiro, lê-se Xenofonte; depois, Eurípides. Um certo dia – que acontecimento, meu Deus – o que as pessoas diziam parece fazer sentido; "o espírito grego"; o grego isso e aquilo e mais aquilo; embora, diga-se de passagem, seja absurdo afirmar que algum grego chegue perto de Shakespeare. O cerne da questão, entretanto, é que fomos educados numa ilusão.

Jacob, sem dúvida, pensava algo nessa linha, o *Daily Mail* amarrotado na mão; as pernas estendidas; a própria imagem do tédio.

"Mas é o modo como fomos educados", continuou.

E tudo lhe parecia muito desagradável. Algo precisava ser feito quanto a isso. E, de alguém que estava levemente deprimido, ele se transformou em alguém que era como um homem prestes a ser executado. Clara Durrant o deixara, numa festa, para ir conversar com um americano chamado Pilchard. E ele percorrera toda essa distância até a Grécia e a abandonara. Eles vestiam traje a rigor e falavam bobagens – um monte de bobagens – e ele estendeu a mão para pegar a *Globe Trotter*, uma revista internacional que é distribuída gratuitamente aos proprietários de hotéis.

A despeito de sua deplorável condição, a Grécia moderna é altamente avançada no sistema de bondes elétricos, de modo que enquanto Jacob se sentava na sala de estar do hotel, os bondes rangiam, retiniam, badalavam e badalavam o sino imperiosamente para tirar do caminho os jumentos e uma senhora idosa que, debaixo da janela, se recusava a se mexer. A civilização inteira estava sendo condenada.

O garçom era bastante indiferente a isso também. Aristóteles, um homem sujo, carnivoramente interessado no corpo do único hóspede que agora ocupava a única poltrona, entrou ostensivamente no salão, largou alguma coisa, endireitou alguma coisa e viu que Jacob ainda estava ali.

"Gostaria de ser chamado cedo amanhã", disse Jacob, por sobre o ombro. "Vou a Olímpia."

Essa melancolia, essa rendição às águas turvas que marulham à nossa volta, é uma invenção moderna. Talvez, como dizia Cruttendon, não acreditemos o bastante. Nossos pais, de algum modo, tinham algo a demolir. Assim como temos nós, no que a isso respeita, pensou

Jacob, amassando o *Daily Mail* nas mãos. Entraria no Parlamento e faria belos discursos – mas de que valem belos discursos e Parlamento, uma vez que tenhamos cedido dois dedos às águas turvas? Na verdade, nunca se deu qualquer explicação para o fluxo e refluxo em nossas veias – para a felicidade e a infelicidade. Essa respeitabilidade e as festas vespertinas às quais se deve comparecer em traje a rigor, e os miseráveis cortiços nos fundos de Gray's Inn – algo sólido, inalterável e grotesco – é o que, provavelmente, está por trás disso, pensou Jacob. Por outro lado, tinha o Império Britânico, que estava começando a intrigá-lo; mas tampouco era inteiramente favorável a conceder autonomia governamental à Irlanda. O que dizia o *Daily Mail* sobre isso?

Pois tinha se tornado um homem e estava prestes a deixar-se impregnar pelas coisas – como, de fato, a camareira, esvaziando a bacia dele no andar de cima, catando chaves, abotoaduras, lápis, frascos de pílulas espalhados em cima do toucador, se dava conta.

Que tinha se tornado um homem era um fato que Florinda sabia, pois, por instinto, ela sabia tudo.

E Betty Flanders, neste exato momento, suspeitava a mesma coisa enquanto lia a carta dele, postada em Milão, "não me contando", queixou-se à sra. Jarvis, "realmente nada do que eu quero saber"; mas ela ficava remoendo isso.

Fanny Elmer percebia isso num nível que beirava ao desespero. Pois ele pegaria a bengala e o chapéu e iria até a janela e pareceria perfeitamente distraído e também muito sério, pensou ela.

"Estou saindo", diria ele, "para arrancar um almoço de Bonamy."

"De todo modo, posso me afogar no Tâmisa", exclamou Fanny ao passar correndo pelo Foundling Hospital.

Mas o *Daily Mail* não é de se confiar", disse Jacob para si mesmo, buscando ao redor por alguma outra coisa para ler. E suspirou de novo, num estado, na verdade, tão profundamente melancólico que a melancolia devia ter se alojado nele para anuviá-lo a toda hora, o que era estranho num homem que tirava tanto prazer das coisas, não era muito dado à análise, mas era, claro, terrivelmente romântico, pensou Bonamy, em seus aposentos em Lincoln's Inn.

"Ele vai se apaixonar", pensou Bonamy. "Alguma mulher grega de nariz reto."

Foi a Bonamy que Jacob escreveu de Patras – a Bonamy que não conseguia amar uma mulher e nunca lia um livro idiota.

Há poucos livros bons, afinal, pois não podemos levar em consideração histórias derramadas, viagens em carretas puxadas por mulas para encontrar as nascentes do Nilo ou a volubilidade da ficção.

Gosto de livros cuja virtude está concentrada em uma ou duas páginas. Gosto de frases que não saem do lugar ainda que exércitos as atravessem. Gosto que as palavras sejam firmes – tais eram as opiniões de Bonamy, e elas lhe valeram a hostilidade daqueles cujo gosto se inclina inteiramente pelas frescas vegetações da manhã, que, num impulso, levantam a janela e encontram as papoulas estendidas ao sol, e não conseguem conter um grito de júbilo diante da espantosa fertilidade da literatura inglesa. Esse não era, em absoluto, o estilo de Bonamy. Que o seu gosto em literatura afetava suas amizades, e o tornava silencioso, fechado, melindroso, e inteiramente à vontade apenas com um ou dois rapazes que partilhavam de seu modo de pensar, era a acusação que pesava contra ele.

Entretanto, Jacob Flanders não partilhava, em absoluto, de seu modo de pensar – longe disso. Bonamy suspirou, largando as finas folhas de papel de carta em cima da mesa e pondo-se a pensar, e não pela primeira vez, sobre a personalidade de Jacob.

O problema era essa veia romântica que ele tinha. "Mas, de mistura com a estupidez que o leva a essas aflições absurdas", pensou Bonamy, "há alguma coisa – alguma coisa", suspirou, pois ele gostava mais de Jacob do que de qualquer outra pessoa no mundo.

Jacob foi até a janela e ficou ali com as mãos nos bolsos. Dali ele viu três gregos em saiotes, mastros de navios; pessoas ociosas ou ocupadas, das classes mais baixas, andando à toa ou caminhando depressa ou se juntando em grupos e gesticulando com as mãos. A falta de interesse dessas pessoas por ele não era a causa de sua melancolia; mas alguma convicção mais profunda – não de que tivesse cabido a ele, em particular, ser solitário, mas de que todas pessoas o são.

Entretanto, no dia seguinte, enquanto o trem lentamente contornava uma colina no caminho para Olímpia, as camponesas gregas estavam fora de casa, no meio das videiras; os homens gregos de mais idade estavam sentados junto às estações, bebericando vinho doce. E embora Jacob continuasse melancólico, ele nunca imaginara o quanto pode ser tremendamente agradável estar sozinho; fora da Inglaterra; por sua própria conta; desligado daquilo tudo. Há colinas desnudas e abruptas no caminho para Olímpia; e entre elas o mar azul a intervalos triangulares. Um pouco como a costa da Cornualha. Ora bem, pôr-se a caminhar sozinho o dia inteiro – pegar aquela trilha e seguir colina acima por entre os arbustos – ou seriam pequenas árvores? – até o cimo daquela montanha do qual se pode ver metade das nações da antiguidade —

"Sim", disse Jacob, pois seu vagão estava vazio, "vamos dar uma olhada no mapa."

Quer o execremos quer o louvemos, não há como renegar o cavalo indomado dentro de nós. Galopar desenfreadamente; tombar exausto na areia; sentir a terra girar; ter – afirmativamente – um arroubo de afeição pelas pedras e pelo capim, como se a humanidade tivesse acabado, e quanto a homens e mulheres, deixá-los de lado – não há como desconsiderar o fato de que esse desejo se apossa de nós com muita frequência.

O ar do fim de tarde agitava levemente as cortinas sujas da janela do hotel em Olímpia.

"Estou cheia de amor para com todo mundo", pensou a sra. Wentworth Williams, "– pelos pobres, mais que tudo – pelos camponeses voltando no fim da tarde com seus fardos. E tudo é delicado e vago e muito triste. É triste, triste. Mas tudo tem um significado", pensou Sandra Wentworth Williams, erguendo um pouco a cabeça e parecendo muito bela, trágica e exaltada. "Deve-se amar todas as coisas."

Segurava na mão um livrinho conveniente para viagens – os contos de Tchecov – ali postada, um véu na cabeça, vestida de branco, junto à janela do hotel em Olímpia. Como era belo o fim de tarde! e a beleza dela era a sua beleza. A tragédia da Grécia era a tragédia de todas as almas elevadas. A inevitável solução de compromisso. Ela parecia ter captado alguma coisa. Iria anotar isso. E indo até a mesa à qual o marido estava sentado, apoiou o queixo nas mãos e pensou nos camponeses, no sofrimento, em sua própria beleza, na inevitável solução de compromisso e na maneira como iria anotar isso. Evan Williams tampouco disse algo brutal, banal ou tolo quando fechou o livro e o pôs de lado, dando espaço para os pratos de sopa que agora estavam sendo dispostos diante deles. Apenas seus abatidos olhos de sabujo e suas pesadas e pálidas bochechas expressavam a sua melancólica tolerância, a sua convicção de que, embora forçado a viver com prudência e cautela, ele nunca poderia alcançar nenhum daqueles objetivos que, como sabia, são os únicos que vale a pena perseguir. Sua consideração era impecável; seu silêncio, ininterrupto.

"Tudo parece significar tanta coisa", disse Sandra. Mas com o som de sua própria voz o feitiço se quebrou. Esqueceu os camponeses. Permaneceu com ela apenas uma sensação de sua própria beleza e, à sua frente, por sorte, havia um espelho.

"Sou muito bonita", pensou.

Deu uma mexidinha no chapéu. O marido a viu se olhando no espelho; e concordou que beleza é importante; é uma herança; não se pode ignorá-la. Mas é uma barreira; é, na verdade, mais propriamente, uma chatice. Assim, ele tomou sua sopa; e manteve os olhos pregados na janela.

"Codornizes", disse languidamente a sra. Wentworth Williams. "E depois cabrito, suponho; e depois..."

"Pudim de caramelo, possivelmente", disse o marido na mesma cadência, com o palito de dentes já a postos.

Ela largou a colher no prato, que foi retirado ainda com a metade da sopa. Ela nunca fazia nada sem dignidade; pois seu tipo era o inglês, que é tão grego: deixando de lado o fato de que os aldeões costumavam homenageá-lo com um gesto do chapéu, o vicariato o reverencia; e os jardineiros, chefes ou auxiliares, respeitosamente se aprumam quando ela desce o amplo terraço do jardim na manhã de domingo, demorando-se com o primeiro-ministro junto aos vasos de pedra, para colher uma rosa – uma coisa que, talvez, ela estivesse tentando esquecer, enquanto seu olhar vagueava pela sala de jantar da hospedaria em Olímpia, buscando a janela na qual estava seu livro, junto à qual havia poucos minutos descobrira algo – fora algo muito profundo, sobre o amor e a tristeza e os camponeses.

Mas foi Evan quem suspirou; não por desespero nem, na verdade, por revolta. Mas, como o mais ambicioso dos homens e, por temperamento, o mais lento, não havia realizado nada; tinha a histórica política da Inglaterra na ponta dos dedos e, passando muito tempo na companhia de Chatham, Pitt, Burke e Charles James Fox, não podia deixar de comparar a si próprio com eles e a sua época com a deles. "Mas não houve nenhuma outra época na qual os grandes homens se tornaram mais necessários", ele costumava dizer para si mesmo, com um suspiro. Aqui estava ele palitando os dentes numa pousada em Olímpia. Ele tinha terminado. Mas os olhos de Sandra vagueavam.

"Aqueles melões rosados são certamente perigosos", disse ele, sombriamente. E, enquanto falava, a porta se abriu e por ela entrou um rapaz num terno axadrezado cinza.

"Belos mas perigosos", disse Sandra, emendando, na presença de uma terceira pessoa, a fala dela com a do marido. ("Oh, um rapaz inglês em excursão", pensou.)

E Evan sabia disso tudo também.

Sim, ele sabia disso tudo; e a admirava. Muito divertido, pensou, ter casos. Mas para si próprio, tendo em vista sua altura (Napoleão tinha um pouco mais de um metro e meio, lembrou-se), seu corpanzil, sua inaptidão para se impor (e, contudo, grandes homens nunca foram tão necessários como agora, suspirou), isso era inútil. Jogou fora o charuto, foi até Jacob e lhe perguntou, com uma espécie singela de sinceridade que agradava a Jacob, se ele tinha vindo direto da Inglaterra.

"Que coisa mais inglesa!", riu-se Sandra quando o garçom lhes contou na manhã seguinte que o jovem cavalheiro tinha saído às cinco horas para subir a montanha. "Estou certa em dizer que ele lhe pediu um banho?", ao que o recepcionista sacudiu a cabeça, dizendo que ia perguntar ao gerente.

"O senhor não entendeu", riu-se Sandra. "Não importa."

Jogado ao chão no topo da montanha, inteiramente sozinho, Jacob sentia um enorme prazer. Provavelmente nunca fora tão feliz em toda a sua vida.

Mas ao jantar, naquela noite, o sr. Williams perguntou-lhe se ele gostaria de dar uma olhada no jornal; depois a sra. Williams perguntou-lhe (enquanto passeavam pelo terraço, fumando – e como poderia ele recusar um charuto daquele homem?) se ele tinha visto o anfiteatro à luz da lua; se ele conhecia Everard Sherborn; se tinha estudado grego e (Evan se levantou silenciosamente e entrou) se tivesse que sacrificar uma delas, seria a literatura francesa ou a russa?

"E agora", escreveu Jacob na carta a Bonamy, "terei que ler o maldito livro dela" – o seu Tchekov, queria dizer, pois ela lhe tinha emprestado o dito.

Embora seja um ponto de vista impopular, parece bastante provável que lugares rústicos, campos demasiadamente pedregosos para serem arados, revoltas planícies marinhas a meio caminho entre a Inglaterra e a América, condizem mais conosco do que cidades.

Há em nós qualquer coisa de absoluto que menospreza circunlóquios. E é isso que é ridicularizado e distorcido na sociedade. As pessoas se reúnem numa sala. "Foi um prazer ter lhe conhecido", diz alguém, e isso é mentira. E ainda: "Atualmente gosto mais da primavera que do outono. Acho que isso acontece quando se fica mais velha". Pois as mulheres estão sempre, sempre, sempre falando do que sentem, e se elas dizem "quando se fica mais velha", o que elas querem é que se replique com algo um tanto alheio ao assunto em questão.

Jacob sentou-se, só, na pedreira da qual os gregos cortavam mármore para o anfiteatro. É uma tarefa árdua subir as colinas gregas ao meio-dia. O ciclâmen vermelho silvestre se abria; ele tinha visto as tartaruguinhas capengando ao irem de um torrão ao outro; o ar tinha um cheiro acre que subitamente se tornou doce, e o sol, batendo nas estilhas de mármore denteadas, ofuscava a vista. Sóbrio, soberano, soberbo, um tanto melancólico, e entediado com uma espécie augusta de tédio, ali estava ele sentado fumando cachimbo.

Bonamy teria dito que esse era o tipo de coisa que o deixava apreensivo – quando Jacob mergulhava no marasmo ficava parecido com um pescador de Margate desempregado ou um almirante britânico. Não se conseguia fazer com que entendesse fosse lá o que fosse quando estava nesse estado de ânimo. O melhor era deixá-lo sozinho. Ele ficava entorpecido. Inclinava-se à rabugice.

Levantara-se muito cedo e estivera contemplando as estátuas com seu Baedeker nas mãos.

Sandra Wentworth Williams, explorando o mundo antes do café da manhã, em busca de aventura ou de um ponto de observação, toda de branco, não tão alta, talvez, mas incomumente aprumada – Sandra Williams deu com a cabeça de Jacob exatamente no mesmo nível que a cabeça do Hermes de Praxíteles. A comparação era totalmente a favor dele. Mas antes que ela pudesse dizer uma única palavra, ele tinha saído do museu, deixando-a ali.

Ainda assim, uma dama por dentro da moda viaja com mais de um vestido, e se o branco combina com o ensejo da manhã, talvez o amarelo-areia com bolinhas roxas, um chapéu preto e um livro de Balzac combinem com o fim de tarde. Ela estava no terraço vestida assim quando Jacob chegou. Estava linda. Com as mãos entrelaçadas, ela meditava, parecia ouvir o marido, parecia observar os camponeses descendo com lenha nas costas, parecia notar que a colina mudava do azul para o negro, parecia diferenciar a verdade da falsidade, pensou Jacob, e subitamente cruzou as pernas, dando-se conta do extremo desalinho de suas calças.

"Mas ele tem um jeito muito distinto", decidiu Sandra.

E Evan Williams, recostado em sua poltrona, com o jornal entre os joelhos, teve inveja deles. A melhor coisa que podia fazer era publicar, pela Macmillan, sua monografia sobre a política externa de Chatham. Mas para o diabo com esta túmida, nauseante sensação – esta inquietude, esta intumescência e esta cólera – isso era ciúme! ciúme! ciúme! que ele jurara nunca mais sentir outra vez.

"Venha conosco a Corinto, Flanders", disse ele, com mais energia do que a costumeira, parando junto à poltrona de Jacob. Ficou aliviado com a resposta de Jacob, ou melhor, com a maneira sólida, direta, ainda que tímida, com que ele disse que gostaria muito de ir a Corinto com eles.

"Aqui está um sujeito", pensou Evan Williams, "que poderia se dar muito bem em política."

"Pretendo vir à Grécia todos os anos de minha vida", escreveu Jacob a Bonamy. "É a única chance que vejo de nos protegermos da civilização."

"Sabe Deus o que ele quer dizer com isso", suspirou Bonamy. Pois, como ele próprio nunca dizia nada impreciso, essas afirmações obscuras de Jacob faziam com que se sentisse apreensivo, ainda que, de certa forma, impressionado, sua própria inclinação tendendo mais para o definido, o concreto e o racional.

Nada poderia ser mais simples do que o que Sandra dizia ao descerem a Acrocorinto, mantendo-se na estreita trilha, enquanto Jacob seguia, ao lado dela, em ritmo de marcha, pelo terreno mais áspero. Ela tinha perdido a mãe quando tinha quatro anos; e a área em torno da mansão era imensa.

"Parecia que nunca iríamos conseguir sair dela", disse, rindo. Naturalmente havia a biblioteca, e o estimado sr. Jones, e ideias vagas sobre certas coisas. "Eu costumava escapar e me meter na cozinha e sentar nos joelhos do mordomo", disse, rindo, embora tristemente.

Jacob pensou que, se estivesse estado lá, ele a teria salvado; pois ela fora exposta a grandes perigos, adivinhava ele e pensou: "As pessoas não iam compreender uma mulher falando do jeito que ela fala".

Ela fez pouco caso da aspereza da colina; e vestia calções, observou ele, sob as saias curtas.

"Mulheres como Fanny Elmer não são assim", pensou. "Aquela fulana de sobrenome Carslake não era assim; mas fazem de conta..."

A sra. Williams dizia as coisas sem rodeios. Ele estava surpreso com seu próprio conhecimento das regras de conduta; que se pode dizer muito mais do que aquilo que se pensou; que se pode ser franco com uma mulher; e quão pouco ele se conhecia antes.

Evan juntou-se a eles na estrada; e enquanto iam, na carruagem, colina acima e colina abaixo (pois a Grécia está num estado de efervescência, embora seja uma terra sem árvores, espantosamente bem delineada, em que se percebe o solo entre os talos de grama, cada colina talhada e moldada e esboçada no mais das vezes contra cintilantes águas de um azul profundo, ilhas brancas como areia flutuando no horizonte, formações ocasionais de palmeiras elevando-se nos vales, que estão semeados de cabritos pretos, salpicados de pequenas oliveiras e às vezes têm, nos lados, concavidades brancas, riscadas de linhas e cruzes), enquanto iam colina acima e colina abaixo, ele franzia o sobrolho no canto da carruagem, com a mão tão estreitamente fechada que a pele se esticava entre os nós dos dedos e os pelinhos ficavam eriçados. Sandra ia na frente, dominante, como uma Vitória preparada para se arremeter no ar.

"Desalmada!", pensou Evan (o que não era verdade).

"Desmiolada!", suspeitou (e isso também não era verdade). "Ainda assim...!" Ele a invejava.

Na hora de deitar, a dificuldade, descobriu Jacob, era escrever para Bonamy. Mas ele vira Salamina e, a distância, Maratona. Coitado do Bonamy! Não; havia algo de estranho nisso. Não conseguia escrever para Bonamy.

"Irei a Atenas mesmo assim", decidiu, parecendo muito determinado, com esse anzol fisgando-lhe o peito.

Os Williams já tinham estado em Atenas.

Atenas é ainda capaz de impressionar um moço como a mais bizarra das combinações, o mais incongruente dos sortimentos. Ora é suburbana; ora, imortal. Ora joias locais de baratilho são expostas em travessas forradas de pelúcia. Ora a mulher robusta ergue-se toda nua exceto por um ondulado de pano acima do joelho. Ele não consegue atribuir nenhuma forma às suas sensações enquanto passeia, numa tarde ardente, pelo bulevar parisiense, e se afasta para dar passagem ao landau da realeza que, parecendo indescritivelmente desconjuntado, passa chacoalhando pela rua esburacada, saudado por cidadãos de ambos os sexos trajando chapéu-coco e vestes regionais; embora um pastor de saiote, boné e perneiras por pouco não deixa seus cabritos se enfiarem no meio das rodas reais; e o tempo todo a Acrópole lança-se no ar, ergue-se acima da cidade, como uma grande e imóvel onda, com as colunas amarelas do Partenon firmemente plantadas sobre ela.

As colunas amarelas do Partenon podem ser vistas a qualquer hora do dia firmemente plantadas sobre a Acrópole; entretanto, ao pôr do sol, quando os navios do Pireu disparam suas armas, um sino toca, um homem em uniforme (o colete desabotoado) aparece; e as mulheres enrolam as meias pretas que estão tricotando à sombra das colunas, chamam as crianças e saem em grupo, colina abaixo, de volta à casa.

Ali estão eles de novo, os pilares, o frontão, o Templo de Vitória e o Erecteion, assentados numa rocha castanho-amarelada segmentada por sombras, tão logo se abrem as venezianas de manhã e, debruçando-se sobre a janela, ouve-se o estrépito, o vozerio, o estalido dos chicotes na rua lá embaixo. Ali estão eles.

A extrema definição com que se erguem, agora de um branco brilhante, depois amarelos e, sob certas luzes, vermelhos, impõe as ideias de durabilidade, da emergência, pelo meio da terra, de alguma energia espiritual dissipada alhures em bagatelas elegantes. Mas essa durabilidade existe de uma maneira que não depende nada de nossa admiração. Embora a beleza seja humana o suficiente para nos debilitar, para agitar a profunda camada de lodo – lembranças, deserções, arrependimentos, devoções sentimentais – o Partenon está apartado disso tudo; e se considerarmos que tem se erguido ali noites inteiras, séculos a fio, começamos a ligar o esplendor (ao meio-dia, o clarão é ofuscante e o friso, quase invisível) à ideia de que talvez só a beleza seja imortal.

Além disso, comparado ao reboco todo lascado, às novas canções de amor grunhidas ao arranhar do violão e do gramofone, e aos expressivos mas insignificantes rostos da rua, o Partenon é realmente espantoso em sua silenciosa compostura; que é tão vigorosa que, longe de estar em decadência, o Partenon parece, ao contrário, bem capaz de sobreviver ao mundo inteiro.

"E os gregos, como homens sensatos, nunca se preocuparam em finalizar as costas de suas estátuas", disse Jacob, protegendo os olhos e verificando que o lado da imagem que fica fora do alcance da vista era deixado em estado bruto.

Notou a leve irregularidade no alinhamento dos degraus, que "o senso artístico dos gregos preferia à precisão matemática", leu no guia de viagem.

Estava no ponto exato em que a grande estátua de Atena costumava ficar, e identificou os marcos históricos mais famosos do cenário a seus pés.

Em suma, era detalhista e diligente; mas profundamente taciturno. Além disso, era importunado por guias. Isso foi na segunda-feira.

Mas na quarta redigiu um telegrama para Bonamy, dizendo-lhe para vir de uma vez. E depois amassou-o na mão, atirando-o na sarjeta.

"Para começo de conversa, ele não viria", pensou. "E depois, arrisco dizer, esse tipo de coisa passa." "Esse tipo de coisa" era aquela incômoda, penosa sensação, algo parecido com o egoísmo – quase chegamos a desejar que a coisa cesse – está ficando cada vez mais próximo do limite do que é suportável – "Se continuar por muito mais tempo não serei capaz de lidar com essa situação – mas se uma outra pessoa estivesse vendo isso ao mesmo tempo – Bonamy está trancado em seu quarto no Lincoln's Inn – ah, basta, que se dane tudo, basta" – a vista de Himeto, Pentélico, Licabeto, de um lado, e o mar, do outro, quando estamos no Partenon ao pôr do sol, o céu emplumado de rosa, a planície toda colorida, o mármore castanho-amarelado sob nossos olhos, é, pois, opressiva. Por sorte, Jacob tinha pouco senso de associação pessoal; raramente pensava em Platão ou Sócrates como homens de carne e osso; por outro lado, sua sensibilidade para a arquitetura era muito forte; preferia estátuas a pinturas; e estava começando a pensar bastante sobre os problemas da civilização, que foram resolvidos, é claro, tão notavelmente pelos antigos gregos, embora sua solução não nos ajude em nada. Então o anzol deu-lhe uma grande fisgada no peito quando estava deitado na cama, quarta à noite; e ele se revolveu, numa espécie desesperada de agitação, lembrando-se de Sandra Wentworth Williams, por quem estava apaixonado.

No dia seguinte subiu o Pentélico.

No outro foi até a Acrópole. Era cedo: o lugar quase deserto; e possivelmente havia trovoada no ar. Mas o sol batia em cheio na Acrópole.

A intenção de Jacob era sentar-se e ler e, encontrando um tamborete de mármore num lugar conveniente, de onde Maratona podia ser vista e com a vantagem de estar na sombra, enquanto o Erecteion resplandecia branco à sua frente, sentou-se ali. E depois de ler uma página fechou o livro, marcando com o polegar. Por que não governar os países do jeito que eles deviam ser governados? E voltou à leitura.

Sem dúvida, sua posição ali, olhando Maratona de cima, de alguma forma revigorou-lhe o ânimo. Ou pode ter sido o caso de que um cérebro amplo mas vagaroso tenha esses instantes de florescimento. Ou tinha, sem perceber, adquirido, durante sua permanência no estrangeiro, o hábito de pensar sobre política.

E, então, olhando para cima e vendo o nítido contorno, suas meditações ganharam uma agudeza extraordinária; a Grécia tinha acabado; o Partenon estava em ruínas; e, contudo, ali estava ele.

(Damas com sombrinhas verdes e brancas atravessavam o pátio – damas francesas pondo-se a caminho para se juntar aos maridos em Constantinopla.)

Jacob voltou à leitura. E, largando o livro no chão, começou, como se inspirado pelo que lera, a escrever uma nota sobre a importância da história – sobre a democracia – um desses rabiscos sobre os quais pode se assentar a obra de uma vida inteira; ou, então, ele cai do meio de um livro vinte anos mais tarde, e não conseguimos lembrar uma só palavra dele. É um pouco penoso. Melhor fora que tivesse sido queimado.

Jacob escrevia; começou a desenhar um nariz reto; nesse momento todas as damas francesas abrindo e fechando suas sombrinhas logo abaixo dele, exclamaram, olhando para o céu, que não se sabia o que esperar – chuva ou bom tempo?

Jacob se levantou e caminhou até o Erecteion. Ainda se veem ali várias mulheres em pé, sustentando o teto sobre a cabeça. Jacob aprumou-se um pouquinho; pois estabilidade e equilíbrio são as coisas que primeiro afetam o corpo. Essas estátuas anulavam as coisas assim! Fixou o olhar nelas, depois deu meia volta, e lá estava Madame Lucien Gravé empoleirada num bloco de mármore com sua kodak apontada para a cabeça dele. Naturalmente, ela desceu de um pulo, apesar da idade, do porte e das botas justas – tendo, agora que a filha estava casada, descambado com luxuriante desleixo, grandioso o bastante à sua maneira, para o grotesco do corpo cheio; ela desceu de um pulo, mas não antes de Jacob tê-la visto.

"Malditas mulheres – malditas mulheres!", pensou. E foi pegar o livro que deixara caído no chão do Partenon.

"Como elas estragam as coisas", murmurou, encostando-se num dos pilares, apertando bem o livro embaixo do braço. (Quanto ao tempo, sem dúvida a tempestade logo desabaria; Atenas estava debaixo de nuvens.)

"São essas malditas mulheres", disse Jacob, sem nenhum traço de amargura, mas, antes, com tristeza e desapontamento ao pensar que o que poderia ter sido jamais será.

(Essa violenta desilusão é, em geral, esperada em homens jovens no ápice da vida, saudáveis e robustos, que logo se tornarão pais de família e diretores de bancos.)

Então, certificando-se de que as francesas tinham ido embora e olhando, cauteloso, em volta, Jacob caminhou até o Erecteion e olhou meio que furtivamente para a deusa do lado esquerdo, uma das que sustentavam o teto sobre a cabeça. Ela lhe lembrava Sandra Wentworth Williams. Olhou para ela, depois desviou o olhar. Olhou para ela, depois desviou o olhar. Estava extraordinariamente comovido, e com o desgastado nariz grego na cabeça, com Sandra na cabeça, com todo tipo de coisas na cabeça, pôs-se logo a caminho do topo do Monte Himeto, sozinho, debaixo do calor.

Naquela mesma tarde, Bonamy foi tomar chá com Clara Durrant, expressamente para falar sobre Jacob, na praça atrás da Sloane Street, onde, em dias quentes da primavera, veem-se venezianas raiadas nas janelas da frente, cavalos solitários pateando o macadame à frente das portas e cavalheiros idosos em colete amarelo polidamente tocando a campainha e entrando, momento em que a criada, discreta, avisa que a srta. Durrant está à espera.

Bonamy sentou-se com Clara na sala ensolarada da frente, com o realejo tocando suave lá fora; o carro-pipa passando lentamente e borrifando o pavimento; as carruagens chacoalhando, e tudo, a prataria e a chita, os tapetes marrons e azuis e os vasos cheios de ramos verdes, tudo raiado de faixas amarelas tremulantes.

A insipidez do que era dito dispensa ilustração – Bonamy continuava replicando gentilmente com respostas brandas, e seu espanto diante de uma existência espremida e emasculada dentro de um sapato de cetim branco (a sra. Durrant, enquanto isso, discutia, estridentemente, questões políticas com o senhor Fulano de Tal na sala dos fundos) chegou a um ponto tal que a virgindade da alma de Clara parecia-lhe ingênua; as profundezas, desconhecidas; e teria trazido o nome de Jacob à baila não tivesse ele começado a sentir, com toda a certeza, que Clara o amava – e ele não podia fazer absolutamente nada.

"Absolutamente nada!", exclamou enquanto a porta se fechava e, para um homem de seu temperamento, teve uma sensação muito esquisita, ao atravessar o parque, de carruagens irresistivelmente impelidas; de canteiros de flores inflexivelmente geométricos; de uma força precipitando-se ao redor de formas geométricas da maneira mais absurda do mundo. "Era Clara", pensou, parando para observar os meninos se banhando no Serpentine, "a mulher silenciosa? – Jacob iria se casar com ela?"

Mas em Atenas, à luz do sol, em Atenas, onde é quase impossível encontrar um lugar onde sirvam o chá da tarde, um cavalheiro idoso que discute questões políticas discute-as tudo ao contrário, em Atenas sentava-se Sandra Wentworth Williams, de véu, vestida de branco, as pernas estendidas à sua frente, um cotovelo no braço do sofá de bambu, nuvens azuis subindo em espirais de seu cigarro.

As laranjeiras que florescem na Praça da Constituição, a banda, o arrastar dos pés, o céu, as casas, coloridas de limão e rosa – tudo isso tornou-se tão significativo para a sra. Wentworth após sua segunda xícara de café que ela começou a dramatizar a história da inglesa nobre e impulsiva que, em Micenas, oferecera um lugar em sua carruagem para a dama americana idosa (a sra. Duggan) – história que não era de todo falsa, embora não dissesse nada a respeito de Evan, ali parado, primeiro apoiado num pé, depois no outro, esperando que as mulheres parassem de tagarelar.

"Estou pondo em verso a vida do padre Damião", dissera a sra. Duggan, pois ela perdera tudo – tudo no mundo, marido e filho e tudo, mas a fé permanecia.

Sandra, saltando do particular para o universal, jogou-se para trás, em êxtase.

O voar do tempo que nos impele tão tragicamente para diante: o zunzum e o ramerrame incessante, agora explodindo em fulgurante labareda como aquelas fugazes bolas de cor amarela no meio de folhas verdes (ela observava laranjeiras); beijos em lábios que estão destinados a morrer; o mundo girando, girando numa barafunda de calor e som – embora, deve-se admitir, aqui esteja a tardezinha calma com sua adorável palidez, "Pois sou sensível a cada aspecto dela", pensou Sandra, "e a sra. Duggan me escreverá sempre e eu responderei a suas cartas". Agora a banda real passando em marcha com a bandeira nacional provocava círculos mais amplos de emoção, e a vida se tornou algo que os corajosos montam e saem a cavalgar pelo mar – os cabelos esvoaçantes (assim ela imaginava a cena, e a brisa se agitou levemente por entre as laranjeiras) e ela própria emergia de sob a espuma prateada – quando viu Jacob. Ele estava de pé na praça, com um livro sob o braço, olhando vagamente à sua volta. Que ele era de constituição robusta e poderia se tornar corpulento com o tempo era um fato.

Mas ela suspeitava que ele não passasse de um simples campônio.

"Lá está aquele rapaz", disse ela, aborrecida, jogando fora o cigarro, "o tal do sr. Flanders."

"Onde?", disse Evan. "Não estou vendo."

"Ah, está indo embora – atrás das árvores agora. Não, não dá para você enxergar. Mas com certeza vamos encontrá-lo", o que, naturalmente, eles fizeram.

Mas em que medida ele era um simples campônio? Em que medida Jacob Flanders era, aos vinte e seis anos, um sujeito estúpido? De nada serve tentar sumariar as pessoas. Temos que seguir pistas, não exatamente o que se diz, nem tampouco inteiramente o que se faz. Alguns, é verdade, colhem, de imediato, impressões indeléveis de personalidade. Outros se demoram, hesitam e são levados para um lado e para o outro. Velhas e amáveis damas nos garantem que os gatos são, com frequência, os melhores juízes do caráter de alguém. Um gato sempre se achega a um homem bom, dizem elas; mas, por outro lado, a sra. Whitehorn, a senhoria de Jacob, odiava gatos.

Há também a opinião altamente respeitável de que a prática de classificação da personalidade passou, neste momento, dos limites. Afinal, que importa – que Fanny Elmer fosse toda sentimentos e sensações e a srta. Durrant fosse dura como ferro? que Clara, graças em grande parte (assim diziam os classificadores) à influência da mãe, nunca teve a oportunidade de fazer qualquer coisa por conta própria, e apenas a olhos muito perspicazes revelasse profundezas de sentimento que eram, com certeza, alarmantes; e que seguramente a fariam se jogar, um dia desses, nos braços de alguém indigno dela, a menos que, assim diziam os classificadores, tivesse em si alguma centelha do espírito da mãe – que fosse, de alguma maneira, heroica. Mas que termo para se aplicar a Clara Durrant! Em grande medida, simples, era o que outros pensavam dela. E essa é a razão mesma, assim diziam, pela qual ela atrai Dick Bonamy – o moço com o nariz de Wellington. Ora, *ele* é um azarão, se lhes apraz. E aí essas bisbilhotices eram subitamente interrompidas. É claro que aludiam à sua peculiar inclinação – boato que há muito corria entre eles.

"Mas às vezes é exatamente de uma mulher como Clara que os homens desse temperamento precisam...", sugeriu a srta. Julia Eliot.

"Bem", replicou o sr. Bowley", "pode ser."

Pois não importa o quanto durem essas bisbilhotices, e não importa o quanto estufem a personalidade de suas vítimas até que fique inchada e tenra como fígado de ganso exposto ao fogo forte, eles nunca chegam a uma decisão.

"Aquele jovem, Jacob Flanders", diziam, "de aparência tão distinta – e contudo tão desajeitado." Então se dedicavam a Jacob e vacilavam eternamente entre os dois extremos. Ele ia à caça a cavalo – por assim dizer, pois não tinha uma mísera moedinha.

"Você chegou a saber quem era o pai dele?", perguntou Julia Eliot.

"A mãe, dizem, tem alguma ligação com os Rocksbiers", replicou o sr. Bowley.

"De qualquer maneira, ele não se esforça muito."

"Seus amigos gostam muito dele."

"Você quer dizer Dick Bonamy?"

"Não, não quis dizer isso. Claro que é diferente com Jacob. Ele é precisamente o jovem destinado a ter um ataque de paixão e ficar arrependido pelo resto da vida."

"Ah, sr. Bowley", disse a sra. Durrant, abatendo-se sobre eles com seu estilo imperioso, "o senhor se lembra da sra. Adams? Bem, esta é a sobrinha dela." E o sr. Bowley, levantando-se, curvou-se polidamente e pegou uns morangos.

Somos, assim, levados de volta para ver o que o outro lado tem em mente – os homens dos clubes e dos gabinetes ministeriais – quando diz que isso de delinear personalidades é uma uma frívola arte doméstica, uma questão de agulhas e alfinetes, de minuciosos esboços em volta de nada, de floreios e meras garatujas.

Os encouraçados varrem com suas luzes o Mar do Norte, mantendo suas bases acuradamente separadas. A um dado sinal todas as armas são apontadas para um alvo (o artilheiro-mestre conta os segundos, relógio na mão – ao sexto ele levanta a cabeça) que explode em estilhaços. Com igual indiferença, uma dúzia de rapazes na flor da idade desce com rostos serenos às profundezas do mar; e ali, impassivelmente (embora com perfeito domínio do equipamento) sufocam juntos sem nenhuma queixa. Como blocos de soldadinhos de chumbo, o exército ocupa o trigal, escala a colina, detém-se, cambaleia levemente para um lado e para o outro, e desaba, exceto que, através de binóculos, pode-se ver que uma ou duas peças ainda se agitam para cima e para baixo como fragmentos de fósforos quebrados.

Essas ações, juntamente com o incessante negócio dos bancos, laboratórios, chancelarias e casas de comércio, são as remadas que conduzem o barco do mundo para a frente, segundo dizem. E elas são dadas por homens tão regularmente esculturados quanto o impassível policial postado no Ludgate Circus. Mas notaremos que, longe de ser estufado e rotundo, seu rosto é rígido graças à força de vontade e magro graças ao esforço de mantê-lo assim. Quando o braço direito se ergue, toda a força em suas veias flui direto do ombro para as pontas dos dedos; nem sequer uma minúscula fração é desviada para alimentar impulsos repentinos, arrependimentos sentimentais, distinções milimétricas. Os ônibus param imediatamente.

É assim que vivemos, dizem eles, impelidos por uma força inapreensível. Eles dizem que os romancistas não a captam jamais; que ela escapa incontrolável e violentamente de suas redes, deixando-as em tiras. É isso, dizem eles, que rege nossa vida – essa força inapreensível.

"Onde estão os homens?", disse o velho general Gibbons, olhando em volta da sala de estar, cheia de pessoas bem vestidas, como era de hábito nas tardes de domingo. "Onde estão as armas?"

A sra. Durrant também olhou.

Clara, pensando que a mãe precisava dela, entrou; depois saiu de novo.

Estavam falando sobre a Alemanha na casa dos Durrants, e Jacob (impelido por essa força inapreensível) descia correndo a rua Hermes quando se deparou com os Williams.

"Oh!", gritou Sandra, com uma cordialidade que lhe adveio subitamente. E Evan acrescentou: "Que sorte!"

O jantar que lhe ofereceram no hotel que dá para a Praça da Constituição foi excelente. Cestinhas metalizadas continham pãezinhos frescos. Havia manteiga de verdade. E a carne quase dispensava o disfarce de inumeráveis e pequenos vegetais vermelhos e verdes glaçados com molho.

Era estranho, entretanto. Mesinhas com o monograma do rei grego lavrado em amarelo eram postas de tempo em tempo no assoalho escarlate. Sandra jantou sem tirar o chapéu, o rosto velado como de hábito. Evan olhava para um lado e outro por sobre o ombro; imperturbável mas obsequioso; e às vezes suspirava. Era estranho. Pois se tratava de ingleses reunidos em Atenas numa tarde de maio. Jacob, servindo-se disso e daquilo, respondia de maneira inteligente, embora com um certo timbre na voz.

Os Williams iam para Constantinopla cedo, na manhã seguinte, disseram eles.

"Antes de você estar de pé", disse Sandra.

Iam deixar Jacob sozinho, então. Virando-se muito de leve, Evan pediu algo – uma garrafa de vinho – da qual serviu Jacob, com uma espécie de solicitude, com uma espécie de solicitude paternal, se é que isso era possível. Ser deixado sozinho – isso era bom para um jovem. Nunca houve outra época em que a pátria precisasse tanto de seus homens. Ele suspirou.

"E você esteve na Acrópole?", perguntou Sandra.

"Sim", disse Jacob. E eles se afastaram, juntos, em direção à janela, enquanto Evan falava com o chefe dos garçons pedindo para chamá-los cedo.

"É impressionante", disse Jacob, com voz rascante.

Sandra abriu levemente os olhos. É possível que suas narinas também tivessem se expandido um pouquinho.

"Às seis e meia, então", disse Evan, vindo na direção deles, olhando como se tivesse se defrontado com algo ao se defrontar com sua mulher e Jacob em pé e de costas para a janela.

Sandra sorriu para ele.

E, enquanto ele se dirigia à janela, sem ter nada para dizer, ela acrescentou, em frases interrompidas e pela metade:

"Bem, mas que agradável – não seria? A Acrópole, Evan – ou você está cansado demais?"

Ao que Evan olhou para eles, ou melhor, como Jacob tinha os olhos pregados à sua frente, para sua mulher, soturno, taciturno, mas com uma espécie de angústia – não que ela fosse se apiedar dele. Tampouco o implacável espírito do amor, não importando o que ele pudesse fazer, cessaria seus tormentos.

Eles o deixaram e ele se sentou no salão de fumantes, que dá para a Praça da Constituição.

"Evan sente-se mais feliz quando está sozinho", disse Sandra. "Estivemos desligados dos jornais. Bem, é melhor que as pessoas tenham o que desejam.... Você viu todas essas coisas maravilhosas desde que nos encontramos.... Que impressão... Acho que você está mudado."

"Você quer ir até a Acrópole", disse Jacob. "Aqui por cima, então."

"A gente vai se lembrar disso a vida toda", disse Sandra.

"Sim", disse Jacob. "Gostaria que você pudesse ter vindo de dia."

"Isto é mais maravilhoso", disse Sandra, varrendo o ar com a mão.

Jacob olhava distraidamente.

"Mas você deveria ver o Partenon de dia", disse ele. "Não poderia vir amanhã – seria cedo demais?"

"Você ficou sentado ali sozinho por horas a fio?"

"Esta manhã havia umas mulheres horrorosas", disse Jacob.

"Mulheres horrorosas?", ecoou Sandra.

"Francesas."

"Mas algo muito lindo aconteceu", disse Sandra. Dez minutos, quinze minutos, meia hora – esse era todo o tempo que ela tinha à sua frente.

"Sim", disse ele.

"Quando se tem a sua idade – quando se é jovem. O que se faz? A gente se apaixona – ah, sim! Mas não vá com tanta pressa. Eu sou tão mais velha."

Ela foi empurrada para fora da calçada por homens em desfile.

"Devemos continuar?", perguntou Jacob.

"Vamos continuar", insistiu ela.

Pois ela não podia parar enquanto não lhe contasse – ou o ouvisse dizer – ou era de alguma ação da parte dele que ela precisava? Ela o divisava bem longe no horizonte e não conseguia sossegar.

"Nunca se vê ingleses sentados ao ar livre desse jeito", disse ele.

"Não – jamais. Quando voltar à Inglaterra, você não vai esquecer isso – ou então venha conosco a Constantinopla", exclamou ela subitamente.

"Por outro lado..."

Sandra suspirou.

"Você tem que ir a Delfos, claro", disse ela. "Mas", perguntou-se, "o que quero dele? Talvez algo que eu tenha perdido...."

"Vai chegar lá por volta das seis da tarde", disse ela. "Vai ver as águias."

Jacob parecia obstinado e até mesmo desesperado sob a luz da esquina; e contudo, sereno. Talvez estivesse sofrendo. Era crédulo. E contudo havia nele algo de cáustico. Tinha nele as sementes da desilusão extrema, que chegavam até ele vindo de mulheres de meia-idade. Talvez, se fizéssemos esforço suficiente para alcançar o topo da colina, isso não precisasse chegar até ele – essa desilusão que vinha de mulheres de meia-idade.

"O hotel é horrível", disse ela. "Os últimos hóspedes deixaram as bacias cheias de água suja. Isso sempre acontece", disse, rindo.

"As pessoas que a gente encontra *são* uns brutos", disse Jacob. A agitação dele era bastante evidente.

"Escreva e me conte a respeito", disse ela. "E me conte o que você sente e o que você pensa. Conte-me tudo."

A noite estava negra. A Acrópole era um monte todo denteado.

"Isso me agradaria muitíssimo", disse ele.

"Quando voltarmos a Londres, vamos nos encontrar..."

"Sim."

"Será que deixam os portões abertos?", perguntou ele.

"Podemos pular!", respondeu ela, aventurosa.

As nuvens passavam do leste para o oeste, obscurecendo a lua e deixando a Acrópole totalmente no escuro. As nuvens se solidificavam; os vapores se adensavam; os errantes véus se detiam e se acumulavam.

Estava agora escuro sobre Atenas, exceto por diáfanas listras rubras onde as ruas se estendiam; e a fachada do Palácio parecia cadavérica graças à luz elétrica. No mar, uma vez que as ondas estavam invisíveis, os molhes se destacavam, demarcados por pontinhos distintos; e os promontórios e as ilhas eram corcovas escuras com umas poucas luzes.

"Gostaria de trazer meu irmão, se pudesse", murmurou Jacob.

"E então quando sua mãe vier a Londres —", disse Sandra.

A parte continental da Grécia estava negra; e em algum lugar ao largo de Eubeia uma nuvem devia ter tocado as ondas, esgarçando-as – os golfinhos volteavam mais e mais fundo no mar. Furioso era o vento que agora se precipitava sobre o Mar de Mármara, entre a Grécia e as planícies de Troia.

Na Grécia e nos altiplanos da Albânia e da Turquia, o vento vasculha a areia e a poeira e se abarrota de partículas secas. E então metralha as suaves cúpulas das mesquitas, e faz os ciprestes, erguidos, firmes, junto às lápides dos maometanos coroadas por turbantes, rangerem e se crisparem.

Os véus de Sandra ondulavam à sua volta.

"Vou lhe dar o meu exemplar", disse Jacob. Tome. Vai guardá-lo?"

(O livro era o dos poemas de Donne.)

Agora a agitação do ar desvelou uma estrela cadente. Agora ficou escuro. Agora, uma atrás da outra, as luzes se apagavam. Agora grandes cidades – Paris – Constantinopla – Londres – estavam negras como rochas manchadas. Canais podiam ser reconhecidos. Na Inglaterra, as árvores estavam carregadas de folhas. Aqui, talvez, em alguma floresta meridional um velho queimava samambaias secas e os pássaros se assustavam. As ovelhas tossiam; uma flor se curvava levemente em direção à outra. O céu inglês é mais suave, mais leitoso que o do oriente. Algo delicado passou por ele, vindo das colinas circundadas de grama, algo úmido. A ventania salgada soprava na janela do quarto de Betty Flanders, e a senhora viúva, erguendo-se levemente sobre os cotovelos, suspirou como alguém que pressente, mas de bom grado manteria à distância um pouco mais – oh, um pouco mais! – a opressão da eternidade.

Mas voltando a Jacob e Sandra.

Eles tinham sumido. Lá estava a Acrópole; mas eles já tinham chegado lá? As colunas e o templo perduram; a emoção dos vivos irrompe, renovada, sobre eles ano após ano; e disso o que permanece?

Quanto a chegar à Acrópole quem dirá que alguma vez conseguimos ou que, quando Jacob despertou na manhã seguinte, ele encontrou algo sólido e durável para guardar para sempre? (Ainda assim, foi com eles para Constantinopla.)

Sandra Wentworth Williams certamente encontrou, ao despertar, um exemplar dos poemas de Donne em cima da penteadeira. E o livro ia ficar na estante da casa de campo inglesa, onde *A vida do padre Damião* em verso, de autoria de Sally Duggan, iria se juntar a ele um dia desses. Já havia ali uns dez ou doze desses pequenos volumes. Entrando em casa, ao anoitecer, Sandra abriria os livros e seus olhos se iluminariam (mas não pelas palavras impressas) e, afundando na poltrona, sorveria de novo a alma do momento; ou, como às vezes estava inquieta, tiraria um livro atrás do outro e percorreria, balançando-se, como um acrobata, de barra em barra, o espaço inteiro de sua vida.. Tivera seus momentos. Enquanto isso, o grande relógio no alto das escadas tiquetaqueava e Sandra ouviria o tempo se acumular, e se perguntaria: "Para quê? Para quê?".

"Para quê? Para quê?", diria Sandra, pondo o livro de volta no lugar, e indo até o espelho e ajeitando o cabelo. E a srta. Edwards se surpreenderia ao jantar, enquanto abria a boca para receber o carneiro assado, com a súbita solicitude de Sandra: "Está feliz, srta. Edwards?" – coisa em que Cissy Edwards não pensava havia anos.

"Para quê? Para quê?", Jacob jamais se fazia qualquer pergunta desse tipo, a julgar pelo jeito como amarrava suas botinas; fazia a barba; a julgar pela profundidade de seu sono naquela noite, com o vento agitando as persianas e meia dúzia de mosquitos cantando em seus ouvidos. Ele era jovem – um homem. E depois Sandra estava certa ao julgar que ele ainda era crédulo. Aos quarenta, seria outra questão. Já tinha marcado as coisas de que gostava em Donne, e elas eram bastante insolentes. Entretanto, poderíamos colocar ao lado delas certas passagens da mais pura poesia em Shakespeare.

Mas o vento estava estendendo a escuridão pelas ruas de Atenas, estendendo-a, podia-se supor, com uma espécie de disposição enérgica e ruidosa que impede uma análise mais profunda dos sentimentos de qualquer pessoa em particular ou uma inspeção de suas feições. Todos os rostos – gregos, levantinos, turcos, ingleses – teriam parecido mais ou menos iguais naquela escuridão. Por fim, as colunas e os templos tornam-se brancos, amarelos, rosados, e as pirâmides e a Basílica de São Pedro se revelam e, por último, a morosa Catedral de St. Paul avulta ao longe.

Os cristãos têm o direito de despertar a maioria das cidades com sua interpretação do significado dos dias. Depois, menos melodiosamente, dissidentes de diferentes seitas soltam uma emenda ranzinza. Os barcos a vapor, ressoando como gigantescos diapasões, afirmam o antigo antigo fato – que existe um mar balançando, frio, verde, lá fora. Mas hoje em dia é a tênue voz do dever, soltando um filete branco do alto de uma chaminé, que arrebanha a mais numerosa das multidões, e a noite não é senão um prolongado suspiro entre batidas de martelo, um profundo respiro – pode-se ouvi-lo, de uma janela aberta, até mesmo no coração de Londres.

Mas quem, senão os de nervos esgotados e os insones, ou os pensadores, postados, as mãos protegendo os olhos, sobre algum penhasco, acima da multidão, vê as coisas assim, sob a forma de esqueleto, desprovidas de carne? Em Surbiton o esqueleto está envolto em carne.

"A chaleira nunca ferve tão bem numa manhã ensolarada", diz a sra. Grandage, dando uma olhada no relógio sobre o console da lareira. Então, o gato persa cinzento se espreguiça no banco junto à janela e, com patas macias e redondas, golpeia uma mariposa. E no meio do café da manhã (eles estavam atrasados hoje), um bebê é posto em seu colo, e ela tem que cuidar do açucareiro enquanto Tom Grandage lê a matéria sobre golfe no *The Times*, beberica seu café, limpa os bigodes e sai para o escritório, onde é a maior autoridade no departamento de comércio exterior e candidato a uma promoção.

O esqueleto está bem envolto em carne. Mesmo nesta noite escura, em que o vento estende a escuridão pela Lombard Street e pela Fetter Lane e pela Bedford Square, ele se agita (pois é verão e estamos no auge da temporada), os plátanos reluzem sob a luz elétrica, e as cortinas ainda protegem o quarto dos raios do alvorecer. As pessoas ainda murmuram, ruminando sobre a última palavra dita nas escadas, ou se retesam, ao longo de todos os seus sonhos, por causa da voz do despertador. Igualmente, quando o vento percorre uma floresta, inumeráveis raminhos se agitam; colmeias de abelhas são roçadas; insetos balançam em cima de folhas de relva; a aranha sobe, ligeira, por um sulco na casca; e o ar inteiro está trêmulo, da respiração; elástico, dos filamentos.

Só aqui – na Lombard Street e na Fetter Lane e na Bedford Square – cada inseto carrega um globo terrestre na cabeça, e as teias da floresta são esquemas desenvolvidos para a fácil condução dos negócios; e o mel é um tesouro de um tipo e outro; e o movimento no ar é a indescritível agitação da vida.

Mas a cor está de volta; sobe pelos talos de relva; explode em tulipas e flores de açafrão; listra solidamente os troncos das árvores; e enche a transparência do ar e as relvas e as poças.

Eis que surge o Banco da Inglaterra; e o Monumento com sua cabeça dourada de cabelo espetado; os cavalos de tiro que atravessam a London Bridge exibem o cinzento e o ruano e o ferrugem. Há um ruflar de asas enquanto os trens suburbanos correm rumo ao ponto final. E a luz sobe pelas fachadas de todas essas casas altas e cerradas, esgueira-se por uma fresta, e pinta as lustrosas e infladas cortinas carmesim; os verdes cálices de vinho; as xícaras de café; e as cadeiras tortas e deslocadas.

A luz do sol bate nos espelhos de se barbear; e nas fulgurantes latas de latão; em toda a jovial parafernália do dia; o brilhante, intrometido, encouraçado, resplandecente dia de verão, que há muito tempo venceu o caos; que secou os melancólicos nevoeiros medievais; drenou o banhado e sobre ele assentou vidro e pedra; e equipou nosso cérebro e nosso corpo com um repertório tal de armas que simplesmente observar a rapidez e o ímpeto de mãos e pés envolvidos na condução da vida cotidiana já é melhor que o antigo cortejo de exércitos desdobrado em formação na planície.

XIII

"O auge da temporada", disse Bonamy.

O sol já tinha empolado a tinta das costas das cadeiras verdes do Hyde Park; arrancado as cascas dos plátanos; e transformado a terra em poeira e lisos seixos amarelos. O Hyde Park era incessantemente percorrido, em círculos, por rodas girando.

"O auge da temporada", disse Bonamy, sarcasticamente.

Foi sarcástico por causa de Clara Durrant; porque Jacob voltara da Grécia muito bronzeado e magro, com os bolsos cheios de cédulas gregas, que ele tirou para fora quando o homem das cadeiras veio em busca de suas moedinhas; porque Jacob estava calado.

"Ele não disse uma palavra para demonstrar que está feliz em me ver", pensou Bonamy, amargamente.

Os carros a motor passavam incessantemente sobre a ponte do Serpentine; as classes superiores caminhavam aprumadas ou se se debruçavam graciosamente sobre as paliçadas; as classes inferiores deitavam-se de costas, com os joelhos erguidos; as ovelhas pastavam sobre suas pontudas pernas de pau; criancinhas desciam correndo pelas rampas gramadas, estendiam os braços e caíam.

"Muito urbano", manifestou-se Jacob.

"Urbano" nos lábios de Jacob tinha misteriosamente toda a beleza de uma personalidade que Bonamy julgava cada dia mais sublime, mais avassaladora, mais formidável que nunca, embora ele ainda fosse, e talvez seria para sempre, bárbaro, obscuro.

Que superlativos! Que adjetivos! Como inocentar Bonamy do tipo mais vulgar de sentimentalismo; de ser jogado como uma boia de cortiça sobre as ondas; de não ter nenhuma compreensão firme das personalidades; de não ser apoiado pela razão, e de não extrair nenhum conforto de qualquer espécie das obras dos clássicos?

"O auge da civilização", disse Jacob.

Ele adorava usar palavras latinas.

Magnanimidade, virtude – essas palavras, quando Jacob as usava nas conversas com Bonamy, significavam que ele assumia o controle da situação; que Bonamy ia ficar bulindo à volta dele como um spaniel afetuoso; e que (muito provavelmente) eles acabariam rolando pelo chão.

"E a Grécia?", disse Bonamy. "O Partenon e aquilo tudo?"

"Não tem nada desse misticismo europeu", disse Jacob.

"É a atmosfera, imagino", disse Bonamy. "E você foi a Constantinopla?"

"Sim", disse Jacob.

Bonamy fez uma pausa, mudou a posição de um seixo; depois disparou com a rapidez e certeza da língua de um lagarto.

"Está apaixonado!", exclamou.

Jacob enrubesceu.

A mais afiada das facas jamais cortou tão fundo.

Em vez de responder ou de dar o mínimo sinal de tê-lo percebido, Jacob fixou os olhos diretamente à sua frente, imóvel, monolítico – ah, muito bonito! – como um almirante britânico, exclamou Bonamy num acesso de raiva, se erguendo da cadeira e se afastando; à espera de algum som; não chegou nenhum; muito orgulhoso para olhar para trás; afastando-se cada vez mais rápido até se ver espiando o interior dos carros a motor e amaldiçoando as mulheres. Onde estava o rosto da linda mulher? O de Clara – o de Fanny – o de Florinda? Quem seria a linda criaturinha?

Clara Durrant é que não.

O terrier aberdeen precisava ser exercitado, e como o sr. Bowley estava saindo naquele exato momento – não havia nada de que gostasse tanto como de uma caminhada – eles foram juntos, Clara e o bondoso e baixinho Bowley – Bowley que tinha aposentos na mansão Albany, Bowley que escrevia, com veia cômica, cartas para o *The Times* sobre hotéis estrangeiros e a Aurora Borealis – Bowley que gostava de gente jovem e caminhava por Piccadilly com o braço direito atravessado nas costas.

"Seu diabinho!", gritou Clara, e prendeu Troy na corrente.

Bowley antevia – ansiava por – uma confidência. Devotada à mãe, Clara às vezes a achava um pouco, bem, a mãe era tão segura de si que não conseguia compreender que outras pessoas fossem – fossem – "tão ridículas como eu sou", Clara tropeçava nas próprias palavras (uma vez que o cão a puxava para a frente). E Bowley achou que ela parecia uma caçadora e ficou pensando qual seria – alguma virgem pálida com uma fatia de lua no cabelo, o que constituía um enlevo para Bowley.

A cor cobria suas faces. Ter falado sem rodeios sobre a mãe – embora tenha sido apenas para o sr. Bowley, que a amava, tal como todo mundo devia fazer; mas abrir-se era pouco natural para ela, embora fosse horrível sentir, como fizera o dia todo, que ela *devia* contar para alguém.

"Espere até atravessarmos a rua", disse ela para o cão, abaixando-se.

Felizmente ela tinha se recobrado nesse meio tempo.

"Ela pensa tanto na Inglaterra", disse ela. "Está tão ansiosa —"

Bowley, como de costume, enganara-se. Clara nunca fazia confidências a ninguém.

"Por que vocês, jovens, não resolvem isso, hein?", queria perguntar. "O que está acontecendo com a Inglaterra?" – uma questão que a pobre Clara não poderia ter respondido, uma vez que, quando a sra. Durrant discutia com Sir Edgar a política de Sir Edward Grey, Clara apenas se perguntava por que o escritório parecia empoeirado e Jacob nunca chegava. Ah, aqui estava a sra. Cowley Johnson...

E Clara passava as lindas xícaras de porcelana e sorria diante do cumprimento – de que ninguém em Londres fazia chá tão bem quanto ela.

"Compramos chá no Brocklebank's", disse ela, "na Cursitor Street."

Não devia ela sentir-se grata? Não devia ela ser feliz? Sobretudo porque sua mãe parecia tão bem e gostava tanto de conversar com Sir Edgar sobre o Marrocos, a Venezuela ou algum desses países.

"Jacob! Jacob!", pensava Clara; e o bondoso sr. Bowley, que era sempre tão gentil com as damas idosas, olhava; parava; perguntava-se se Elizabeth não era dura demais para com a filha; perguntava-se sobre Bonamy, Jacob – qual dos dois rapazes seria? – e se levantava assim que Clara dizia que precisava exercitar Troy.

Tinham chegado ao local da antiga Exposição. Contemplaram as tulipas. Rijas e recurvadas, as pequenas hastes de uma maciez de cera se elevavam da terra, vigorosas mas contidas, banhadas de escarlate e rosa coral. Cada uma tinha sua sombra; cada uma crescia garbosamente no canteiro em formato de diamante, tal como planejara o jardineiro.

"Barnes nunca consegue fazer com que cresçam assim", pensou Clara; e suspirou.

"Você está dando pouca atenção a seus amigos", disse Bowley, enquanto alguém, indo na direção contrária, erguia o chapéu. Ela se sobressaltou; retribuiu a mesura do sr. Lionel Parry; desperdiçou com ele o que tinha nascido para Jacob.

("Jacob! Jacob!", pensou ela,)

"Mas você vai ser atropelado se eu soltá-lo", disse para o cão.

"A Inglaterra parece estar indo bem", disse o sr. Bowley.

O cordão de isolamento debaixo da estátua de Aquiles estava repleto de sombrinhas e coletes; correntes e pulseiras; de damas e cavalheiros, espairecendo elegantemente, levemente respeitosos.

"'Esta estátua foi erigida pelas mulheres da Inglaterra...'", leu Clara com um sorrisinho tolo. "Ah, sr. Bowley! Ah!" Galope – galope – galope – um cavalo sem cavaleiro passou a galope. Os estribos balançavam; os seixos saltavam.

"Ah, pare! Faça-o parar, sr. Bowley", gritou ela, pálida, trêmula, apertando-lhe o braço, totalmente desorientada, as lágrimas chegando.

"Tsc-tsc!", disse o sr. Bowley, em seu toucador, uma hora mais tarde. "Tsc-tsc!" – um comentário bastante profundo, embora enunciado de maneira pouco clara, uma vez que o criado estava lhe passando as abotoaduras.

Julia Eliot também tinha visto o cavalo fugir, e tinha se levantado do banco para observar o fim do incidente, o qual, uma vez que ela vinha de uma família de esportistas, lhe parecia um tanto ridículo. De fato, o homenzinho vinha se arrastando atrás com os calções empoeirados; parecia profundamente incomodado; e estava sendo ajudado por um policial a montar quando Julia Eliot, com um sorriso sardônico, virou em direção ao Marble Arch, em sua missão de caridade. Era apenas para visitar uma velha senhora enferma que tinha conhecido sua mãe e talvez o duque de Wellington; pois Julia partilhava da afeição de seu sexo pelos aflitos; gostava de visitar leitos de morte; jogava sapatos em casamentos; escutava confidências às dúzias; sabia mais sobre pedigrees do que um erudito sobre datas, e era a mais gentil, a mais generosa, a menos continente das mulheres.

Entretanto, cinco minutos após ter ultrapassado a estátua de Aquiles, ela tinha o ar extasiado de alguém que se move rapidamente por entre multidões numa tarde de verão, quando as árvores farfalham, as rodas chacoalham amarelas, e o tumulto do presente parece uma elegia à juventude passada e aos verões passados, e se elevava em sua mente uma curiosa tristeza, como se o tempo e a eternidade se mostrassem por entre saias e coletes, e ela visse as pessoas passando tragicamente a caminho da destruição. Entretanto, sabem os céus, Julia não era nenhuma tola. Não havia mulher mais esperta numa barganha. Era sempre pontual. O relógio em seu pulso lhe dava doze minutos e meio para chegar à Bruton Street. Lady Congreve a esperava às cinco.

O relógio dourado do Verrey's soava as cinco horas.

Florinda olhou para ele com uma expressão vazia, como um animal. Olhou para o relógio; olhou para a porta; olhou para o longo espelho em frente; ajeitou o casaco; aproximou-se da mesa, pois estava grávida – nenhuma dúvida a respeito, dissera a Mãe Stuart, recomendando remédios, consultando amigas; afundou, pega pelo calcanhar, ao tropeçar muito levemente na superfície.

Seu copo, com algo doce e rosado, foi posto na mesa pelo garçom; e ela chupou por um canudo, os olhos pregados no espelho, na porta, agora confortada pelo gosto doce. Quando Nick Bramham entrou, era evidente, até para o jovem garçom suíço, que havia um acordo entre eles. Nick endireitou as roupas meio sem jeito; passou os dedos pelos cabelos; sentou-se nervosamente, pronto para o sacrifício. Ela olhou para ele; e começou a rir; riu – riu – riu. O jovem garçom suíço, parado, de pernas cruzadas, junto ao pilar, também ria.

A porta se abriu; de fora vinha o barulho da Regent Street, o barulho do tráfego, impessoal, impiedoso; e a luz do sol, granulada de sujeira. O garçom suíço tinha que atender os recém-chegados. Bramham ergueu seu copo.

"Ele se parece com Jacob", disse Florinda, olhando para o recém-chegado.

"O jeito como ele olha fixo." Ela parou de rir.

Jacob, abaixando-se, desenhou uma planta do Partenon na poeira do Hyde Park, uma trama de traços, pelo menos, que podia ser o Partenon ou, ainda, um diagrama matemático. E por que o seixo estava tão enfaticamente desgastado no canto? Não foi para contar suas cédulas que tirou um maço de papéis e leu uma longa e fluente carta que Sandra escrevera dois dias atrás na Milton Dower House com o livro dele à sua frente e, na cabeça, a lembrança de algo dito ou intentado, algum momento na escuridão, na estrada para a Acrópole, que (essa era a sua crença) importava para sempre.

"Ele é", sonhava ela, "como aquele homem em Molière."

Queria dizer Alceste. Queria dizer que ele era severo. Queria dizer que ela poderia enganá-lo.

"Ou não poderia?", pensou ela; pondo os poemas de Donne de volta na estante. "Jacob", continuou, indo até a janela e olhando, por sobre os sarapintados canteiros de flores, para além do gramado, onde as vacas malhadas pastavam debaixo das faias, "Jacob ficaria chocado."

O carrinho de bebê estava passando pela portinhola da grade de proteção. Ela jogou-lhe um beijo; instruído pela babá, Jimmy acenou para ela.

"*Ele é* um menininho", disse, pensando em Jacob.

Ainda assim – Alceste?

"Como vocês são chatos!", resmungou Jacob, esticando primeiro uma perna e depois a outra e apalpando cada um dos bolsos da calça à procura do bilhete de sua cadeira.

"Espero que as ovelhas o tenham comido", disse ele. "Por que criam ovelhas aqui?"

"Sinto muito incomodá-lo, senhor", disse o cobrador, a mão enfiada no enorme saco de moedas.

"Bem, espero que lhe paguem por isso", disse Jacob. "Aqui está. Não. Pode ficar com o troco. Vá tomar uma bebedeira."

Ele tinha se desfeito de uma moeda de meia coroa, tolerantemente, compassivamente, com considerável desprezo por sua própria espécie.

Agora mesmo, enquanto caminhava pela Strand, a pobre da Fanny Elmer estava às voltas, do seu jeito incompetente, com a maneira descuidada, indiferente, sublime que ele tinha de falar com guardas ferroviários ou carregadores; ou com a sra. Whitehorn, quando ela o consultou sobre seu garotinho, que fora espancado pelo professor.

Sustentada inteiramente por cartões postais nos últimos dois meses, a ideia que Fanny tinha de Jacob era mais estatuesca, nobre e cega do que nunca. Para reforçar sua visão, tinha adquirido o hábito de visitar o Museu Britânico, onde, mantendo os olhos baixos até estar ao lado do destroçado Ulisses, ela os abria e tinha um impacto renovado da presença de Jacob, o suficiente para mantê-la pela metade de um dia. Mas isso estava se esgotando. E agora ela escrevia – poemas, cartas que nunca eram postadas, via o rosto dele em anúncios nos tapumes, e atravessaria a rua para deixar que o realejo transformasse seus devaneios em rapsódia. Mas ao café da manhã (ela dividia cômodos com uma professora), quando a manteiga se espalhava no prato e os dentes do garfo ficavam coalhados de gema de ovo envelhecida, ela voltava violentamente a ter essas visões; estava, na verdade, muito irritadiça; estava perdendo a tez, como lhe dissera Margery Jackson, rebaixando a coisa toda (enquanto amarrava suas sólidas botinas) ao nível do senso comum, da vulgaridade e do sentimentalismo, pois ela também amara; e fora uma tola.

"A nossa madrinha deveria ter nos dito", disse Fanny, olhando a vitrine da Bacon, a loja de mapas na Strand – ter nos dito que não adianta se angustiar; é a vida, deveriam ter dito, como Fanny dizia agora, olhando o grande globo amarelo assinalado com as rotas dos barcos a vapor.

"É a vida. É a vida", disse Fanny.

"Um rosto muito duro", pensou a srta. Barrett, no outro lado do espelho, comprando mapas do deserto sírio e esperando impacientemente para ser atendida. "As moças ficam parecendo velhas tão cedo hoje em dia."

O equador flutuava por detrás das lágrimas.

"Piccadilly?", perguntou Fanny ao condutor do ônibus, e subiu para o andar de cima. Ao fim e ao cabo, ele iria, ele deveria, voltar para ela.

Mas Jacob poderia estar pensando sobre Roma; sobre arquitetura; sobre jurisprudência; sentado embaixo do plátano no Hyde Park.

O ônibus parou perto da Charing Cross; e atrás dele se atravancavam ônibus, furgões, carros a motor, pois uma procissão com estandartes descia a Whitehall, e pessoas idosas desciam, empertigadas, por entre as patas dos escorregadios leões, onde estiveram dando testemunho de sua fé, cantando com entusiasmo, erguendo os olhos da música para contemplar o céu, e seus olhos continuavam pregados no céu enquanto marchavam atrás das inscrições douradas de seu credo.

O tráfego parou, e o sol, não mais borrifado pela brisa, tornou-se quase quente demais. Mas a procissão tinha passado; os estandartes resplandeciam ao longe, descendo a Whitehall; o tráfego estava liberado; prosseguia aos solavancos; desdobrava-se numa balbúrdia contínua e regular; dando uma guinada em torno da curva da Cockspur Street; e passando veloz pelas repartições governamentais e pelas estátuas equestres, Whitehall abaixo, rumo às afiladas agulhas, à encadeada e cinzenta frota de pedra e ao grande relógio branco de Westminster.

Cinco batidas o Big Ben entoou; Nelson recebeu a salva. Os fios do Almirantado tremiam com alguma comunicação distante. Uma voz continuava comentando que os primeiros-ministros e vice-reis discursaram no Reichstag; Lahore entrou em cena; disse que o imperador viajou; em Milão iniciaram uma revolta; disse que havia rumores em Viena; disse que o embaixador em Constantinopla teve audiência com o sultão; a frota estava em Gibraltar. A voz continuava, imprimindo no rosto dos funcionários em Whitehall (Timothy Durrant era um deles) algo de sua própria e inexorável gravidade, enquanto eles ouviam, decifravam, anotavam. Papéis se acumulavam, inscritos com os pronunciamentos dos cáiseres, as estatísticas dos arrozais, os rosnados de centenas de operários, tramando motins em ruelas laterais, ou reunindo-se nos bazares de Calcutá, ou juntando suas forças nos altiplanos da Albânia, onde as colinas são da cor da areia e os ossos jazem insepultos.

A voz falava nitidamente na silenciosa sala quadrada com mesas pesadas, onde um homem idoso tomava notas na margem de folhas datilografadas, o guarda-chuva de cabo de prata encostado na estante de livros.

Sua cabeça – calva, rubras veias à mostra, parecendo oca – representava todas as cabeças do edifício. Sua cabeça, com os afáveis olhos pálidos, carregava o fardo do saber para o outro lado da rua; assentava-o diante de seus colegas, que chegavam igualmente sobrecarregados; e então os dezesseis cavalheiros, erguendo a caneta ou se virando talvez um tanto exaustos em suas poltronas, decretavam que o curso da história deveria se moldar desta ou daquela maneira, estando virilmente determinados, como mostravam seus rostos, a impor alguma coerência aos rajás e aos cáiseres e ao murmúrio nos bazares, às reuniões secretas, claramente visíveis em Whitehall, de camponeses em saiotes nos altiplanos da Albânia; a controlar o curso dos eventos.

Pitt e Chatham, Burke e Gladstone olhavam, cada um, para o lado oposto, com fixos olhos de mármore e um ar de imortal aquiescência que os vivos talvez pudessem invejar, e o ar estava cheio de estouros e assobios, enquanto a procissão descia a Whitehall com seus estandartes. Além disso, alguns estavam acometidos de dispepsia; um deles tinha, nesse exato momento, quebrado o vidro dos óculos; um outro ia falar em Glasgow amanhã; pareciam todos rosados, gordos, pálidos ou magros demais para lidar, como tinham feito as cabeças de mármore, com o curso da história.

Timmy Durrant, em sua pequena sala no Almirantado, estava indo consultar o livro Azul, quando parou por um instante junto à janela e notou o cartaz amarrado ao poste de luz.

A srta. Thomas, uma das datilógrafas, disse à sua amiga que se o Gabinete fosse continuar reunido por muito mais tempo ela ia perder o encontro com seu rapaz na frente do Gaiety.

Timmy Durrant, voltando com seu livro Azul debaixo do braço, notou um pequeno grupo de pessoas na esquina; amontoadas, como se uma delas soubesse de alguma coisa; e as outras, apertando-se ao seu redor, olhavam para cima, olhavam para baixo, olhavam para a rua. O que é que ele sabia?

Timothy, colocando o livro Azul à sua frente, estudou um documento posto em circulação pelo Tesouro a título de informação. O sr. Crawley, seu colega de escritório, enfiou uma carta no espeto de fixar papel.

Jacob levantou-se da cadeira no Hyde Park, rasgou seu bilhete em pedaços e se afastou.

"Que pôr de sol", escreveu a Sra. Flanders em sua carta para Archer em Cingapura. "Era impossível decidir-se a entrar em casa", escreveu. "Parecia um pecado desperdiçar um momento que fosse."

As longas janelas do Kensington Palace incandesciam de um rosa flamejante enquanto Jacob se afastava; um bando de patos selvagens voava sobre o Serpentine; e as árvores destacavam-se contra o céu, negras, magníficas.

"Jacob", escreveu a sra. Flanders, com a luz vermelha sobre a página, "está trabalhando muito depois de sua agradável viagem..."

"O cáiser", comentou a distante voz em Whitehall, "me recebeu em audiência."

"Ora, ora, conheço este rosto –", disse o reverendo Andrew Floyd, saindo da loja do Carter em Piccadilly, "mas quem diabos – ?" e examinou Jacob, voltou-se para olhá-lo, mas não conseguia ter certeza —

"Ah, Jacob Flanders!", lembrou-se num lampejo.

Mas estava tão alto; tão alheado; que rapaz distinto.

"Dei-lhe as obras de Byron", lembrava-se Andrew Floyd, e foi adiante, enquanto Jacob cruzava a rua; mas hesitou, e deixou o momento passar, e perdeu a oportunidade.

Outra procissão, sem estandartes, bloqueava a Long Acre. Carruagens, com viúvas ricas em ametista e cavalheiros sarapintados de cravos, obstruíam coches de aluguel e carros a motor virados na direção oposta, nos quais homens estafados, em coletes brancos, relaxavam a caminho de casa, de volta a seus jardins e salões de bilhar em Putney e Wimbledon.

Dois realejos tocavam junto ao meio-fio, e cavalos que saíam do Aldridge's, com rótulos brancos nos traseiros, atravessaram a rua e foram habilmente empurrados de volta.

A sra. Durrant, sentada com o sr. Wortley num carro a motor, estava impaciente, com receio de perder a abertura.

Mas o sr. Wortley, sempre civilizado, sempre a tempo para a abertura, abotoava suas luvas e admirava a srta. Clara.

"Uma pena passar uma noite dessas num teatro!", disse a srta. Durrant, vendo todas as vitrines dos fabricantes de coches completamente iluminadas.

"Pense nos seus urzais!", disse o sr. Wortley para Clara.

"Ah! mas Clara gosta mais disso aqui", riu-se a sra. Durrant.

"Não sei – realmente", disse Clara, contemplando as vitrines iluminadas. Sobressaltou-se.

Viu Jacob.

"Quem?", perguntou bruscamente a sra. Durrant, inclinando-se.

Mas ela não via ninguém.

Sob o arco da Opera House, rostos largos e rostos finos, os empoados e os peludos, todos estavam igualmente rubros sob o pôr do sol; e, estimuladas pelas grandes lâmpadas pendentes com suas abafadas luzes amarelo-pálidas, pelo tropel, e pelo escarlate, e pela pomposa cerimônia, algumas damas olharam, por um momento, para dentro de quartos esfumaçados perto dali, onde mulheres com cabelos soltos se debruçavam nas janelas, onde moças – onde crianças – (os longos espelhos mantinham as damas suspensas) mas devemos ir adiante; não devemos impedir a passagem.

Os urzais de Clara eram bastante aprazíveis. Os fenícios dormiam sob suas empilhadas rochas cinzentas; as chaminés das antigas minas apontavam, rígidas, para o alto; mariposas temporãs toldavam as campainhas-do-monte; podia-se ouvir as rodas das carretas rangendo na estrada lá embaixo; e o soluço e o suspiro das ondas soavam docemente, persistentemente, para sempre.

Cobrindo os olhos com as mãos, a sra. Pascoe ficou ali, em sua horta de repolhos, contemplando o mar. Dois barcos a vapor e um barco a vela se encontraram; se entrecruzaram; e na baía as gaivotas ficavam pousando numa tora de madeira, erguendo-se no alto, voltando à tora, enquanto algumas cavalgavam as ondas e ficavam na beira da água, até a lua branqueá-las, todas, cobrindo-as de uma alvura absoluta.

A sra. Pascoe havia muito tinha entrado em casa.

Mas a luz rubra batia nas colunas do Partenon, e as mulheres gregas que tricotavam suas meias e às vezes gritavam com uma criança para que se aproximasse para tirar os insetos de sua cabeça estavam alegres como andorinhas-do-barranco debaixo do calor, discutindo, ralhando, amamentando o bebê, até os navios do Pireu começarem a disparar seus canhões.

O som se espraiou e depois foi abrindo o túnel de sua trajetória com explosões espasmódicas por entre os canais das ilhas.

A escuridão cai como um punhal sobre a Grécia.

"Os canhões?", disse Betty Flanders, meio adormecida, saindo da cama e indo até a janela, que estava decorada com uma fímbria de folhas escuras.

"Não a essa distância", pensou. "É o mar."

De novo, bem longe, ela ouviu o som surdo, como se mulheres noturnas estivessem sacudindo enormes tapetes. Havia o Morty, desaparecido, e o Seabrook, morto; seus filhos lutando por sua pátria. Mas as galinhas estavam a salvo? O que era aquilo, alguém descendo as escadas? Rebecca com sua dor de dente? Não. As mulheres noturnas sacudiam seus tapetes. Suas galinhas se mexeram de leve nos poleiros.

XIV

"Ele deixou tudo exatamente como estava", surpreendia-se Bonamy. "Nada arrumado. Todas as cartas espalhadas por aí para qualquer um ler. O que esperava ele? Pensava que ia voltar?", refletia, postado no meio do quarto de Jacob.

O século dezoito tem sua distinção. Essas casas foram construídas, digamos, há cento e cinquenta anos. Os quartos são bem-proporcionados, os tetos, altos; sobre o vão da porta, uma rosácea, ou uma caveira de carneiro, está entalhada na madeira. Até os lambris, pintados com uma tinta da cor da framboesa, têm sua distinção.

Bonamy pegou uma fatura relativa a um chicote de montaria.

"Parece ter sido paga", disse.

Havia as cartas de Sandra.

A sra. Durrant estava levando um grupo para Greenwich.

Lady Rocksbier esperava ter o prazer....

Inerte é o ar num quarto vazio, mal e mal enfunando a cortina; as flores do jarro se mexem. Uma fibra da poltrona de vime estala, embora ninguém esteja sentado ali.

Bonamy atravessou o quarto, indo até a janela. O furgão da Pickfords vinha chacoalhando rua abaixo. Os ônibus estavam paralisados na esquina da Biblioteca Mudie. Os motores vibravam e os carreteiros, apertando o freio, puxavam abruptamente seus cavalos para cima. Uma voz áspera e triste gritava algo ininteligível. E, então, de repente, todas as folhas pareceram se erguer.

"Jacob! Jacob!", gritou Bonamy, postado junto à janela. As folhas voltaram ao chão.

“Que confusão por toda parte!”, exclamou Betty Flanders, abrindo com violência a porta do quarto.

Bonamy afastou-se da janela.

“O que devo fazer com eles, sr. Bonamy?”

Ela estendia um par dos sapatos velhos de Jacob.

FIM

Notas

1922 é, como se sabe, o ano inaugural do modernismo literário de língua inglesa. O *Ulisses* de James Joyce é publicado em fevereiro. Em outubro é a vez de *The Waste Land*, o poema de T. S. Eliot. No mesmo mês, sai *O quarto de Jacob*, de Virginia Woolf.

Virginia teve a primeira ideia do livro que se tornaria *O quarto de Jacob*, seu terceiro romance, no dia 26 de janeiro de 1920, um dia após seu 38º aniversário, como ela registra em seu diário: "Mais feliz hoje do que ontem pois esta tarde tive uma ideia para uma nova forma de um novo romance. Suponha que uma coisa deva se abrir numa outra – como num romance não-escrito [alusão a um conto de sua autoria com esse título] – mas não por 10 páginas, e sim 200 – não daria isso a soltura e a leveza que eu desejo; não ficaria isso mais concentrado mas mantendo a forma e a rapidez, e abrangeria tudo, tudo? [...] Pois imagino que a abordagem será bem diferente desta vez: nada de andaimes; praticamente nenhum tijolo à vista; tudo crepuscular, mas o coração, a paixão, o senso de humor, tudo tão brilhante como fogo em meio à névoa".

Ela começa a escrever o livro em abril de 1920, conforme anota no dia 20 em seu diário: "Com sorte, começo *O quarto de Jacob* na próxima semana". Tal como acontecerá com os romances seguintes, ela hesita, vacila, agoniza: "Vale a pena mencionar [...] que a força criativa que borbulha tão agradavelmente ao começar um novo livro enfraquece depois de um certo tempo e nós vamos em frente de maneira mais regular. Dúvidas se insinuam. [...] Estou um pouco ansiosa. [...] Não quero escrever nada neste livro que eu não sinta prazer em escrever. Mas escrever é sempre difícil" (*Diário*, 11 de maio de 1920).

Em 15 de novembro de 1921, ela registra que terminara a escrita do livro no dia 4: "Escrevi as últimas palavras de Jacob na sexta-feira, 4 de novembro [...], tendo começado no dia 16 de abril de 1920: descontando seis meses de intervalo por causa de *Monday or Tuesday* [coletânea de contos] e a doença, isso dá cerca de um ano". Em carta a Lytton Strachey, de 9 de outubro de 1922, entretanto, ela fornece uma data anterior para a conclusão da escrita do livro: "Terminei Jacob na noite passada – um resultado dos mais maravilhosos – mais como poesia [...]. Às vezes quase grito de alegria ao escrever".

Em junho de 1922, Leonard, o marido, seu primeiro leitor, termina de ler o livro em sua versão datilografada e dá o seu veredito: "Ele acha que é a minha melhor obra. Mas sua primeira observação é de que é extraordinariamente bem escrito. [...] Diz que é obra de gênio; acha que é diferente de qualquer outro romance [...]". Leonard, naturalmente, faz algumas críticas, mas o tom é, em geral, elogioso. E ela conclui: "Não há nenhuma dúvida em minha mente de que descobri (aos 40) como dizer algo em minha própria voz [...]" (*Diário*, 26 de julho de 1922).

O livro é publicado, na Inglaterra, em 27 de outubro de 1922, pela Hogarth Press, a editora de propriedade do casal; na verdade, é o primeiro romance publicado pela editora. Nos Estados Unidos, o livro sai em 8 de fevereiro de 1923, pela editora Harcourt Brace.

É, confessadamente, seu primeiro romance experimental. Antes de pôr-se a escrevê-lo, Virginia havia se exercitado em contos que já mostravam algumas das técnicas que iria empregar em *O quarto de Jacob*. Contos como "A marca na parede", "Objetos sólidos", "A dama no espelho", "Kew Gardens" (v. *A arte da brevidade*, Autêntica Editora) e "Um romance não-escrito", publicados um pouco antes do romance, prenunciavam o experimentalismo radical que iria caracterizar o livro de 1922.

Mas *O quarto de Jacob* vai muito além desses primeiros experimentos. E, sob muitos aspectos, o romance ultrapassa, em ousadia narrativa e estilística, os que se lhe seguiram.

Essa ousadia assombra, por sua estranheza, o leitor. O livro parece construído de fragmentos desconexos, de fiapos narrativos, de vinhetas isoladas. A narrativa dá pulos; salta, inesperadamente, de um contexto para outro; subverte a linearidade temporal e espacial. O personagem principal nunca é realisticamente revelado, nunca se deixa mostrar inteiramente. Sua identidade não parece ter um centro, um ponto de amarra, uma ancoragem. É, ao longo de todo o livro, descrito sob um perspectivismo radical, mostrado de vários ângulos e pontos de vista, mas nunca é exatamente definido, precisamente fixado.

O quarto de Jacob é, todo ele, uma aventura linguageira, uma exploração do prazer do texto, do sabor do som, do ritmo e da cadência. Está enxertado de pequenos ensaios sobre a ilusão identitária, sobre as mazelas do patriarcado, sobre os horrores da sanha militarista. Mas também há ilhas e remansos de pura poesia, de um lirismo deslumbrante, de um prazer estético radical e cristalino. Enfim, em *O quarto de Jacob*, concentra-se aquele amálgama entre forma e conteúdo, entre significante e significado, entre palavra e fábula que caracteriza a grande e boa literatura.

É costume afirmar-se que a figura de Jacob baseia-se no irmão de Virginia, Thoby Stephen, que morreu de tifo após o retorno de uma viagem à Grécia. É possível, mas, nesse caso, a figura da ficção e a da realidade diferem, aqui, entre si, muito mais do que as do sr. e da sra. Ramsay em *Ao Farol*, para ficarmos apenas num exemplo, diferem do pai e da mãe de Virginia, nos quais aquelas personagens se baseiam. Sabe-se, entretanto, que Virginia anotou uma possível epígrafe ao romance, deixada de fora da versão final, em que prestava homenagem ao irmão: "*Atque in perpetuum, frater, ave atque vale.* Julian Thoby Stephen (1881-1906)". A frase é uma citação do último verso do poema nº 101 de *Carmina*, de Catulo: "E para sempre, irmão, salve e adeus".

E então temos os espaços em branco adicionais, os famosos *gaps* (lacunas) ao longo de todo o livro – desde uma até quatro linhas extras (num total de 132, na contagem de Stuart Clarke, feita a partir da primeira edição do livro pela Hogarth Press, conforme comunicação pessoal; a contagem refere-se apenas a lacunas no interior dos capítulos).

O que fazer com eles? O que fazer deles?

Obviamente, como em qualquer leitura, cabe a quem lê decifrálos, dar-lhes sentido. O problema é que estamos demasiadamente viciados a prestar atenção apenas nas palavras e nas frases e, mesmo assim, como se elas fossem transparentes, importando-nos apenas com o significado convencional por detrás delas, ignorando sua existência como matéria, sua opacidade, a capacidade que tem sua superfície (sonora, visual) de evocar significados outros que não os da significância linguística. Talvez sejamos mais sensíveis à materialidade do significante quando lemos poesia, mas na prosa de ficção tendemos a nos fixar na história, na trama, no enredo, esquecendo-nos da lição dos ficcionistas do modernismo, de que a materialidade do texto – e da página e do livro – é parte da história e não algo exterior e alheio a ela.

Por isso, como um estímulo a uma leitura mais atenta das lacunas em *O quarto de Jacob*, talvez possamos nos aproveitar de leituras anteriores, feitas por especialistas nas obras de Virginia.

O primeiro desses estudiosos a abordar com certa minúcia as lacunas foi Edward L. Bishop, no ensaio "Mind the Gap: The Spaces in *Jacob's Room*", publicado pela primeira vez em 2004, que retomarei mais adiante.

Mas foi Judy S. Reese, no livro *Recasting Social Values in the Work of Virginia Woolf*, de 1996, quem primeiro discutiu detalhada e teoricamente as famosas lacunas de *O quarto de Jacob*. Ela argumenta que Virginia utiliza essas lacunas, tanto de forma tradicional quanto de forma pouco convencional, para subverter o "plano euclidiano traçado pelas palavras e pelas frases que as unem". Segundo ela, o uso mais convencional das lacunas consiste em "fornecer transição entre cenas, assinalar a passagem do tempo e assinalar uma mudança de atmosfera, posição ou perspectiva".

Ela dá como exemplo desse uso convencional das lacunas, a cena do capítulo I em que Betty Flanders se aproxima da casa em que está hospedada na Cornualha e vê Rebecca à janela (p. 13). Após a frase "Ali estava Rebecca à janela.", há quatro linhas em branco. Segundo Reese, a lacuna indica a transição entre o espaço interior do quintal da casa onde Betty Flanders está hospedada e o espaço exterior demarcado pela fachada, além de assinalar uma mudança de perspectiva.

Um dos usos não convencionais dos espaços em branco, ainda segundo Reese, consistiria em utilizá-los para sinalizar uma mudança no julgamento de valor no interior da fala de um personagem. O exemplo que ela dá é do momento, no capítulo III, em que Jacob deixa a casa dos Plumers. Entre as exclamações "Oh, meu Deus." e "Bando de imbecis!" há uma lacuna que equivale a quatro espaços em branco. Esse uso da lacuna não se encaixa em nenhum dos tipos tradicionais antes mencionados. Neste caso, a lacuna parece indicar, a necessidade, por parte de Jacob, da adoção de uma perspectiva de vida radicalmente diferente daquela abraçada pelos Plumers, embora não lhe ocorra nada melhor do que pensar em objetos como lilases ou bicicletas. Aqui, o vazio na página indicaria um vazio nas perspectivas, por parte de Jacob, de um outro modo de vida. O vazio na página substitui, de acordo com Reese, a formulação verbal dessa impossibilidade.

Dada a centralidade das lacunas em *O quarto de Jacob*, é surpreendente que a edição americana publicada no mesmo ano que a inglesa, pela editora Harcourt Brace, não tenha seguido o layout planejado por Virginia. Por inadvertência, talvez, dos tipógrafos americanos, várias das lacunas foram suprimidas e outras tiveram seu espaço em branco encolhido. É o que registra Edward L. Bishop no ensaio "Mind the Gap: The Spaces in *Jacob's Room*".

Bishop fornece alguns exemplos das lacunas suprimidas e da perda de significado que sua supressão acarreta. Reproduzo aqui apenas um de seus exemplos. Trata-se de uma das passagens também destacadas por Judy Reese, a da cena em que Betty Flanders se depara com a figura de Rebecca à janela, no capítulo I. O exemplo é revelador por mostrar leituras ligeiramente diferentes da mesma lacuna. Enquanto Reese destaca a mudança de cenário e perspectiva embutida na lacuna, Bishop enfatiza o modo como essa lacuna, ao colocar Rebecca no centro da visão da sra. Flanders, dá a essa personagem um destaque especial, claramente distinguindo-a de personagens menores como o sr. Connor, Charles Steele (o pintor) e o sr. Curnow. A centralidade de Rebecca é reafirmada duas páginas adiante quando as duas mulheres (Betty e Rebecca) tramam "a eterna conspiração do psiu e das mamadeiras limpas".

Há outras discussões interessantes sobre as lacunas de *O quarto de Jacob*, sob perspectivas diferentes, que podem ser consultadas para uma visão mais abrangente da manipulação dessa característica tipográfica do texto por parte de Virginia: Emily Rials, "The Politics of Punctuation in *Jacob's Room* and *Between the Acts*"; John Henry Lurz III, "Reading Volumes: The Book, the Body and the Mediation of Modernism", tese de doutorado que pode ser lida aqui: tinyurl.com/y9ta8ljj; e Annika Lindskog, *Silent Modernisms. Soundscapes and the Unsayable in Richardson, Joyce and Woolf.* Para uma visão mais abrangente da relação entre a literatura e aspectos físicos e materiais do livro, v. E. A. Levenston, *The Stuff of Literature. Physical Aspects of Text and Their Relation to Literary Meaning.*

Não se pode esquecer que Virginia se serve, em *O quarto de Jacob*, de outros aspectos tipográficos igualmente importantes, como os colchetes, as reticências, os travessões indicando suspensão. Eles estão ali para serem lidos tanto quanto a estrutura linguística tecida pelas palavras e pelas frases. Evidentemente, Virginia não foi a primeira a tirar proveito da tipografia. O que pode ser considerado original é a maneira particular com que ela fez isso.

Procurei manter, em parte, as características peculiares da pontuação de Virginia neste livro. Na verdade, ela segue, neste ponto, as regras estilísticas vigentes na arte tipográfica britânica da época. Por exemplo, ela faz, seguindo essas regras, uma distinção entre frases que terminam simplesmente com reticências (três pontos) e frases que terminam com ponto final seguido de reticências (quatro pontos). (Entretanto, suprimi os espaços entre os pontos de reticência, que eram de praxe na época.) Igualmente, mantive os travessões frequentemente utilizados por Virginia neste livro, em locais em que talvez, modernamente, pontos de reticência teriam sido utilizados, acrescentando espaços, inexistentes no original, antes e depois do travessão. Em algumas (poucas) passagens Virginia utiliza um travessão levemente maior (equivalente ao espaço ocupado pelo M minúsculo) do que o normal (equivalente ao espaço ocupado pelo N minúsculo), diferença que também mantive na presente edição. Sobre essa questão, v. Anne Toner, *Ellipsis in English Literature. Signs of Omission.*

Stuart N. Clarke (ver abaixo), localizou, na segunda impressão do livro, de novembro de 1922, algumas correções, supostamente feitas pela própria Virginia. As três correções mais importantes estão devidamente assinaladas nas notas abaixo.

As notas que se seguem são fruto de pesquisa na literatura crítica sobre Virginia Woolf e, mais especificamente, sobre *O quarto de Jacob*. Foram também úteis as edições do livro anotadas por Sue Roe (Penguin), Vara Neverow (Harvest/Harcourt) e Suzanne Raitt (Norton). E alguns dos mistérios e enigmas do livro teriam permanecido, ao menos para mim, como tais, não fora o ocasional socorro prestado pela edição holográfica de *O quarto de Jacob* (*Virginia Woolf's*

Jacob's Room. *The Holograph Draft*, transcrita e editada por Edward L. Bishop, Pace University Press).

Devo um muito obrigado especial a Stuart N. Clarke, estudioso inglês da obra de Virginia, que está concluindo uma edição anotada de *O quarto de Jacob* para a coleção de edições especiais dos livros de Virginia publicada pela Cambridge University Press (ver a lista dos livros já publicados aqui: tinyurl.com/ybcn5snd). Stuart, muito generosamente, me deu longos e pacientes esclarecimentos sobre pontos obscuros e enigmáticos do texto. Sem eles, talvez eu nunca tivesse saído dos emaranhados em que me meti nessa aventura tradutória. Stuart, além disso, ainda envolvido em suas próprias anotações para a edição da Cambridge University Press, nos brindou com o texto de introdução à leitura de *O quarto de Jacob* que acompanha a presente tradução.

Agradeço também a Lucia Leão, que, roubando horas de seu próprio trabalho tradutório, fez várias leituras, cuidadosas e dedicadas, de todo o texto traduzido, apontando-me passagens que poderiam ser melhoradas. Nesse caso, pelo menos, a barreira que isola tradutores e tradutoras entre si foi rompida.

Para quem quiser cotejar a tradução com o original, há, evidentemente, várias versões disponíveis na internet. Recomendo, entretanto, em especial, uma cuidadosa edição digital em formato epub das obras completas de Virginia: tinyurl.com/yb885byn (o site em questão só publica obras que estão em domínio público).

Capítulo I

9 **Betty Flanders** – tal como muitas outras pistas dadas ao longo do livro, "Flanders" alude à região de Flandres (o sobrenome de Betty corresponde à grafia inglesa do nome da região), no norte da Bélgica, onde se travaram algumas das mais sangrentas batalhas da Primeira Guerra.

Lentamente vertendo da ponta da pena dourada... – Eyal Amiran vê nesses primeiros parágrafos, assim como em várias outras passagens ao longo do livro, uma série de aliterações em S e W que remeteriam às iniciais do sobrenome de solteira (Stephen) e do sobrenome de casada (Woolf) de Virginia e que refletiriam suas ansiedades em relação à sua situação matrimonial. Apesar dos problemas apresentados pela interpretação de Amiran (não fica claro, por exemplo, se ele considera essa profusão de assinaturas virginianas ao longo do texto como involuntárias ou propositais – ambas as hipóteses suscitam perguntas irrespondíveis), suas "descobertas" não deixam de ser astuciosas e, talvez, até divertidas. Seu ensaio a respeito pode ser lido aqui (tinyurl.com/yb2twogy) ou aqui (tinyurl.com/yb6pzywm), e também em seu livro *Modernism and the Materiality of Texts*. As passagens destacadas por Amiran no início do livro são: "*Slowly welling* [...]. [...] *She winked quickly.*", no segundo parágrafo; e "*widows stray solitary*", no sexto.

Ela deu uma ligeira piscadela. [...] Deu outra piscadela. – no original, *She winked quickly. [...] She winked again.* Embora "*to wink*" seja sinônimo de "*to blink*" (piscar) (sentido 2a e 2b do dicionário Oxford), "*to wink*" significa também fechar e abrir, voluntariamente, um dos olhos, como sinal de cumplicidade ou de algum tipo de insinuação (sentido 8 do dicionário Oxford). David Bradshaw, num dos posfácios à presente edição, explora justamente esse sentido em sua especulação de que Johnny, o filho mais novo de Betty Flanders, seria filho do capitão Barfoot.

apertados como arenques num barril – *packed [...] like herrings in a barrel*, no original. A expressão equivalente em português seria "apertados como sardinha em lata". Entretanto, como alerta David Bradshaw no texto que acompanha a presente edição, o uso da expressão no original pode estar ligada ao fato de que a pesca de arenque era a principal atividade de Scarborough na época.

Scarborough – cidade situada na costa do Mar do Norte, no condado de Yorkshire, Inglaterra. A escolha de Scarborough como a localidade onde mora a mãe de Jacob é significativa, no contexto do cenário da Primeira Guerra que subjaz à trama do livro: a cidade foi bombardeada, em 16 de dezembro de 1914, pela marinha imperial alemã. Algumas das características da cidade descritas no livro são fictícias, como, por exemplo, a colina chamada Dods Hill, possivelmente baseada na colina Castle Hill, que domina a cidade. Scarborough guarda muitas semelhanças com St. Ives, uma vila de veraneio situada na ponta sudoeste da Inglaterra, onde a família de Virginia Woolf passava as férias de verão até a morte da mãe, em 1895. Stuart Clarke, pesquisador inglês da vida e da obra de Virginia Woolf, visitou recentemente Scarborough, para conferir certos detalhes da topografia dessa cidade, em contraste com algumas das descrições que Virginia faz da cidade em *O quarto de Jacob* (comunicação pessoal). Segundo sua descrição, há certas incongruências (como o local onde mora a sra. Flanders, por exemplo), mas nenhuma muito notável.

Cornualha – condado situado na ponta sudoeste da Inglaterra. Vara Neverow sugere que o local onde a sra. Flanders e seus filhos estão veraneando seria St. Ives (ver nota sobre Scarborough acima).

A distância entre St. Ives e Scarborough, entretanto, é de apenas 700 km, em contraste com os 1.200 km mencionados pela narradora.

11 **Ticiano** – Tiziano Vecellio (1488-1576), pintor italiano.

"Ah, um caramujo gigante" – o espaço em branco ao final da linha corresponde ao do original.

dia de meio-feriado – *early-closing day*, no original; na Inglaterra, o dia do meio da semana em que a maioria das lojas fecha no começo da tarde.

12 **em cima das bandanas** – *on the bandanna handkerchiefs*, no original. Embora "bandana" seja utilizada, atualmente, para se referir a um "lenço que cinge a cabeça passando pela testa, usado como enfeite" (Dicionário Aulete), seu significado aqui é de um "lenço de mão, em seda, ricamente colorido" (dicionário Oxford). Aliás, na passagem anterior a autora utiliza a palavra "*pocket-handkerchief*" sem a qualificação "*bandanna*".

enorme mulher preta – a figura da babá de Jacob confunde-se, para ele, com a da rocha preta mencionada alguns parágrafos antes.

13 **vitalidade da natureza** – *vitality of nature*, no original. Na primeira impressão do livro, de outubro de 1922, estava escrito: *vitality of colours*. A correção foi feita na segunda impressão, de novembro do mesmo ano.

14 ***Strand*** – revista ilustrada da época.

Capítulo II

18 **caixão triplamente revestido** – segundo Sue Roe, era costume das famílias mais ricas, na Inglaterra dos séculos XVIII e XIX, enterrarem os seus mortos em caixões duplos ou triplos para evitar roubos, frequentes na época.

19 **Dods Hill** – ver nota do capítulo I sobre Scarborough.

Crimeia – alusão à chamada Guerra da Crimeia, travada, entre 1853 e 1856, entre a Rússia, de um lado, e uma aliança entre o Reino Unido, a França e o Império Otomano, de outro, em disputa pela Península da Crimeia, situada na costa norte do Mar Negro, na Europa Oriental.

atrás os urzais – *moors behind*, no original. Na definição do dicionário Oxford, "*moor*" é "terreno inculto coberto de urzes [*heather*]", que é, exatamente, a definição do dicionário Houaiss para "urzal": "extenso aglomerado de urzes em determinada área". Apesar da longa tradição brasileira de se traduzir "*moor*" por "charneca", esta palavra, no Brasil, como observa o Houaiss, significa "pântano".

villas – a palavra italiana, transportada com a mesma grafia para o inglês, tem o sentido de residência elegante, em geral de recreação, em áreas retiradas da cidade ou à beira do mar.

20 **Inúmeras calças axadrezadas... em cadeiras de rodas** – as calças axadrezadas eram as que, comumente, usavam os homens idosos que iam ao balneário em viagem de descanso ou de cura. As toucas púrpuras eram usadas por mulheres em condições similares. Essas pessoas utilizavam uma cadeira de rodas (*bath chairs*, no orginal), na verdade, uma espécie de triciclo parcialmente coberto, puxado por um condutor. O nome (*bath chair*) deve-se ao fato de que foram utilizadas, orginalmente, na cidade balneária de Bath, no sudoeste da Inglaterra.

Aquário – o Aquário de Scarborough, construído em 1877 e fechado em 1914, era mais um centro de diversões do que propriamente um aquário.

maleta de médico – *Gladstone bag*, no original. Assemelha-se à tradicional maleta de médico. Deve o seu nome ao político britânico William Ewart Gladstone (1809-1898). Aberta, lembra as mandíbulas de um tubarão ou, ao menos, é o que narradora quer nos fazer crer.

O número nove subiu no quadro. – havia, em coretos desse tipo, um quadro, apoiado num cavalete, em que se expunha a sequência do programa a ser executado pela banda e no qual o número era trocado à medida que a exibição avançava (Stuart N. Clarke, comunicação pessoal).

21 **círculo elevado do acampamento romano** – na verdade, nunca se encontrou qualquer ruína de acampamento romano em Scarborough. Da ocupação romana, resta, na colina Castle Hill, que seria a equivalente real da fictícia Dods Hill, as ruínas de uma simples torre que servia de ponto de observação e transmissão de sinais de perigo para os soldados romanos. Mas as escavações que levaram à descoberta dessa torre começaram em 1917, e os relatos das descobertas foram publicados apenas em 1931 (Jack Binns, *The History of Scarborough*), quase dez anos após a publicação de *O quarto de Jacob*. Existem também, na colina Castle Hill, as ruínas de uma fortaleza medieval, construída por volta de 1110 d.C. Pode-se especular que o "círculo elevado" aludido pela narradora/autora (quer Virginia tenha visitado ou não Scarborough antes de começar a escrever o livro; não há certeza sobre isso) se baseie numa reconstrução mental dessas ruínas em que a fortaleza medieval (imaginada como sendo de origem romana) se estendesse em círculo ao redor da colina. Assim, o "círculo elevado" seria formado pelos restos da parede externa daquela fortaleza. No final do capítulo XI, esse círculo é descrito como o parapeito da fortaleza do acampamento romano: "O parapeito erguia-se aos seus pés – o círculo plano que rodeava o acampamento ou o túmulo".

23 **King's Navy** – Vara Neverow sugere que o fato de Virginia ter usado a expressão "King's Navy" em vez da alternativa mais comum, "Royal Navy", pode significar que a narrativa se situa, nesse ponto, em alguma data após a morte da rainha Vitória, em janeiro de 1901, e a ascensão de Edward VII ao trono da Grã-Bretanha.

Colégio Rugby – *Rugby School*, no original. Fundada em 1567, é uma das instituições de educação secundária privada mais antigas da Inglaterra. Vara Neverow especula que, dada a penúria da mãe, Jacob tenha sido enviado para esse colégio graças a uma bolsa de estudo ou, mais provavelmente, segundo ela, graças à generosidade do capitão Barfoot.

25 **Morris** – Francis Orpen Morris (1810-1893), autor do livro *Uma história das borboletas britânicas* (1853), entre outros.

26 **olho sobre os estribos** – possivelmente, os estribos de uma máquina de aparar grama de duas rodas e puxada por um cavalo, que serviriam para o operador (Barnet, neste caso) apoiar os pés (goo.gl/G4Qs4m).

27 **jubileu da Rainha Vitória** – o jubileu de ouro da Rainha Vitória foi comemorado em 1887 e o de diamante, em 1897.

Mount Pleasant – embora alguns dos locais de Scarborough sejam fictícios, Mount Pleasant é, realmente, uma rua dessa cidade.

Capítulo III

32 **Biblioteca Mudie** – biblioteca de aluguel comercial de livros, fundada em 1842, por Charles Edward Mudie. Em 1852 mudou-se para seu endereço definitivo, na esquina da Oxford com a Museum Street.

33 **Norris** – William Edward Norris (1847-1925), prolífico romancista inglês (escreveu mais de sessenta romances).

capela do King's College – fundada em 1441, King's College é uma das faculdades da Universidade de Cambridge. Para um tour virtual panorâmico da capela, visite esta página: tinyurl.com/ycm4ucob.

34 **subserviente águia... grande livro branco** – refere-se a um suporte para livro (no caso, a bíblia), supostamente de metal, em forma de águia.

entre eles um sapo grande – *one large toad*, no original. Em carta de 10 de dezembro de 1922 a Jacques Raverat, que, provavelmente, a tinha questionado sobre certas passagens do livro, Virginia escreveu: "*Toads are (essentially) insects, I maintain.*" ["Digo que sapos são (essencialmente) insetos"]. Ou seja, trata-se realmente de um sapo, que, para ela, é como se fosse um inseto. (Segui aqui a pista dada por Sue Roe.) Curiosamente, nessa mesma carta, provavelmente em resposta a uma outra pergunta de Raverat, que não sabemos qual é, Virginia escreveu: "As mulheres podem ser piores ou podem ser melhores do que os homens, mas certamente as opiniões da escritora [narradora] de *Jacob's Room* sobre essa questão ou qualquer outra não são as minhas opiniões".

35 **propósito que faz o sangue gelar nas veias** – é fácil adivinhar qual seria o profano propósito do cão.

a timidez está fora de cogitação – ou seja, um membro isolado da congregação não teria receio de manifestar seu horror com algum gesto mais ruidoso. No manuscrito, p. 28, Virginia expressou a mesma coisa de uma forma mais evidente: "tudo isso, se visto pela congregação inteira, arruína a cerimônia por completo". A inversão é um exemplo das muitas estratégias de Virginia para tornar a narrativa mais indireta e misteriosa.

Waverley – o nome da casa do sr. Plumer alude a uma série de romances históricos de autoria de Walter Scott (1771-1832), romancista e poeta escocês.

36 ***don*** – *don* é, tradicionalmente, o tratamento aplicado aos professores, especialmente os mais antigos ou graduados, das faculdades de Oxford e Cambridge.

37 **Wells** – Herbert George Wells (1866-1946), conhecido como H. G. Wells, romancista inglês.

Shaw – George Bernard Shaw (1856-1950), escritor e ativista político irlandês. Virginia Woolf mantinha uma relação ambígua com Shaw, divergindo sobretudo de sua inclinação política reformista. O marido, entretanto, Leonard Woolf, era muito próximo de Shaw. Uma carta de Virginia a Janet Case, datada de 21 de maio de 1922, relata um encontro casual do casal Woolf com Bernard Shaw que retrata a discordância entre Virginia e Leonard no que se refere ao escritor irlandês: "Estávamos sentados no parque ouvindo a banda e tendo uma grande discussão sobre Shaw. Leonard diz que devemos muito a Shaw. Eu digo que ele influenciou apenas a borda exterior da moralidade. Leonard diz que as balconistas não estariam ouvindo a banda não fosse por Shaw. Eu digo que o coração humano é tocado apenas pelos poetas. [...] Mas você não concorda comigo que os edwardianos, de 1895 a 1914, fizeram um péssimo papel? Com edwardianos, quero dizer Shaw, Wells, Galsworthy, os Webbs [o casal Martha Beatrice Webb e Sidney Webb], Arnold Bennett. Nós, georgianos, temos muito trabalho pela frente". Para uma análise detalhada da relação entre Virginia e Shaw, v. Stanley Weintraub, *Who's Afraid of Bernard Shaw*; Ruth Livesey, "Socialism in Bloomsbury: Virginia Woolf and the

Political Aesthetics of the 1880s"; Andrea Adolph, "Virginia Woolf's Revision of a Shavian Tradition".

semanários de seis pênis – no manuscrito de *O quarto de Jacob*, Virginia nomeia esses semanários: *The Nation* e *New Statesman*. O primeiro estava ligado, em sua fundação, em 1907, ao Partido Liberal e, a partir de 1914, ao Partido Trabalhista. O segundo, fundado em 1913, era ligado a Sidney e Beatrice Webb, líderes da Sociedade Fabiana Socialista. Ambos publicavam matérias políticas e artigos de crítica literária. O custo do exemplar (seis pênis) indica que eram jornais relativamente caros (os jornais populares eram vendidos a um pêni). Em termos editoriais, se centravam em política e matérias sobre livros (sobretudo resenhas) e arte, em contraste com os jornais mais baratos e populares, que tratavam de assuntos mais banais e publicavam contos de fácil leitura. Virginia não tinha, na realidade, em muita conta esses semanários, como se deduz de uma entrada de seu diário, datada de 18 de fevereiro de 1922: "Passei por cima, em uns poucos minutos, das resenhas do *New Statesman*; entre o café e o cigarro, li *The Nation*; ora, os melhores cérebros da Inglaterra (metaforicamente falando) suaram por não sei quantas horas para me fornecer esse tipo rápido e condescendente de diversão". A observação parece ecoar a do final do presente parágrafo: "o rangido e o ganido semanais de cérebros lavados com água fria e depois bem torcidos". Observe-se, entretanto, que o marido de Virginia trabalhou como editor de literatura de um desses jornais, o *The Nation*, entre 1923 (quando o jornal foi adquirido por John Maynard Keynes) e 1930, o que não ajudou em nada para diminuir o desprezo de Virginia por esse tipo de jornalismo, embora ela mesma tenha contribuído com algumas resenhas para o *The Nation*. Sobre a relação entre esse tipo de periódico e o modernismo literário e artístico, v. Charlie Dawkins, *Modernism in Mainstream Magazines: 1920-37.*

38 **suprimindo e demolindo** – *scrubbing and demolishing*, no original. Embora não esteja claro qual seria o objeto desses verbos, pode-se supor, a julgar pela sequência, que sejam os anseios e gestos de renovação da geração mais nova, constituída de pessoas como Jacob, isto é, os anseios e gestos que "tornam a juventude tão intoleravelmente desagradável" e que a geração mais velha, da qual os Plumers são aqui o símbolo, esteja empenhada em apagar. A interpretação de Lindy van Rooyen, em *Mapping the Modern Mind. Virginia Woolf's Parodic Approach to the Art of Fiction in* Jacob's Room, parece ir nessa direção: "Tendo manifestado sua indignação estética [contra os edwardianos Wells e Shaw, em contraste com sua autoclassificação como georgiana], Woolf constrói o resto da sequência como um 'conflito de gerações' na tradição do *Bildungsroman* [...]".

as cidades que os anciões da raça... como subúrbios de tijolos, casernas e locais de disciplina contra uma chama vermelha e amarela. – aqui, o mundo dos velhos, deplorado pouco antes por Jacob, é visto como um mundo de repressão posto em chamas pela geração mais nova.

Byron – Lord Byron (1788-1824), poeta romântico inglês.

39 **No lugar em que atracaram o barco** – supostamente, trata-se de um passeio de barco ao longo do rio Cam, que passa por Cambridge. O piquenique de lady Miller ocorre no gramado ao longo do rio, nos fundos dos *colleges* de Cambridge.

cunha verde... por ser feita de folhas – a imagem parece evocar um barco pintado de verde e estruturado em forma de "costelas" (as "folhas").

havia agora vestidos brancos... – o grupo do piquenique promovido por lady Miller é aqui retratado, talvez ao modo impressionista, pelas roupas, pelo seu colorido e por traços pouco definidos ("um borrão na coluna de ar"), como se fossem parte da paisagem.

40 **Falmouth** – cidade situada na costa sul da Cornualha.

baía de St. Ives – ver nota do capítulo I sobre Scarborough.

Harrogate – cidade balneária do nordeste da Inglaterra.

Trinity – fundado em 1546, o Trinity College é uma das faculdades da Universidade de Cambridge.

Grande Pátio – *Great Court*, no original; o principal dos pátios internos do Trinity.

Pátio de Nevile; no topo – *Nevile Court*, no original (grafado, incorretamente, como "Neville"). Um dos pátios internos do Trinity, localizado entre o Grande Pátio e o rio Cam, o rio que passa por Cambridge. Segundo Vara Neverow, "no topo" indica que Jacob morava no último andar, que, num edifício sem elevadores, era mais barato.

Jantando no Hall – supostamente, o edifício do refeitório do Trinity. Neste capítulo, entenda-se sempre "Hall" como sendo esse edifício.

e o calçamento – *and the pavement*, no original. Na primeira impressão do livro, de outubro de 1922, lia-se "*and the fountains*" [e as fontes], depois corrigido, na segunda impressão, de novembro do mesmo ano, para "*and the pavement*".

41 **pequenas meias-luas em relevo** – *little raised crescents*, no original. Refere-se a sinetes em forma de meia-lua, um dos símbolos utilizados em heráldica.

duque de Wellington – Arthur Wellesley (1769-1852), o primeiro duque de Wellington; derrotou Napoleão na batalha de Waterloo, em 1815.

Spinoza – Baruch de Spinoza (1632-1677), filósofo holandês, conhecido por sua *Ética* (Autêntica Editora).

Dickens – Charles Dickens (1812-1870), o conhecido escritor inglês.

A rainha das fadas – *The Faerie Queen*, no original, poema épico em honra da rainha Elizabeth I, escrito por Edmund Spenser (1552-1599).

sir Joshua – Joshua Reynolds (1723-1792), retratista inglês, fundador da Royal Academy of Art.

Jane Austen – (1775-1817), a conhecida escritora inglesa.

Carlyle – Thomas Carlyle (1795-1881), ensaísta inglês, autor de *Sartor Resartus*.

42 **Rossetti** – Dante Gabriel Rossetti (1828-1882), poeta e pintor inglês.

reprodução de um Van Gogh – Vincent van Gogh (1853-1890), pintor holandês. A reprodução seria, sugere Sue Roe, da tela *O par de sapatos* como premonição da última frase do livro: "Ela estendia um par dos sapatos velhos de Jacob".

e extraiu os óculos – *and extracted his glasses*, no original, em que é mais evidente que a narradora está assinalando o pedantismo do professor de Cambridge, ao atribuir-lhe, indiretamente, o emprego de uma palavra nada usual nessa situação (um polissílabo de origem latina).

peguem-se as cabeças do banco inteiro – supõe-se um banco longitudinal, em que cabem muitas pessoas. Obviamente, "cabeça" está aqui, no lugar de "cérebro", e a imagem alude à suposta capacidade cerebral do professor Huxtable. A imagem de uma "mente enorme" será utilizada novamente no capítulo IX, na descrição do salão de leitura do Museu Britânico, em que o professor Huxtable volta a ser mencionado.

grande e ampla fronte... sobre uma almofada de pedra ele jaz triunfante – Vara Neverow sugere que a "almofada de pedra" alude a um túmulo com uma efígie do rosto do morto talhada em pedra.

43 **finos discos de prata** – segundo Jane de Gay, em *Virginia Woolf's Novels and the Literary Past*, a imagem, além de evocar o valor monetário da educação e do saber, se entendemos os discos de prata como moedas (imagem reforçada, adiante, pelas características do tal disco: "inscrição", "timbre", "estampa"), também alude a uma metáfora de *A república* (Livro III), de Platão, pela qual o Criador teria posto ouro na composição dos que são capazes de comandar; prata, na dos auxiliares; ferro e bronze, na dos lavradores e outros operários. O professor Sopwith

seria, assim, segundo a autora, um auxiliar da elite governante. Jane de Gay, entretanto, acrescenta: "Woolf também diminui o valor daquilo que Sopwith fornece a seus alunos, ao ampliar a metáfora, pois ela imagina um momento em que eles olharão para trás e descobrirão que 'os discos de prata [soam] ocos, e a inscrição [é] lida como um tanto simples demais, e o velho timbre [parece] puro demais, e a estampa sempre a mesma – a cabeça de um menino grego'." O ensinamento de Sopwith pode perder seu valor monetário pois ele é parte do processo de produção de gerações de diplomados que carecem de individualidade e automotivação. A narradora observa que mesmo assim os estudantes podem continuar respeitando Sopwith, mas ela acrescenta, significativamente, que uma mulher, "adivinhando o sacerdote, iria involuntariamente desprezar". Rachel Hollander, por outro lado, em "Novel Ethics: Alterity and Form in Jacob's Room", leva em conta o aspecto religioso do ato cerimonial de Sopwith, ao afirmar que, "em alguns momentos, o ato docente é comparado ao de dar a comunhão". "O professor", continua ela, "é aqui descrito como um sacerdote, mas as hóstias são associadas com moedas de prata, e o papel do estudante é puramente passivo ao receber o conhecimento que o levará a uma profissão e ao poder e, no fim, à guerra. Em vez de ser uma oportunidade de crescimento ou desenvolvimento intelectual, a experiência da universidade é reduzida a uma parada obrigatória e trivial na trajetória de vida de um jovem, em que a informação necessária é comprada e consumida."

Virgílio – Publius Vergilius Maro (70 a.C.-19 a.C.), poeta romano, autor dos livros *Éclogas* (ou *Bucólicas*), *Geórgicas* e *Eneida*.

Catulo – Gaius Valerius Catullus (84 a.C-54 a.C.), poeta romano.

a armas, a abelhas ou até mesmo ao arado – "armas" é, possivelmente, uma alusão ao início do primeiro verso do Livro I da *Eneida*: "*Arma virumque cano*" ["Armas e um homem canto"]. As abelhas (primeira metade do Livro IV) e o arado (linhas 160-175 do Livro I) são dois temas importantes das *Geórgicas*.

44 **fundos dos edifícios** – *the Backs*, no original, isto é, os fundos dos edifícios das faculdades da Cambridge University, ao longo do rio Cam.

a velha srta. Umphelby – a srta. Umphelby possivelmente tem aposentos e leciona no Newnham College.

Clare Bridge – localizada aos fundos do Clare College, é uma das pontes sobre o rio Cam.

Newnham – fundado em 1871, era, no período abrangido pela narrativa de *O quarto de Jacob*, uma das duas faculdades de Cambridge, exclusivamente feminino (outro era o Girton College, situado fora do campus principal da universidade). O acesso exclusivo dos homens à educação superior foi um privilégio que durou até meados da segunda metade do século XIX; no caso específico da Universidade de Cambridge, até 1869, quando Emily Davies estabeleceu o Girton College, destinado especialmente à educação das mulheres. Entretanto, não era permitido às faculdades femininas o direito de conceder graus acadêmicos às mulheres que concluíssem os seus cursos, direito que só lhes foi concedido em 1948 (goo.gl/Wn4Auj).

floreira toda espumosa – possivelmente, uma floreira cheia de flores brancas.

45 **filhos de clérigos** – segundo Vara Neverow, "filhos de clérigos" alude, possivelmente, a filhos mais novos de ricos proprietários, aos quais não restava outra opção senão conseguir um posto no exército ou na igreja, uma vez que, pela lei britânica da primogenitura, a propriedade era herança exclusiva do filho mais velho.

Keats – John Keats (1795-1821), poeta romântico inglês.

Sacro Império Romano – grupo de territórios da Europa Central que se desenvolveram no início da Idade Média, tendo os estados germânicos (reino da Alemanha, reino da Boêmia, etc.) como núcleo, mas de que fazia parte também o reino da Itália, dentre outros.

mechas cor-de-rosa – segundo Sue Roe, trata-se, possivelmente, do jornal *Globe*, que era impresso em papel cor-de-rosa. Jacob é visto lendo esse jornal no capítulo VIII.

47 **Juliano, o Apóstata** – Flavius Claudius Iulianus Augustus (331-363), imperador romano de 361 a 363, foi o último imperador pagão do império romano. O apelido foi-lhe dado pela igreja cristã por sua oposição ao cristianismo. É significativo que o primeiro nome de Thoby, o irmão de Virginia no qual, em parte, se inspira o personagem de Jacob, fosse Julian.

"De certo modo, isso parece ter importância." - a linha está centrada na página, em acordo com o original.

Capítulo IV

49 **ilhas Scilly** – arquipélago situado a sudoeste da Cornualha, Inglaterra.

50 **pino do fogareiro Primus** – o primeiro fogareiro portátil a querosene, inventado em 1892 por um mecânico sueco. O "pino" é, provavelmente, o pino da válvula de pressão.

uma vaga que passasse por cima delas – *a roller sweeping straight across*, no original. Pode-se também ler "*roller*", ambiguamente, como "rolo de impressão", o rolo que, na arte tipográfica tradicional é usado para aplicar tinta aos tipos de metal. Essa é, ao menos, a leitura feita por John Lurz, em *The Death of the Book: Modernist Novels and the Time of Reading*, p. 131.

52 **O gato marcha pelo tapete da lareira. Ninguém o observa.** – no original: *The cat marches across the hearth-rug. No one observes her.* Em geral, na língua inglesa, animais têm gênero neutro, mas há exceções à regra, como é o caso de "*cat*", a que se atribui o gênero feminino. Optei, na tradução, pelo masculino.

para quem observa aspectos externos lá embaixo – *to the observer of external sights down below*, no original. Possivelmente, "*observer*" refere-se aqui à própria narradora, que se equilibra, na narrativa, entre a onisciência do narrador tradicional da ficção e a ciência parcial. Optei por um rodeio em lugar do substantivo "*observer*" para manter a ambiguidade do original. Obviamente, os aspectos externos correspondentes às bandeiras são as meias frases dos dois personagens.

Domesday Book – "*domesday*" ou "*doomsday*" é o "dia do juízo final". "*Domesday Book*", entretanto, refere-se a uma lista das terras da Inglaterra, cuja compilação foi ordenada por Guilherme, o Conquistador (1028-1087), em 1086, para fins de cobrança de impostos.

53 **Lorde Chanceler** – *Lord Chancellor*, no original. Um dos cargos mais importantes na hierarquia governamental britânica, o Lorde Chanceler preside a Câmara dos Lordes e supervisiona o sistema judiciário.

Lorde Salisbury – Robert Arthur Talbot Gascoyne-Cecil, 3º marquês de Salisbury (1830-1903).

um dedo dourado emergindo, reto, de uma nuvem – dado o contexto, em que Deus é explicitamente mencionado, "um dedo dourado" parece aludir à expressão "dedo de Deus", que aparece com frequência em livros da Bíblia, significando não apenas o poder divino, mas também o instrumento de sua escrita, como na tábua dos dez mandamentos.

"Permanece comigo..." – "*Abide with me...*", no original. Hino cristão de autoria do escocês Henry Francis Lyte (1795-1847). No Reino Unido da Grã-Bretanha, é cantado na cerimônia do Dia da Lembrança (*Remembrance Day*), celebrado no dia 11 de novembro, em memória dos mortos em batalha. Esse dia marca o fim da a Primeira Grande Guerra, em 1918.

"Grande Deus, o que vejo e ouço?" – "*Great God, what do I see and hear?*", no original. Hino religioso de origem alemã, de autoria desconhecida, enriquecido e modificado por várias pessoas ao longo dos anos. Refere-se ao Dia do Juízo Final.

"Rocha Eterna, por minha causa fendida..." – *"Rock of Ages, cleft for me..."*, no original. Hino cristão de autoria de Augustus Toplady (1740-1778), clérigo anglicano de nacionalidade inglesa.

54 **um retalho de uma membrana rugosa de bate-folha** – *a patch of rough gold-beater's skin*, no original; segundo o *Dicionário Inglês-Português Antônio Houaiss*, "*gold-beater skin*" é uma "membrana de bate-folha, película (feita de tripa de boi) usada para separar as folhas de ouro". E "bate-folha", segundo o *Dicionário Houaiss da Língua Portuguesa*, é um "artífice especializado em bater ouro, prata e outros metais dúcteis e maleáveis, até reduzi-los à espessura de folhas, com pancadas de malho", ou, simplesmente, "latoeiro".

Cardiff – capital do País de Gales.

55 **Cabo de Gurnard** – cabo situado na costa norte da Península Penwith, na Cornualha, Inglaterra.

56 **casamento de lady Cynthia na Abadia** – lady Cynthia Mary Evelyn Charteris (1887-1960), cuja cerimônia de casamento com Herbert Asquith, o filho mais novo do então primeiro-ministro, H. H. Asquith, foi realizada na Abadia de Westminster, em 28 de julho de 1910. Sue Roe observa que essa referência também indica que Jacob, tendo ingressado em Cambridge em outubro de 1906 (final do capítulo II), teria completado, nessa data, quatro anos de estudo.

Highland – simplificação de "Highlands", Terras Altas, a zona montanhosa do norte da Escócia.

60 **Ela me deve um soberano** – *She owes me a sovereign*, no original. Um soberano era uma moeda de ouro equivalente a uma libra.

63 **Jacob segurava a escada** – segundo Roe, seria uma alusão a *Gênesis*, 8:12 (embora seja Clara quem suba a escada): "E [Jacó] sonhou: Eis posta na terra uma escada cujo topo atingia o céu; e os anjos de Deus subiam e desciam por ela".

65 **poltrona de junco** – *beehive chair*, no original. Assim chamada (*beehive*, colmeia) por serem feitas de junco, o mesmo material utilizado tradicionalmente na confecção de colmeias, e pelo fato de o encosto, curvado, e o assento, côncavo (o que explica a dificuldade do sr. Clutterbuck, de sair dela), lembrarem o formato de uma colmeia.

Capítulo V

66 **Lamb's Conduit Street** – rua do bairro de Bloomsbury, Londres. Pelo contexto, entende-se que Jacob mora aqui ou nos arredores.

Southampton Row – rua que passa pelo bairro de Bloomsbury, no sentido noroeste-sudeste.

uma tartaruga a um alfaiate – supõe-se que o vendedor de tartarugas mudava o argumento de acordo com a ocupação do possível comprador.

67 **as contas vermelhas e azuis tinham se encavalado na enfiada** – "contas vermelhas e azuis" refere-se aos ônibus explicitamente mencionados na frase seguinte, distinguindo-se pelas cores de acordo com a empresa a que pertencem.

O sr. Spalding que ia para a Cidade – *Mr. Spalding going to the city*, no original. A palavra "Cidade", aqui, refere-se a uma das duas zonas (a outra é Westminster) em que se divide, administrativamente, Londres. Embora as duas recebam, igualmente, o qualificativo "City", a abreviação "City", tal como aqui, refere-se ao centro financeiro de Londres, isto é, à City of London. Para evitar ambiguidades, sempre que, no texto, a palavra "*city*" estiver referida à zona administrativa "City of London", usarei, na tradução, a palavra "Cidade", com inicial maiúscula.

Shepherd's Bush – distrito do oeste de Londres.

passageiros do andar de cima – *outside passengers*, no original. A palavra "*outside*" significa aqui o andar superior dos ônibus londrinos que, nesta época, ainda eram descobertos.

Holborn – área do centro de Londres.

Catedral de St. Paul – famosa e antiga catedral de Londres, localizada no topo da Ludgate Hill [colina], o ponto mais alto de Londres.

fantasmas de mármore branco – as efígies dos mortos talhadas nas lajes que cobrem suas tumbas.

por volta dos ombros de mármore, entram e saem dos dedos entrelaçados – referência às efígies em mármore sobre as tumbas.

68 **Prudential Society** – mais precisamente, Prudential Assurance Company, uma companhia de seguros, sediada, na época, num edifício conhecido como Holborn Bars, localizado no distrito de Holborn, em Camden, Londres.

tumba do grande duque – isto, é, do duque de Wellington.

cortina de couro de seu coração – segundo Vara Neverow, alusão às cortinas de couro da entrada de igrejas do século XIX.

tumba de Nelson – isto é, de Horatio Nelson (1758-1805), oficial da marinha britânica. Sua estátua, localizada no lado sul da Trafalgar Square, comemora a Batalha de Trafalgar (1805), entre a Inglaterra, de um lado, e a França e a Espanha, de outro, como parte das guerras napoleônicas, na qual ele foi mortalmente ferido.

***O império bizantino*, de Finlay** – isto é, *A história do império bizantino, 716-1057*, do historiador britânico George Finlay (1799-1875).

Ludgate Hill – colina na Cidade de Londres na qual foi erigida a Catedral de St. Paul. Afirma-se que em tempos antigos era o local em que se situava um templo romano dedicado à deusa Diana.

fazem aranhas correr sobre a calçada – Vara Neverow sugere que se refere a vendedores de rua oferecendo brinquedos mecânicos aos passantes. Mas trata-se, claro, de mera especulação, como tantas outras que somos obrigados a fazer ao longo dum livro semeado de enigmas e mistérios como este.

Um povo sem teto – como diz Pamela L. Caughie, em "The Modernist Novel in Its Contemporaneity", são pessoas sem teto não por não terem casa, mas porque "a cena urbana é o único lugar em que confrontamos esses sujeitos modernos, as 'multidões'. Elas não podem ser identificadas por suas casas [...] porque as conhecemos apenas em seu cenário urbano".

dossel feito de limalha de aço e excremento de cavalo reduzido a pó – resultado da poluição causada pelos meios de transporte ("a via férrea pendurada lá no alto", um pouco antes, no mesmo parágrafo; e os veículos movidos a tração animal, ainda predominantes na Londres dessa época)? Junte-se a isso, segundo Vara Neverow, a poluição causada pelas inúmeras fábricas de Londres e arredores, e também a fumaça do carvão consumido por fogões e lareiras, e tem-se o famoso *fog* londrino.

69 **largos do de cima** – *circuses of the upper*, no original. "Circuses" refere-se aos nomes de largos qualificados, em inglês, como "circus", tais como o Oxford Circus e o Piccadilly Circus.

Marble Arch – Shepherd's Bush– estações da linha central do metrô londrino. Marble Arch é uma arcada triunfal situada no cruzamento de Oxford Street, Park Lane e Edgware Road, no canto nordeste do Hyde Park. Shepherd's Bush é um distrito localizado no oeste de Londres.

Acton, Holloway, Kensal Rise, Caledonian Road – áreas distantes do centro de Londres, atendidas por diferentes linhas do metrô londrino.

Union of London and Smith's Bank – um banco importante da época.

zona do Bank – estação da linha central do metrô londrino, assim nomeada por ser a zona onde está situado o Bank of England.

Poucos... são admitidos a esse nível. – isto é, ao nível dos que frequentam a Opera House e que "não dobram em direção ao leste", área londrina historicamente ligada à pobreza. Um tanto estranhamente, o demonstrativo "esse" (*that*, no original) parece se referir não ao que vem antes, mas ao que vem depois.

Opera House – mais precisamente, Royal Opera House, localizada em Covent Garden, no centro de Londres.

nenhuma dobra em direção ao leste – os bairros mais ricos, de onde provêm os frequentadores da Opera House, estão localizados na extremidade oeste de Londres.

70 **Tomás de Kempis** – (1380-1471), cônego alemão conhecido pelo livro *A imitação de Cristo*, coleção de meditações religiosas.

Tristão repuxava seu manto [...]; Isolda fazia ondular sua echarpe – alusão à ópera *Tristão e Isolda*, de Richard Wagner (1813-1883), que termina com a morte dos dois. Segundo Emma Sutton, em *Virginia Woolf and Classical Music: Politics, Aesthetics, Form* (p. 81), a referência ao manto e à echarpe "indica que a narradora está evocando o terceiro ato da ópera, quando o moribundo Tristão se revira agitadamente no sofá, esperando Isolda, que abana para Tristão, enquanto o navio em que ela está se aproxima".

Quando uma mão régia – referência à rainha Mary (1867-1953), esposa do rei George V (1865-1936), que reinou o Reino Unido de 1910 a 1936. Virginia Woolf considerava-se, esteticamente, uma georgiana, em oposição aos escritores edwardianos e vitorianos.

Walpole – Horace Walpole (1717-1797), escritor e político inglês, conhecido por suas tiradas espirituosas.

quando Victoria desceu vestindo camisola – quando o rei William IV, tio da princesa Victoria morreu, em 20 de junho de 1836, segundo um relato de Frances Williams Wynn, no livro *Diaries of a Lady of Quality from 1797 to 1844* (p. 297), "o arcebispo de Canterbury e lorde Conyngham [principal encarregado dos assuntos da corte] se puseram a caminho para anunciar o evento à sua jovem soberana [Victoria, então com 18 anos]. Chegaram ao palácio de Kensington perto das cinco horas da manhã [...]. [...] em poucos minutos, ela veio até a sala, de camisola e xale, sem a touca de dormir e os cabelos desfeitos, calçando chinelos, lágrimas nos olhos, mas perfeitamente recomposta e digna". Esta nota segue uma pista dada por Vara Neverow.

provou em efígie a doçura da morte – ou seja, indiretamente, pela morte de Isolda no palco.

Brangien – dama de companhia e confidente de Isolda.

71 **quem está observando se sufoca** – *the observer is choked*, no original. Como "*observer*" pode se referir tanto a um observador genérico

quanto à própria narradora, me utilizei de um rodeio para manter a ambiguidade de gênero do original.

Sófocles – (496-406 a.C.), dramaturgo grego.

enquanto o pastor flauteia sua melodia – segundo Suzanne Raitt, refere-se a um episódio do ato 3 de *Tristão e Isolda.*

Lucrécio – Titus Lucretius Carus (99-55 a.C.), poeta e filósofo romano conhecido pelo poema *De rerum natura* [*Sobre a natureza das coisas*].

72 **Professor Bulteel, de Leeds** – professor fictício da Universidade de Leeds, cidade do norte da Inglaterra.

uma edição de Wycherley – isto é, das peças de William Wycherley (1640-1716), dramaturgo inglês.

sem dizer que [...] estripado – *without stating that he had [...] disembowelled*, no original. O verbo "*to disembowel*" (literalmente, "estripar"), que significa aqui "desfigurar", "censurar", alude ao verbo "*to bowdlerize*", derivado do nome de Thomas Bowdler (1754-1825), que, numa edição das obras de Shakespeare, publicada sob o título *The Family Shakespeare*, expurgara várias passagens que ele não considerava apropriadas para mulheres e crianças. Segundo o dicionário Oxford, "*to bowdlerize*" significa "expurgar (um livro ou texto), omitindo ou modificando palavras ou passagens consideradas indelicadas ou ofensivas".

Aristófanes – (446-386 a.C.), comediógrafo grego.

da *Fortnightly*, da *Contemporary*, da *Nineteenth Century* – periódicos ingleses, de diferentes orientações, fundados na segunda metade do século XIX.

73 **Letts... diários de um xelim** – refere-se aos diários ou agendas, com uma página para cada dia do ano, popularizados por Thomas Letts (1803-1873), encadernador e dono de papelaria.

"The Foaming Pot" – literalmente, "A Caneca Espumante"; a "piada indecente" tem a ver com um dos outros sentidos de "*pot*", "penico".

74 **Tennyson** – Alfred Tennyson (1809-1892), poeta inglês.

75 **Parliament Hill** – colina situada na parte sudeste da ampla área verde de Hampstead Heath, no noroeste de Londres.

Capítulo VI

76 **duas ou três agulhas... em forma de apagador de incêndio** – os apagadores de incêndio da época, tal como as agulhas da Catedral de St. Paul, tinham forma cônica.

77 **Guy Fawkes** – Guy Fawkes (1570-1606) fazia parte de um grupo que planejava assassinar o rei James I para reinstaurar um monarca católico no trono da Inglaterra. Encontrado, em 5 de novembro, na guarda dos explosivos que seriam usados no atentado, foi preso e condenado à morte. Desde então, o fracasso do golpe que ficou conhecido como a "Conspiração da Pólvora" é comemorado por um desfile, no dia 5 de novembro, com os participantes vestindo-se à esfarrapada maneira de Fawkes e portando máscaras imitando-lhe o rosto, com as quais se faz depois uma fogueira.

"Auld Lang Syne" – poema de Robert Burns (1759-1796), poeta escocês, cantado à melodia de uma antiga canção escocesa. O título significa algo como "Pelos velhos tempos". É, tradicionalmente, em muitos países, uma canção de despedida do ano velho e de celebração do ano que começa.

globos violáceos – *purplish globes*, no original. Seriam as uvas de vidro mencionadas mais adiante ("as pessoas penduravam uvas de vidro em seus ombros")? Sue Roe sugere que esses "globos violáceos" aludiriam a uma passagem de *Mulheres apaixonadas* de D. H. Lawrence ("A mão dela fechou-se sobre uma linda bola azul de lápis-lazúli que estava em cima da escrivaninha servindo de peso de papel."), sobre a qual Virginia diz, em carta a Molly MacCarthy, de 20 de junho de 1921: "Estou lendo *Mulheres apaixonadas*, de D. H. Lawrence, induzida pelo retrato de Ottoline [Morrell, benfeitora de artistas e escritores, em que a personagem Hermione se baseia]. [...] Ela acaba de quebrar a cabeça de Lawrence com uma bola de lápis-lazúli [...]".

78 **Haverstock Hill** – rua que vai de Hampstead Heath (onde se situa a Parliament Hill, local da fogueira de Guy Fawkes) a Bloomsbury, onde mora Jacob.

Ésquilo – (525-456 a.C.), dramaturgo da Grécia Antiga.

as cafeteiras eram de metal polido – *the urns were burnished*, no original. Trata-se, possivelmente, das cafeteiras antigas, munidas de uma ou mais torneiras. Mas a palavra "*urns*" (sugerindo "urnas funerárias"), seguida de "pequenas lamparinas" ("*little lamps*", no original), num contexto em que fala da Grécia antiga, parece indicar mais uma das tantas alusões aos mortos ao longo de todo o livro.

79 **Acrópole** – acrópole era, na Grécia Antiga, a parte mais alta da cidade. No caso da acrópole de Atenas, trata-se de uma colina rochosa a 150 metros acima do nível do mar, em que se localizam ruínas de construções da antiguidade como o Partenon (templo dedicado à deusa Atena) e o Erecteion (também dedicado a Atena e a Posídon), edificados no século V a.C.

em consonância com o coração dele – *after his heart*, no original. A expressão "*after one's [own] heart*" significa "de acordo com a vontade, a preferência, o desejo da pessoa em questão" e é reconhecida, sobretudo, por ser utilizada em certas passagens da tradução King James da Bíblia para o inglês. Como algumas traduções da Bíblia para o português, a Almeida, por exemplo, também a utilizam, praticamente com as mesmas palavras, decidi traduzi-la ao pé da letra (ver, por exemplo, *Samuel*, 13:14 e *Atos*, 13:22).

O inferno – primeira parte de *A divina comédia*, de Dante Alighieri (1265-1321).

80 **Chelsea** – área afluente do sudoeste de Londres.

casa de chá A. B. C. – *A. B. C. shop*, no original, abreviatura de Aerated Bread Company, empresa que possuía uma rede de casas de chá em vários locais de Londres.

Shelley – Percy Bysshe Shelley (1792-1822), poeta romântico inglês.

Adonais – poema de Shelley, escrito por ocasião da morte de John Keats, à qual o subtítulo, "Uma elegia por ocasião da morte de John Keats", alude explicitamente. O primeiro verso anuncia o tom do poema: "Choro por Adonais – ele está morto!".

81 **bispo Berkeley** – George Berkely (1685-1753), filósofo irlandês.

uma serpente provoca ao se insinuar sob a relva – segundo Sue Roe, trata-se de uma alusão a um trecho de um verso das *Éclogas*, de Virgílio: "*latet anguis in herba*" ("a serpente espreita sob a relva").

Tivesse Florinda tido uma mente – a suposta carência mental de pessoas como Florinda deve-se, se seguirmos as pistas das ideias da própria Virginia a respeito, à estrutura patriarcal da sociedade. O significado dessa passagem não é o de que Florinda seja, por natureza, mentalmente incapaz, mas de que se ela *tivesse tido* (o tempo verbal é, aqui, crucial) a oportunidade de desenvolvê-la, ela enxergaria coisas que pessoas da classe média instruída não conseguem. Ver, a respeito, Christine Froula, *Virginia Woolf and the Bloomsbury Avant-Garde: War, Civilization, Modernity*, p. 78-9.

82 **Bechstein** – seria um dos "judeus sujos" que Florinda compara desfavoravelmente com Jacob numa passagem anterior?

83 **Soho** – área do centro de Londres, a sudoeste de Bloomsbury, famosa por sua agitada vida noturna.

84 **A despeito de defender a indecência** – isto é, em seu ensaio sobre a Ética da indecência, criticando o corte de passagens consideradas indecentes numa edição das peças de Wycherley.

Capítulo VII

86 **cartõezinhos com os nomes gravados** – cartões de visita, deixados pelo visitante quando a pessoa que quer encontrar não está disponível.

as horas flamengas – *flamingo hours*, no original. A imagem é quadruplamente carregada: alude ao rosa-claro da ave (flamengo ou flamingo), para significar o crepúsculo; às asas do pássaro para, possivelmente, significar o movimento das nuvens iluminadas pelo crepúsculo; ao sobrenome do personagem central, Jacob Flanders; e, finalmente, à batalha decisiva da Primeira Guerra Mundial, travada em Flanders, cujos habitantes são designados como flamengos e onde Jacob morreu. A frase seguinte ("Mas regularmente elas mergulhavam suas asas num negro de piche; em Notting Hill, por exemplo, ou nas cercanias de Clerkenwell."), alude a bairros de Londres em que havia populações pobres. Se as "horas flamengas" aludem às horas inteiramente livres das pessoas abastadas, o "negro de piche" liga-se aos dias, com exceção do domingo, inteiramente ocupados com trabalho duro da população mais pobre. O contraste entre a vida de lazer das classes altas e a vida de trabalho das classes trabalhadoras alude também, muito possivelmente, à luta dos reformadores sociais ingleses do início do século XX pelo aumento de horas livres da classe operária, política sobre a qual Virginia Woolf tinha suas reservas. O advérbio "regularmente" faz referência aos dias de trabalho pesado e às jornadas prolongadas das classes operárias. As descrições de atividades filantrópicas que se seguem a essa passagem (em referência a Clara Durrant) estão ligadas à visão crítica de Virginia relativamente a um certo reformismo filantrópico da época e às atividades filantrópicas de sua mãe.

batalha de Waterloo – batalha final das guerras napoleônicas, travada em 18 de junho de 1815, em que as forças de Napoleão foram derrotadas, na Bélgica, pela coalizão formada pelos exércitos britânico e prussiano.

a língua italiana continuasse uma arte misteriosa e o piano tocasse sempre a mesma sonata – ou seja, as mulheres das classes privilegiadas não tinham tempo para a aprendizagem de línguas ou para aperfeiçoar suas habilidades musicais em razão das muitas horas dedicadas à filantropia.

87 **"Este é o resultado de se entregar à diversão"** – ou seja, de dançar o tempo todo com o mesmo par, em vez de variar, como manda a convenção social.

nariz de Wellington – o duque de Wellington era conhecido pelo nariz grande e adunco.

88 **A senhorita não se lembra de Elizabeth como eu** – Elizabeth é a sra. Durrant, cujo primeiro nome não havia sido revelado até aqui. Mas sabíamos, desde o capítulo IV, que ela é originária da Escócia: "Ela vinha de uma linhagem de Highland [...]".

Banchory – cidade balneária à margem do rio Dee, no nordeste da Escócia.

89 **No vigésimo dos hussardos** – regimento de cavalaria do exército britânico, foi enviado à França em agosto de 1914 e participou de algumas das batalhas da Primeira Grande Guerra.

nenhuma razão para duvidar de que Charles James Fox – a frase incompleta alude ao fato de que Charles James Fox (1749-1806), político britânico, se casara secretamente com Elizabeth Armistead, com quem estivera vivendo por muitos anos (o casamento foi revelado apenas em 1802). A "irmã dele" a que alude a srta. Stretton é a irmã do Sr. Burley, e não, obviamente, de Charles James Fox.

90 **"Quem é Silvia?..."** – os versos são de *Os dois cavalheiros de Verona*, de Shakespeare. A melodia, entretanto, é de um *lied* composto por Franz Schubert em 1826. Os versos originais, em alemão, consistiam em uma tradução dos de Shakespeare feita por pelo dramaturgo Eduard von Bauernfeld.

Capítulo VIII

92 **livros encadernados em couro verde** – Vara Neverow afirma que esse tipo de livro, tal como os outros itens aqui listados, sugere que Jacob trabalha num escritório de advocacia.

Hotspurs – Tottenham Hotspurs, time de futebol.

Arlequins – time de rugby.

Star – jornal de cunho popular.

Gray's Inn – uma das quatro associações profissionais de advogados da Inglaterra e do País de Gales, conhecidas, em inglês, como Inns of Court, nome que se aplica também aos conjuntos de edifícios, com escritórios, bibliotecas, etc., destinados ao uso dos associados e, por extensão, à área onde estão localizados, ao sul da High Holborn Street, na margem norte do Tâmisa. Segundo o guia Baedeker's de 1923 (p. 85), os Inns of Court "são associações para o estudo e a prática da lei". E são em número de quatro: "o Inner Temple e o Middle Temple, no lado sul da Fleet St; o Lincoln's Inn, na Chancery Lane; e o Gray's Inn, em Holborn". Ainda segundo o guia, "esses *Inns* detêm, por costume, o privilégio exclusivo de conceder permissão para a prática advocatícia na Inglaterra e no País de Gales [...]. Os *Inns* são áreas fechadas com pátios pitorescos rodeados por blocos de edifícios, alugados a advogados como escritórios. Cada um deles tem restaurante, capela, biblioteca e salas de uso comum".

pinturas na Bond Street – isto é, numa das galerias de arte da Bond Street, no oeste de Londres (Mayfair).

Nelson em sua coluna – ver nota sobre "tumba de Nelson", no capítulo V.

segunda entrega postal do dia – o serviço de correio inglês fazia, nessa época, duas entregas por dia.

Jacob Alan Flanders, Esq. – "*Esq.*", abreviatura de "*Esquire*", título aplicado a várias posições da hierarquia aristocrática britânica e também, como neste caso, a advogados. O título reforça a informação, já sugerida um pouco antes, quando a narrativa faz referência a Gray's Inn (ver nota correspondente), de que Jacob exerce a advocacia ou algum trabalho de escritório.

93 **grande liquidação de saldos da Parrot** – segundo Vara Neverow esse tipo de liquidação do comércio acontecia no mês de janeiro, mas Parrot é uma loja fictícia.

95 **tentativa de conversa** – "*speech attempted*", no original. Ao considerar as cartas, os telefonemas, etc., como meios imperfeitos ou incompletos de comunicação relativamente à fala, à conversação propriamente dita, a narradora parece assumir aqui uma posição que se poderia qualificar, pós-estruturalmente falando, de fonocêntrica – a primordialidade do oral frente ao escrito.

Cowper – William Cowper (1731-1800), poeta inglês.

96 **Greek Street** – rua localizada no Soho, Londres.

97 **Tendo em conta dez anos a mais de idade e a diferença de sexo** – a narradora se revela: é mulher e mais velha que o personagem central.

Shaftesbury Avenue – importante avenida do lado oeste de Londres, passa pela região onde estão localizados importantes teatros londrinos, estendendo-se, na direção sudeste-noroeste, do Piccadilly Circus até a Oxford Street.

o tempo todo tendo por centro, por ímã, um moço a sós em seu quarto – a concentração nesse "moço sozinho em seu quarto", atribuída pela narradora à sra. Wagg, parece coincidir com a fórmula com que a escritora Virginia Woolf concebeu *O quarto de Jacob:* "Suponhamos que o Quarto mantenha tudo unido", frase anotada por ela na primeira página do manuscrito do livro (Edward L. Bishop, *Virginia Woolf's* Jacob's Room. *The Holograph Draft*, p. 1). (Sigo aqui a pista fornecida por Sue Roe.)

98 **Queen's Square** – praça localizada em Bloomsbury.

Príncipe de Gales – título dado ao suposto herdeiro do trono britânico. Nesse caso trata-se do Príncipe Edwards, que recebeu o título em 1910 e ascendeu ao trono em 1936 como Edward VIII.

Essex – condado situado no sudeste da Inglaterra.

mansão Albany – construção com apartamentos destinados a homens solteiros.

Rose renascia toda noite... oito horas. – numa passagem toda misteriosa e tão difícil de ser interpretada quanto as "canções sem palavras" da narradora, esta frase é especialmente enigmática. Mas dado o contexto e uma versão anterior da frase que aparece riscada na reprodução holográfica do livro (Edward L. Bishop, *Virginia Woolf's Jacob's Room. The Holograph Draft*, p. 131), é possível deduzir que Rose saía para reuniões festivas, isto é, enquanto seu parceiro, Bowley, permanecia em seus aposentos de solteiro na mansão Albany, Rose se reunia com amigos para se divertir: "*Rose Shaw had no existence until eight in the evening when she heaped up in profane clusters all over London....*" [Rose Shaw não tinha vida nenhuma até às oito da noite quando se reunia, em grupos profanos, por toda Londres...].

99 **Jimmy alimenta corvos em Flanders e Helen visita hospitais** – a narradora que, como em algumas passagens do capítulo IV, não enxerga tudo, aqui antevê o futuro dos namorados: ele, morto no campo de batalha da Primeira Guerra Mundial; ela, executando uma das tarefas destinadas às mulheres durante a guerra. Na cronologia da narrativa, a guerra é declarada apenas no final do capítulo XIII ("Os fios do almirantado tremiam com alguma comunicação distante.").

100 **jornais rosados e esverdeados** – alguns jornais da época eram impressos em papel colorido.

O primeiro-ministro propunha uma lei que concedia um governo autônomo à Irlanda. – o primeiro-ministro era Herbert Henry Asquith (1852-1858). As reivindicações dos irlandeses por um governo autônomo para a Irlanda datam da segunda metade do século XIX. Após tentativas fracassadas de passar uma lei concedendo autonomia governamental à Irlanda (em 1886 e em 1893), uma nova proposta, a apresentada por Asquith, foi finalmente aprovada, mas, por várias razões, não foi colocada em prática.

101 **moinho prisional** – *treadmill*, no original; na definição do dicionário *Oxford*: "um cilindro horizontal colocado em movimento pelo peso de pessoas pisando em tábuas arranjadas, na forma de degraus equidistantes, em torno de sua periferia. Antigamente utilizado como instrumento de disciplina prisional". Como este, por exemplo: tinyurl.com/y9vo6r9n.

Capítulo IX

102 **Grosvenor Square** – ampla praça situada no distrito de Mayfair, Londres.

Walworth – distrito do sudeste de Londres, uma área mais pobre.

Putney – distrito do sudeste de Londres, uma área de classe média.

103 **Joseph Chamberlain** – (1836-1914), estadista britânico.

Pouco antes de um cavalo saltar – Vara Neverow sugere que Virginia teria visto a sequência de fotos tiradas pelo fotógrafo inglês Eadweard Muybridge (1830-1904), mostrando as sucessivas posições de um cavalo em movimento (tinyurl.com/zbs9tc2)

104 **Endell Street** – rua da região oeste de Londres.

New Square – rua adjacente ao quarteirão do Lincoln's Inn.

Lincoln's Inn – ver nota sobre Gray's Inn (capítulo VIII). A passagem informa que Bonamy morava num dos edifícios de Lincoln's Inn, onde estudantes de direito podiam alugar aposentos enquanto estudavam.

touros de Basã – alusão bíblica a Salmos 22:12: "Muitos touros me cercam, fortes touros de Basã me rodeiam."

105 ***Spectator*** – ainda existente, o jornal foi fundado em 1711.

Yorkshire – condado do norte da Inglaterra.

106 ***Saturday Westminster*** – o semanário londrino *Saturday Westminster Gazette*. Segundo Vara Neverow o semanário tinha uma página chamada "Problemas e Prêmios", em que os leitores eram convidados a participar de competições de redação de trechos de prosa, poemas e epigramas. Os prêmios obtidos pelo sr. Benson e pela srta. Rosseter referem-se a esse tipo de competição.

a srta. Perry ia em direção à sineta – chamando o criado para acompanhar Jacob até a porta.

Britânia – a guerreira com escudo e lança que personifica a Bretanha.

107 **"y" final do nome de lorde Macaulay** – a cena que se segue passa-se, toda, no Salão de Leitura do Museu Britânico. E Virginia serve-se, para descrevê-la, de uma série de metáforas que exigem alguma ajuda visual para serem compreendidas, como estas fotos da Wikipédia (tinyurl.com/ya2qmjt7), por exemplo. O "'y' final do nome de lorde Macaulay" refere-se a um dos dezenove homens ilustres cujos nomes estão inscritos ao longo da base da grande cúpula que cobre o |Salão de Leitura. Lorde Macaulay (1800-1859) foi um historiador, poeta e político britânico. Segundo Benjamin Harvey, em "The Twentieth Part: Virginia Woolf in the British Museum Reading Room", Virginia começou a pesquisar no Salão de Leitura do Museu Britânico em novembro de 1905.

raios de uma roda de carroça – refere-se às longas mesas de leitura dispostas em fileiras que se parecem com os raios de uma roda de carroça, que se estendem desde um balcão central em forma de círculos concêntricos, onde ficavam os funcionários encarregados de atender os pedidos de material de consulta feito pelos frequentadores. Sobre a experiência da própria Virginia como usuária do Salão de Leitura do Museu Britânico, v. Benjamin Harvey, "The Twentieth Part: Virginia Woolf in the British Museum Reading Room".

108 **tomar um banco do Hyde Park** – ou seja, subir a um banco para pregar suas ideias às pessoas que estivessem dispostas a escutá-la. O Hyde Park é um dos maiores parques da zona central de Londres. Nesse caso, refere-se, especificamente, à Speaker's Corner ("esquina dos oradores"), área exterior ao Parque, situada no lado noroeste, onde, desde 1872, pessoas anônimas discursam, sobre os mais variados temas, para os passantes.

Asquith – Herbert Henry Asquith (1852-1858), político britânico que ocupou o cargo de primeiro-ministro de 1908 a 1916.

rainha Alexandra – (1844-1925) era esposa do rei Edward VII (1841-1910).

que detestava pelúcia, mais de uma vez assediado com panfletos – parecem referências desairosas, por parte do sr. Fraser, à srta. Marchmont, com "seu velho vestido de pelúcia" e seus prováveis panfletos distribuídos, talvez, na esquina dos oradores no Hyde Park e, possivelmente, oferecidos ao sr. Fraser, no Salão de Leitura do Museu Britânico. Ironicamente, ficamos sabendo, um pouco mais adiante, que o sr. Fraser distribuía os seus próprios panfletos. Uma guerra de sectarismos é o que, talvez, Virginia esteja sugerindo, em sua aversão por toda espécie de fanatismo – ver, por exemplo, a descrição altamente negativa que ela faz, em *Mrs. Dalloway* (Autêntica Editora, 2013), da srta. Kilman, a tutora de Elizabeth, filha da dama do título.

Marlowe – Christopher Marlowe (1564-1593), dramaturgo inglês, contemporâneo de Shakespeare.

Eliot – George Eliot (1819-1880), pseudônimo de Mary Ann Evans, romancista, poeta e ensaísta inglesa.

Brontë – Virginia parece estar se referindo, em conjunto, às três irmãs Brontë: Charlotte (1816-1855), Emily (1818-1848) e Anne (1820-1849), romancistas inglesas que, tal como George Eliot, escreveram sob pseudônimos (Currer, Ellis e Acton Bell, respectivamente).

109 **Masefield** – John Masefield (1878-1967), poeta e romancista inglês.

Bennett – Arnold Bennett (1867-1931), romancista inglês.

vitorianos, que estripam – refere-se a editores e escritores da era vitoriana que censuravam livros que consideravam indecentes. Ver nota "sem dizer que [...] estripado" (capítulo V).

seis rapazes – segundo Sue Roe, poderia ser uma alusão a Thoby Stephen, irmão de Virginia, e seu círculo de amigos: Clive Bell, Lytton Strachey, Saxon Sydney-Turner, Desmond MacCarthy e Maynard Keynes.

A hora de estudo... Auxiliares... Crianças – refere-se, em sentido figurado, aos pesquisadores que, no Salão de Leitura, são tão vigiados quanto estudantes na sala de aula. Na verdade, para ter direito a frequentar o Salão de Leitura do Museu Britânico era preciso ter ao menos 21 anos, entre outros requisitos (v. Benjamin Harvey, "The Twentieth Part: Virginia Woolf in the British Museum Reading Room").

letras do alfabeto – as dos nomes inscritos ao redor da cúpula.

110 **mármores de Elgin** – coleção de esculturas gregas clássicas em mármore que faziam parte do Partenon e de outras edificações da Acrópole de Atenas e que foram compradas, entre 1801 e 1812, por Thomas Bruce, conde de Elgin, e levadas para a Inglaterra. Diante de críticas no Parlamento, as esculturas foram adquiridas pelo governo britânico em 1816 e transferidas para o Museu Britânico.

Mas o fato instiga, o dia todo... – no original lê-se: "*But the fact leads you on all day through Macaulay, Hobbes, Gibbon; through octavos, quartos, folios; sinks deeper and deeper through ivory pages and morocco bindings into this density of thought, this conglomeration of knowledge*". A peculiar sintaxe e a pontuação tornam a passagem um tanto obscura. Na minha interpretação, as cláusulas verbais "*leads you on*" ("instiga... a se entrar") e "*sinks*" ("faz com que se mergulhe") têm como complemento "*into this density...*" ("nessa densidade"). Em outras palavras, ignorando, temporariamente, o que fica no meio delas, a passagem pode ser lida assim: "*But the fact leads you on... sinks deeper... into this density...*" ("Mas o fato instiga a se entrar... faz com que se mergulhe... nessa densidade..."). Além disso, pode-se entender que o fato referido é o de que o guarda-chuva será afinal, encontrado. E que, tal como o guarda-chuva foi encontrado, Jacob e pessoas como ele acreditam, talvez ilusoriamente, que, graças às obras armazenadas do Museu Britânico, elas podem chegar à posse do pensamento e do conhecimento por elas transmitidos. Essa interpretação parece ser confirmada pelo primeiro parágrafo longo que vem logo após este.

oitavos, quartos, fólios – termos técnicos da tipografia tradicional. Referem-se aos cadernos que resultam da dobragem da folha básica usada no processo de impressão de um livro. Dependendo de quantas vezes essa folha é dobrada (uma, duas ou três vezes), obtém-se, respectivamente, um caderno com duas, quatro ou oito folhas, que recebem os nomes respectivos de fólio, quarto e oitavo. A dimensão do livro resultante da montagem desses cadernos é tanto maior quanto menor for o número de dobras.

Bentley – Richard Bentley (1662-1742), inglês especializado em estudos clássicos, foi professor do Trinity College da Universidade de Cambridge.

Great Russell Street – rua da área de Bloomsbury; passa em frente à entrada do Museu Britânico.

111 **Kentish Town** – área de Londres onde está localizado o Museu Britânico, ao norte de Bloomsbury.

enterrados em Highgate – isto é, no cemitério de Highgate, área londrina situada ao norte de Kentish Town.

embrulhando bem o corpo para seu longo sono – seria uma alusão às muitas voltas de faixas de linho que envolviam as múmias egípcias?

moedinha sobre os olhos – refere-se ao costume, antigo e utilizado por muitos povos, de pôr moedas sobre os olhos (ou, alternativamente, na boca, sob a língua) das pessoas mortas, em preparação para o enterro. Segundo uma das interpretações, que chama a moeda de "óbulo de Caronte", a moeda seria o pagamento do barqueiro (Caronte) que transporta as almas na travessia do rio que separa o mundo dos vivos do mundo dos mortos (v. detalhes na Wikipédia: tinyurl.com/ouvzl32).

voltando escrupulosamente as pontas dos pés para o leste – segundo a Wikipédia, no sepultamento cristão, o morto é enterrado de costas, na direção leste-oeste, com os pés voltados para o lado leste da sepultura.

Great Ormond Street – corta a Lamb's Conduit Street, onde Jacob mora (nota de Vara Neverow).

Ulisses – segundo Vara Neverow, possivelmente um fragmento de escultura representando Ulisses, um dos heróis da *Ilíada* e da *Odisseia*.

Platão... ***Fedro*** – Platão (428-348 a.C.) é, obviamente, o conhecido filósofo grego. *Fedro* é um de seus livros em forma de diálogo.

113 **detendo os óculos** – *staying her glasses*, no original. Seria uma metonímia? "Óculos" por "cabeça" ou "olhos"?

pavimento de madeira – algumas ruas de Londres eram, na época, pavimentadas com madeira. Virginia Woolf, num dos textos que compõe seu livro de memórias, *Moments of Being* [*Momentos de ser*], recorda uma dessas ruas.

Hammersmith – distrito do oeste de Londres.

O longo colar de Piccadilly – seria uma alusão à forma circular de Piccadilly Circus e sua feérica iluminação?

114 **ponte de Waterloo** – uma das pontes sobre o rio Tâmisa.

Surbiton – bairro do sudeste de Londres, próximo ao rio Tâmisa.

Putney – distrito do sudeste de Londres.

Surrey – condado inglês situado a sudoeste de Londres.

Strand – rua que começa na Trafalgar Square e vai até o Temple Bar (linha divisória entre a City of Westminster e a City of London), a oeste, na altura da Chancery Lane, ponto em que passa a se chamar Fleet Street.

115 **aquelas moças ali [...] parecem não sentir nem frio nem vergonha. Estão sem chapéu. Elas triunfam.** – segundo Vara Neverow, elas não sentem vergonha por não usar chapéu, desafiando a convenção social, sobre a qual triunfam.

Somerset House – edifício majestoso, situado entre a parte sul da rua Strand e o Tâmisa. Após ter sido utilizado para vários fins (inclusive como residência real), abrigava, como ainda hoje, várias repartições governamentais.

Lotário – romance de autoria de Benjamin Disraeli (1804-1881).

contempla os asfódelos – mais um dos inúmeros *memento mori* que povoam o livro (v. o posfácio de Stuart Clarke que acompanha a presente edição). O asfódelo é comumente ligado à morte. Na *Odisseia*, as sombras dos mortos, no Hades, vagam por campinas cobertas de asfódelos: "Rumam, sem tardar, às campinas dos asfódelos, / moradas das sombras, os espectros dos que dormem" (*Odisseia*, Editora LPM, trad. Donaldo Schüler, canto 24, p. 317). No canto 11, Aquiles, no Hades, caminha sobre asfódelos: "[...] Mal eu acabara de / falar, a sombra do veloz neto de Eaco marchou a / largos passos ao campo dos asfódelos" (p. 207).

Capítulo X

116 **cemitério em desuso da paróquia de St. Pancras** – São Pancrácio, em português. Em Londres há duas igrejas com esse nome ("St. Pancras New Church", atualmente, apenas "St. Pancras Church"; e "St. Pancras Old Church"), e há dois santos com esse nome (São Pancrácio de Roma e São Pancrácio de Taormina). A igreja aqui referida é a primeira; e o santo, o de Roma. Está situada na extremidade norte de Bloomsbury. Inaugurada em 1822, seu pórtico imita o templo Erecteion da antiga Atenas. O cemitério do pátio da igreja,

além de estar em desuso, foi, em parte, arruinado, em 1865, durante a construção de uma ferrovia planejada para passar pelo local.

118 **Pickfords** – Pickfords Removal, empresa de mudanças, situada, à época, no número 205 da rua High Holborn, no centro de Londres.

Leicester Square – praça no oeste do centro de Londres, em que se localizavam, entre o final do século XIX e o início do século XX, diversos teatros.

ver o rei passar de carro – trata-se do rei George V (1865-1936), que reinou de 1910 a 1936.

119 ***promenade* do teatro Empire** – o Empire era um teatro de variedades, localizado na Leicester Square. A palavra "*promenade*" significa aqui, conforme o dicionário Oxford: "galeria, num teatro de variedades, frequentada por mulheres de reputação duvidosa e seus admiradores".

caindo como um disco recém-cunhado... blá-blá-blá das moedinhas gastas – a conversa das moças são moedas velhas de pouco valor, em comparação com a dos moços, que é comparada a moedas, possivelmente de prata, novinhas em folha.

porção de moedas de prata... o suficiente num porta-moedas? – a frase alude, indiretamente, à independência financeira dos homens, relativamente à dependência das mulheres, um dos temas centrais do "feminismo" de Virginia Woolf.

120 **o subúrbio de Hampstead Garden** – zona residencial planejada do noroeste de Londres, construída em 1907.

Judges Walk – rua situada entre o parque de Hampstead (ao sul) e o subúrbio de Hampstead (ao norte).

121 **Express Dairy Company** – rede de cafés e casas de chá aberta nos anos 1890.

Telegraph – isto é, o *Daily Telegraph*, um dos principais diários londrinos da época.

123 **Foundling Hospital** – ou seja, casa de abrigo dos enjeitados ou expostos (orfanato). Estava localizado perto da Lamb's Conduit Street.

loja da Evelina – provavelmente, fictícia.

Swan & Edgar – uma das maiores lojas de departamentos da época, situada na Regent Street.

malfeitores no Temple Bar – o Temple Bar era, em tempos antigos, uma barreira de entrada, nos limites da cidade de Londres. Era costume exibir as cabeças decepadas de supostos traidores em cima da paliçada que formava a barreira de Temple Bar.

Gerrard Street – rua situada no lado oeste do centro de Londres, paralela à Shaftesbury Avenue.

124 **Scott** – Walter Scott (1771-1832), romancista e poeta escocês.

Dumas – Alexandre Dumas, Pai (1802-1870), escritor francês conhecido por romances como *O conde de Monte Cristo* e *Os três mosqueteiros.*

Na Slade ninguém lia. – trata-se da Slade School of Fine Art, que faz parte do University College of London e está localizada na Gower Street, a poucas quadras do Museu Britânico. Henry Tonks e Philip Wilson Steer, mencionados a seguir, foram professores da escola.

por Tonks e por Steer – Henry Tonks (1862-1937) e Philip Wilson Steer (1860-1942), pintores ingleses, ambos figuras importantes do movimento impressionista inglês.

Fielding – Henry Fielding (1707-1754), romancista inglês conhecido, sobretudo, pelo romance *Tom Jones.*

Charing Cross Road – Charing Cross é a junção de seis ruas de Londres. Charing Cross Road é a rua que leva a esse cruzamento, partindo do norte.

Tom Jones – refere-se ao livro *The History of Tom Jones, the Foundling* [*A história de Tom Jones, o enjeitado*], de autoria de Henry Fielding (1707-1754).

regalar-se com o escarlate – *feasting on scarlet*, no original. Alusão a uma passagem do final do capítulo I do livro VI (intitulado "Sobre o amor"), de *Tom Jones*, de Henry Fielding: "Tratar dos efeitos do amor deve parecer-lhe tão absurdo como falar de cores para um homem que nasceu cego; pois possivelmente a ideia que você tem do amor pode ser tão absurda como a que [...] o dito homem cego teve uma vez da cor escarlate; essa cor pareceu-lhe ser muito semelhante ao som de uma corneta: e o amor provavelmente pode, na sua opinião, se parecer muito a um prato de sopa ou a uma peça de filé mignon".

virgem acorrentada a uma rocha – alusão à sorte de Andrômeda, filha de Cassiopeia e do rei etíope Cefeu. Após Cassiopeia se vangloriar de ser mais bonita que as nereidas, Poseidon ordena que ela seja acorrentada, nua, a uma rocha, para ser sacrificada pelo monstro Ceto, mas é salva por Perseu.

125 **Lowndes Square** – praça do afluente distrito de Belgravia, no oeste de Londres.

sendas da Forest – na verdade, da New Forest, tal como está explicitado no parágrafo seguinte. A New Forest é uma das maiores áreas verdes do sul da Inglaterra. E, obviamente, Jacob não está lá. É Fanny que o coloca lá, imaginando que ele se vê lá através da leitura do *Tom Jones* de Fielding, em que a New Forest é mencionada.

a imperador-roxo esteja se banqueteando, como diz Morris, em cima de uma pasta de carne putrefata ao pé de um carvalho – Christina Alt, em *Virginia Woolf and the Study of Nature*, observa que, embora seja verdade que a imperador-roxo se alimente de carne putrefata, Francis Orpen Morris (v. nota no cap. II), em sua descrição do macho dessa espécie no livro *A History of British Butterflies*, não faz tal afirmação, limitando-se a observar que ele é visto "empoleirado no ramo mais extremo de algum carvalho elevado [...] que a localidade lhe permite" (p. 86). Ao destacar, em vez disso, a preferência da imperador-roxo por carne putrefata, Virginia, segundo Alt, "solapa esses pressupostos hierárquicos e, ao mesmo tempo, inverte o patriotismo da descrição de Morris, transformando-a numa crítica da rapacidade do império" (p. 99).

Capítulo XI

128 **Velásquez** – Diego Rodríguez de Silva y Velázquez (1599-1660), pintor espanhol.

"Fique aí suspensa como uma fruta..." – verso de *Cymbeline* (V.5), peça de Shakespeare.

frogs – "*frog*" é, literalmente, "rã". É usado pelos ingleses para se referir, depreciativamente, aos franceses, por considerarem as pernas de rãs como uma iguaria.

"Que o diabo preteie esta sua cara de nata, seu grande tolo!" – verso de Shakespeare em *Macbeth* (V.3).

129 **Era uma vez um gato xadrez.** – no original: *Hey diddle diddle, the cat and the fiddle.*

Boulevard Raspail – conhecido bulevar (avenida larga) de Paris.

Chardin – possivelmente o pintor francês Jean-Baptiste-Simeón Chardin (1699-1779).

Pierre Louÿs – pseudônimo do poeta e romancista belga Pierre Félix Louis (1870-1925), conhecido por obras que retratam a sexualidade lésbica como *As canções de Bilitis*, por exemplo.

130 **Devonshire** – condado do sudoeste da Inglaterra, também conhecido simplesmente como Devon.

Versalhes – cidade francesa nos arredores de Paris onde se localiza o Palácio de Versalhes, residência principal dos reis da França de 1682 até o começo da Revolução Francesa.

peixes testudos – *sloping-shouldered fish*, no original. A expressão "*sloping-shouldered*" designa, originalmente, uma pessoa com ombros caídos. Levando-se em conta que, num peixe, "*shoulder*" refere-se à "parte superior do tronco, contígua à cabeça" (dicionário Oxford), o adjetivo refere-se a um peixe com essa parte inclinada para a frente.

131 **vilarejo onde Maria Antonieta** – *summer-house*, no original. Em francês, *hameau de la reine*: parte do Petit Trianon, no Parque de Versalhes, constituída de um lago artificial e algumas casas de estilo rural, onde a rainha Maria Antonieta (1755-1793) costumava se refugiar.

no cabo de sua bengala desdobrável – *on the handle of his walking-stick:* bengala cujo cabo, ao ser desdobrado, se transforma numa pequena plataforma na qual é possível se sentar para um breve descanso ou apoiar a arma durante a caça. Ela termina numa ponta aguda guarnecida por uma proteção circular, para melhor fixá-la no solo. Como estas, por exemplo: tinyurl.com/yyq74mpc.

132 **o rei George vai ceder na questão dos membros da Câmara dos Lordes?** – a questão referida diz respeito à relação entre a Câmara dos Comuns, cujos membros são escolhidos por eleição, e a Câmara dos Lordes, cujos membros são escolhidos pelo monarca. Tradicionalmente, a Câmara dos Lordes tinha o direito de vetar leis votadas pela Câmara dos Comuns, embora, por convenção, não o fizesse. Em 1909, entretanto, a Câmara dos Lordes vetou uma lei orçamentária aprovada pela Câmara dos Comuns, provocando uma grave crise. Após várias disputas, O Ato Parlamentar de 1911, com a chancela do rei George V, retirou o direito da Câmara dos Lordes de vetar leis aprovadas pela Câmara dos Comuns. O reinado de George V (1865-1936) foi de 1910 a 1936.

Gare des Invalides – estação ferroviária de Paris situada ao norte do sétimo *arrondissement*; os trens para Versalhes partem dessa estação.

133 **não pudesse antever [...] Cruttendon se poria a pintar pomares; teve, portanto, que morar em Kent** – Vara Neverow comenta que a narradora, tal como em outras passagens do livro, assume aqui uma posição onisciente, antecipando acontecimentos futuros. O destino de Cruttendon sugere que ele foi obrigado a trocar a vida de pintor romântico e boêmio, em Paris, pela realidade da vida de pintor comercial ("pintar pomares"), como especula Maja Lindberg Brekke, em "The Discomfort of Civilization: Destabilizing the Bildungsroman in Virginia Woolf's *The Voyage Out* and *Jacob's Room*". A "escolha" por Kent (condado situado no sudeste da Inglaterra) deve-se, possivelmente, ao fato de que Kent é conhecido como o "Jardim da Inglaterra", pela fertilidade de suas terras e pela abundância de seus pomares.

Lefanu – segundo Vara Neverow, o nome alude, possivelmente, ao escritor irlandês Sheridan Le Fanu (1814-1873) e seu conto "Strange Event in the Life of Schalken the Painter" ["Estranho evento na vida de Schalken, o pintor"].

Capítulo XII

137 **Havia árvores entrelaçadas com videiras – como dissera Virgílio.** – Alusão a *Geórgicas*, 1.2 e 2.221.

As abelhas de Virgílio – ver nota "a armas, a abelhas ou até mesmo ao arado" do capítulo III.

Lombardia – situada no noroeste da Itália, é uma das regiões administrativas do país.

escadinhas para transpor as cercas – no original, simplesmente "*stiles*". São, na definição do dicionário Oxford, escadinhas fixas dispostas em certos pontos ao longo de uma cerca para permitir a passagem de pessoas ao mesmo tempo que impede a passagem de animais. Como esta: tinyurl.com/y9qmnb5j.

138 ***bow-windows*** – uma *bay-window* circular. Uma "*bay-window*" é uma janela, geralmente envidraçada, que forma uma espécie de recanto num aposento, projetando-se para além da parede, em forma retangular, circular ou poligonal.

após fazer a Grécia ele iria dar cabo de Roma – *after doing Greece he was going to knock off Rome*, no original. Os verbos aqui utilizados, em discurso indireto, antecipam as atitudes imperialistas de Jacob relativamente aos países que irá visitar e à sua cultura. Ver, a respeito, Stephanie Bernhard, "On Not Doing Rome", e Heidi Stalla e Diana Chester, "Acquisition as Appropriation: From the Parthenon to the Abu Dhabi Guggenheim".

Gibbon – Edward Gibbon (1737-1794), historiador e político inglês, autor do livro *A história do declínio e queda do império romano.*

Vitórias pretas – segundo o dicionário Houaiss, "vitória" é uma "carruagem para dois passageiros, com quatro rodas, cobertura dobrável e boleia."

Jacob os ouvia nas estações ferroviárias – supostamente, o pronome pessoal, sem referente próximo, remete a guardas de estação anunciando partidas e chegadas, entre outras informações.

139 ***Daily Mail*** – jornal britânico; na época, de orientação fortemente belicista.

todo mundo tem um tio... em Rangum – atualmente chamada de Yangon, Rangum foi a capital de Burma (atual Mianmar) até 2006, então uma colônia britânica. Segundo Vara Neverow, o tio referido é Morty, tio de Jacob, primeiramente citado no início do capítulo II e, depois, lembrado algumas vezes ao longo do livro.

140 **os gregos conseguiam pintar frutas que os pássaros iam bicar** – alusão a Zêuxis (464-368 a.C.), pintor da Grécia antiga. De acordo

com a lenda, Zêuxis teria feito uma aposta com outro pintor para decidir quem pintava melhor. Ao desvelar sua tela, os pássaros desceram sobre ela para bicar as uvas que ele havia pintado.

Xenofonte – (430-354 a.C.), filósofo grego, discípulo de Sócrates.

Eurípides – (480-406 a.C.), dramaturgo grego.

um americano chamado Pilchard – no capítulo VII, o sobrenome do americano é Pilcher. Sue Roe sugere que Jacob está sendo implicante ("*pilchard*" é uma espécie de sardinha).

Globe Trotter – segundo Vara Neverow, publicação fictícia.

um homem sujo, carnivoramente interessado no corpo do único hóspede – passagem obscura. Stuart Clarke (comunicação pessoal) sugere que talvez o garçom queira tirar proveito de Jacob, como se fosse uma presa (o que explica o advérbio), mas não está claro de que maneira (financeiramente?).

142 **viagens em carretas puxadas por mulas para encontrar as nascentes do Nilo** – possível alusão a livros como o de autoria de James Bruce of Kinnaird, cujo título é justamente *Travels to Discover the Source of the Nile*.

três gregos em saiotes – *three Greeks in kilts*, no original. Trata-se de uma vestimenta tradicional, comum na Grécia da época e em outros países dos Bálcãs (como a Albânia, citada no capítulo XIII: "camponeses em saiotes nos altiplanos da Albânia"), consistindo de uma saia curta plissada conhecida como "fustanela". No relato de sua primeira viagem à Grécia (1906), registrada no diário de viagens conhecido como *A Passionate Apprentice*, Virginia conta ter visto homens com esse tipo de roupa.

143 **Olímpia** – cidade da Grécia onde se realizavam os jogos que se tornaram conhecidos como jogos olímpicos. Situam-se aí as ruínas de um antigo templo dedicado a Zeus.

144 **Tchecov** – Anton Tchecov (1860-1904), romancista e dramaturgo russo.

145 **Chatham, Pitt, Burke e Charles James Fox** – políticos e estadistas britânicos, respectivamente: William Pitt, 1º conde Chatham (1708-1778); o segundo filho deste, de mesmo nome, William Pitt (1759-1806); Edmund Burke (1729-1797); e Charles James Fox (1749-1806).

147 **Margate** – cidade balneária de Kent, condado do sudeste da Inglaterra.

Baedeker – famoso guia turístico publicado pela editora alemã de Karl Baedeker.

Hermes de Praxíteles – estátua de Hermes (mensageiro dos deuses, entre outros atributos), nu, segurando o infante Dionísio. Praxíteles era um renomado escultor grego do século IV a.C.

Macmillan – a conhecida editora inglesa.

Corinto – cidade da região do Peloponeso, foi uma das mais importantes da antiga Grécia.

148 **Acrocorinto** – a acrópole (rocha monolítica que domina a cidade) da antiga Corinto.

149 **como uma Vitória preparada para se arremeter no ar** – Atena Nice, a deusa grega da vitória, era representada como uma mulher dotada de asas.

Salamina... Maratona – locais onde se travaram batalhas das chamadas Guerras Persas (499-449 a.C.), entre os gregos e os persas.

150 **Pireu** – porto situado ao sul de Atenas.

Templo de Vitória – templo situado na Acrópole de Atenas, dedicado à deusa Atena Nice, construído em 420 a.C.

Erecteion – templo da antiga Grécia, consagrado a Atena e a Posídon, situado no lado norte da Acrópole.

151 **grande estátua de Atena** – a estátua de marfim e ouro da deusa Atena, feita pelo escultor grego Fídias (480-430 a.C.), ficava no centro do Partenon.

Himeto, Pentélico, Licabeto – montanhas ou colinas situadas na região de Atenas.

152 **várias mulheres em pé, sustentando o teto sobre a cabeça** – ou seja, as cariátides, as estátuas de mulheres que servem de sustentação de um entablamento, tal, como aqui, as do Erecteion, na Acrópole de Atenas.

Essas estátuas anulavam as coisas assim! – no original: "*These statues annulled things so!*". Esta passagem é um exemplo típico da concisão e condensação utilizada por Virginia ao longo de todo o livro. Supostamente, o "assim" ("*so*"), no sentido de "desse jeito", refere-se, anaforicamente, à posição rigidamente ereta das estátuas femininas que Jacob procura imitar: "Jacob aprumou-se um pouquinho; pois estabilidade e equilíbrio são as coisas que primeiro afetam o corpo". Seguindo as pistas de passagens eliminadas do rascunho reproduzido na edição holográfica do livro (Edward L. Bishop, *Virginia Woolf's Jacob's Room. The Holograph Draft*), podemos interpretar a segunda ocorrência de "coisas" (a não ser confundida com a segunda ocorrência, ou seja, "estabilidade e equilíbrio") como características pessoais, sobretudo físicas, como, talvez, beleza, por exemplo, sugerida pelo gesto seguinte: "Fixou o olhar nelas".

153 **Olhou para ela, depois desviou o olhar.** – frase repetida no original.

Sloane Street – importante rua de Londres, estendendo-se desde Knightsbridge, no norte, até a Sloane Square, no sul.

cavalos solitários – os cavalos atrelados a vitórias, carruagens puxadas por um único cavalo.

154 **Serpentine** – lago artificial no interior do Hyde Park, formado em 1730 pela barragem do rio Westbourne.

a mulher silenciosa – seria, possivelmente, segundo Vara Neverow, uma alusão à comédia *Epicene, or the Silent Woman*, de Ben Jonson (1572-637), dramaturgo inglês.

Praça da Constituição – ou Praça Sintagma, a praça central de Atenas.

Micenas – terreno arqueológico grego, situado a 90 km do sudoeste de Atenas.

155 **vida do padre Damião** – Damião de Veuster ou Jozef de Veuster (1840-1889), missionário católico belga que dedicou a vida ao cuidado de leprosos no Havaí.

157 **soldadinhos de chumbo** – *tin soldiers*, no original, ou seja, mais precisamente "soldadinhos de estanho". A mineração de estanho era uma das atividades importantes da Cornualha à época.

Ludgate Circus – a área, na City of London, que fica na interseção de Farringdon St/New Bridge St com Fleet St/Ludgate Hill.

158 **rua Hermes** – rua do centro de Atenas. A parte ocidental da rua forma a trilha para pedestres ao redor da Acrópole.

160 **Delfos** – na Grécia antiga, local de um templo situado ao pé do Monte Parnaso e dedicado ao deus Apolo, no interior do qual pontificava o famoso oráculo de Delfos.

ver as águias – alusão, segundo Suzanne Raitt, à crença de que Zeus soltara duas águias, uma do leste, outra do oeste, e elas se encontraram em Delfos, o que provava que Delfos era o centro da terra. Acreditava-se que elas ainda podiam ser vistas lá. É a essa crença que a frase de Sandra se refere.

161 **fachada do Palácio** – trata-se do edifício onde então se localizava o antigo Palácio Real, na Praça da Constituição.

Eubeia – ilha grega, também conhecida como Negroponte.

Mar de Mármara – mar interior que separa o mar Negro do mar Egeu.

Troia – cidade lendária, local da Guerra de Troia, descrita na *Ilíada* de Homero.

lápides dos maometanos coroadas por turbantes – lápides maometanas tradicionais, em posição vertical, no topo das quais figura uma espécie de esfera, representando a cabeça, enrolada num turbante.

162 **Donne** – John Donne (1572-1631), poeta metafísico inglês, conhecido pelo erotismo de alguns de seus poemas. É certamente a esse aspecto de sua poesia a que se refere, mais adiante, Sandra Wentworth Williams quando diz que "tinha marcado as coisas de que gostava em Donne, e elas eram bastante insolentes". Um dos mais conhecidos desses poemas eróticos é "To His Mistress Going to Bed" ("À sua mulher, indo para o leito").

Agora, uma atrás da outra, as luzes se apagavam. – a frase ecoa a frase de Sir Edward Grey, secretário do exterior da Grã-Bretanha, dita em 3 de agosto de 1914, na eclosão da Primeira Grande Guerra: "As luzes estão se apagando por toda a Europa; não as veremos se iluminarem de novo no tempo que nos resta de vida."

(Ainda assim, foi com eles para Constantinopla.) – na primeira impressão do livro, de outubro de 1922, a frase não aparecia entre parênteses, que foram acrescentados na segunda, de novembro de 1922.

163 **as pirâmides e a Basílica de São Pedro... Catedral de St. Paul** – obviamente, não são monumentos, situados em lugares tão longínquos (Egito, Roma, Londres) que possam ser literalmente vistos desde Atenas.

antigo antigo fato – o adjetivo está repetido no original.

tênue voz do dever... filete branco do alto de uma chaminé – refere-se a apitos ou sirenes de fábrica emitidos desde uma chaminé, da qual se levanta, ao mesmo tempo, uma coluna de fumaça.

164 **Lombard Street** – rua localizada na City of London, onde se situam diversos bancos, incluindo o Banco da Inglaterra.

Fetter Lane – rua localizada na City of London.

Bedford Square – praça localizada na área de Bloomsbury.

o Monumento – monumento, de 62 metros de altura, situado na extremidade norte da London Bridge, construído entre 1671 e 1677, para lembrar o grande incêndio de 1666. O monumento termina num "vaso" do qual se destacam hastes douradas representando as chamas. É esse "vaso" com suas hastes que é descrito no texto como "cabeça dourada de cabelo espetado".

Capítulo XIII

166 **cadeiras verdes** – tal como hoje, o Hyde Park tinha um serviço de aluguel de cadeiras (provavelmente, espreguiçadeiras) para os seus frequentadores.

O Hyde Park era incessantemente percorrido [...] por rodas girando. – as "rodas girando" são as das carruagens percorrendo as vias do Hyde Park destinadas ao passeio pelo parque em veículos de tração animal.

pontudas pernas de pau – "pontudas pernas de pau" parece ser uma metáfora para as magras pernas das ovelhas.

168 **alguma virgem pálida com uma fatia de lua no cabelo** – alusão a Artemis (Diana, na mitologia romana), deusa da caça. É representada sobre um coche puxado por corças, armada de arco e aljava cheia de flechas e portando na cabeça uma meia-lua.

a política de Sir Edward Grey – Edward Grey (1862-1933) foi secretário de exterior da Grã-Bretanha de 1905 a 1916. Grey exerceu um papel importante na chamada Crise de Julho (1914), que acabou levando à eclosão da Primeira Grande Guerra.

Cursitor Street – rua localizada na City of London, perto do Lincoln's Inn.

169 **antiga Exposição** – exposição industrial e cultural realizada, numa estrutura temporária (chamada de Cystal Palace) construída no Hyde Park, de 1º de maio a 5 de outubro de 1851.

estátua de Aquiles – monumento em homenagem a Arthur Welesley, duque de Wellington, localizado na extremidade sudoeste do Park Lane, Londres. A inscrição lida por Clara ("Esta estátua foi erigida pelas mulheres da Inglaterra...".) refere-se ao fato de que a construção do monumento foi financiada por doações feitas por mulheres britânicas.

170 **jogava sapatos em casamentos** – segundo um artigo de James E. Crombie, "Shoe-Throwing at Weddings", publicado em 1895, o costume de jogar sapatos nos noivos em cerimônias de casamentos era prevalente na Inglaterra em certa época: "Pois, enquanto o costume de jogar arroz [...] é prevalente em quase todos os países, o de jogar sapatos é praticado naquelas partes do mundo habitadas pelos ingleses ou diretamente influenciadas por eles".

Bruton Street – rua localizada na área de Mayfair, Londres.

Verrey's – restaurante fino, fundado em 1825 e localizado, na época, na Regent Street, perto de Piccadilly Circus. Ainda existe, mas em outro local.

171 **afundou, pega pelo calcanhar** – segundo Vara Neverow, alusão ao calcanhar de Aquiles. Nesse caso, o calcanhar de Aquiles de Florinda, e das mulheres em geral, seria o fato de estar sujeita à gravidez. Ela afundou, tal como Aquiles, mas supõe-se, no seu caso, na cadeira.

aquele homem em Molière... Alceste – Molière ou Jean-Baptiste Poquelin (1622-1673) foi um dramaturgo francês. Alceste é o personagem central de uma de suas peças, *O misantropo*.

172 **Por que criam ovelhas aqui**– até 1935 era permitido levar ovelhas para pastar no Hyde Park, o que economizava mão de obra na poda da grama.

moeda de meia coroa – a coroa era uma moeda de prata que valia 5 xelins.

destroçado Ulisses – segundo Vara Neverow, a cabeça de uma estátua, no Museu Britânico, identificada como uma representação de Ulisses, o herói da *Odisseia* de Homero.

173 **uma procissão com estandartes descia a Whitehall** – segundo Sue Roe, trata-se de uma manifestação a favor da guerra. Suzanne Raitt especula que tanto essa quanto a outra manifestação, mencionada mais adiante, poderiam ser temporalmente situadas no dia 4 de agosto de 1914, quando a Grã-Bretanha fez sua declaração de guerra contra a Alemanha.

Whitehall – rua em Westminster, Londres, onde se concentram importantes prédios da administração britânica.

as patas dos escorregadios leões – os quatro leões de bronze na base da Coluna de Nelson, na Trafalgar Square, no centro de Londres.

174 **Cockspur Street** – rua curta da região de Westminster, Londres.

rumo às afiladas agulhas, à encadeada e cinzenta frota de pedra – as Casas do Parlamento.

Reichstag – o edifício do Parlamento alemão.

Lahore – segundo Vara Neverow, refere-se, possivelmente, a uma divisão do exército indiano com esse nome, convocada para a frente de batalha em Flandres.

cáiseres – possivelmente, Virginia aglutinou aqui cáiser (o cáiser Guilherme II) e tsar (Nicolau II).

dezesseis cavalheiros – supostamente os membros do ministério da Grã-Bretanha, liderado pelo primeiro-ministro Herbert Henry Asquith, na ocasião (4 de agosto de 1914) em que o país decidiu entrar na guerra. Segundo Vara Neverow, ao utilizar esse número, dezesseis, Virginia estaria aludindo ao fato de que dois membros do ministério, o visconde lorde Morley e John Burns haviam renunciado, por se oporem à entrada do país na guerra. Na verdade, outro membro do ministério, C. P. Trevelyan, também havia renunciado pelo mesmo motivo. Como o ministério era composto, nesta data, de vinte membros, teriam restado dezessete membros e não dezesseis

(v. John A. Fairlie, "British War Cabinetes", *Michigan Law Review*, maio de 1918).

175 **Pitt e Chatham, Burke e Gladstone olhavam, cada um, para o lado oposto** – a lista é de políticos e estadistas britânicos. Os três primeiros já haviam sido anteriormente evocados pelo personagem Evan Williams (ver nota do cap. XII). William Ewart Gladstone (1809-1898), político liberal britânico, ocupou o posto de primeiro-ministro por quatro vezes. Suas estátuas, juntamente com as de outras oito personalidades históricas importantes, estão no St. Stephen Hall, da Câmara dos Comuns, no Palácio de Westminster. Por estarem distribuídas entre os dois lados da galeria, elas se defrontam.

livro Azul – relatório governamental, comumente encadernado em capa azul-escura.

Gaiety – o Gaiety Theatre, localizado, na época, na rua Aldwych, no lado leste da Strand.

Kensington Palace – residência real localizada em Kensington Gardens, no lado oeste do Hyde Park.

176 **Outra procissão, sem estandartes** – segundo Sue Roe, esta manifestação, ao contrário da outra, seria contra a guerra, liderada por um grupo de sufragetes. Vara Venerow, por outro lado, sugere, baseando-se possivelmente na qualificação "sem estandartes", que a descrição se refere a frequentadores ricos dos teatros e das casas de ópera.

Long Acre – rua em Westminster, começando na Charing Cross Road e passando por Covent Garden.

Wimbledon – distrito do sudoeste de Londres.

Aldridge's – casa de leilão de cavalos e carruagens, situada na St. Martin's Lane, em Westminster.

177 **os longos espelhos mantinham as damas suspensas** – ou seja, os reflexos das damas nos espelhos davam a impressão de que elas estavam suspensas no ar.

os fenícios dormiam... – acreditava-se que os fenícios teriam colonizado a Cornualha, onde comerciavam estanho, mas não há nenhuma base arqueológica que confirme essas suposições.

Capítulo XIV

179 **O século dezoito tem sua distinção.** – este parágrafo praticamente repete a descrição da casa de Jacob, na Lamb's Conduit Street, feita no capítulo V.

Greenwich – área no sudeste de Londres, onde está localizado o Observatório Real.

Inerte é o ar num quarto vazio... – o parágrafo repete parte da descrição, feita no capítulo III, do quarto de Jacob em Cambridge.

O furgão da Pickfords vinha chacoalhando rua abaixo. – Observe-se que a frase é exata repetição de uma frase do capítulo X.

"Jacob! Jacob!" – a exclamação de Bonamy ecoa a de Archer no início do livro.

Posfácios

Lendo O *quarto de Jacob* como um quebra-cabeça

David Bradshaw

Durante suas viagens à Grécia, Jacob Flanders se vê às voltas com a questão de começar "a pensar bastante sobre os problemas da civilização" (p. 151). Entretanto, embora nos seja dito que ele acredita que eles tenham sido "resolvidos, é claro, tão notavelmente pelos antigos gregos, embora sua solução não nos ajude em nada" (p. 151); que a melhor maneira de "governar os países [é] do jeito que eles deviam ser governados (p. 152), e que o livro que estava lendo é tão inspirador que ele se sente compelido a escrever, sem demora, "uma nota sobre a importância da história – sobre a democracia" (p. 152), não somos informados de nenhum outro pensamento de Jacob sobre essa questão, assim como ficamos às escuras em relação a muitos outros aspectos do "estranho" e, em grande medida, pouco atrativo, protagonista de Virginia, que é, entre outras coisas, um tanto xenófobo (p. 128), misógino (p. 83 e 153) e esnobe (p. 172). Entretanto, "os problemas da civilização" são tão clamorosos no romance como um todo que parece certo que Virginia queria que seus leitores também refletissem bastante sobre eles – e com uma perspicácia e perseverança bem maiores do que aquelas que Jacob é capaz de reunir. Nem bem tinha começado a escrever sua "nota" sobre a história e a democracia, por exemplo, quando ele a abandona para desenhar um "nariz reto" (p. 151) em sua caderneta, momentaneamente perturbado, talvez, pela absoluta banalidade de suas ruminações sociopolíticas.

Virginia exige bem mais de quem a lê. Tal como lady Charles, que, tendo testemunhado a apreensão de um ladrãozinho em Covent Garden, ao sair da Royal Opera House, a caminho de casa, "suspir[a] triste quando sobe a escadaria de sua casa, baixa o Tomás de Kempis da estante e não dorme até que sua mente se perca, entrando no túnel da complexidade das coisas. 'Por quê? Por quê? Por quê?', suspira" (p. 70), ou como a narradora, que nos diz, a certa altura, que se somos obrigados a nos afastar dos trajetos mais prósperos e "entra[r] num daqueles pequenos refúgios sobre a ponte de Waterloo para pensar sobre o assunto, provavelmente tudo lhe parecerá uma confusão – tudo um mistério" (p. 114), quem lê o *O quarto de Jacob* é solicitado a pensar longa e arduamente sobre "a complexidade das coisas", a "confusão" e o "mistério" de como a necessidade e a miséria caminham de braços dados com a elegância e a fartura. Por que tem de ser assim, o leitor é instigado a perguntar, "Para quê? Para quê?" (p. 162).

O romance nos faz lembrar, uma e outra vez, que uma vida de lazer coexiste com uma vida de trabalho árduo e que o "conglomerado de beleza" (p. 110), simbolizado pelo salão de leitura abobadado do Museu Britânico, está ligado, sobretudo, à injustiça social e sexual. Além disso, da mesma forma que certas frases são repetidas, em outros locais do livro, palavra por palavra, e a narradora antecipa, de vez em quando, as perdas e o distúrbio da Primeira Grande Guerra (por exemplo, p. 99 – "E agora Jimmy alimenta corvos..."), o leitor é encorajado a reunir termos específicos de diferentes partes do texto e a se envolver espacialmente com isso o tempo todo. Por exemplo, a imensa pilha de "tampas de prato de estanho" que um "homem idoso" carrega através do Pátio de Nevile, quando está indo servir o jantar aos Fellows do Trinity College, Cambridge, no capítulo III (p. 45), vem à mente no capítulo seguinte quando as "austeras chaminés" (p. 51), "os chalés sem teto [e] os montículos de escória" (p. 57) que marcam o local de minas de estanho abandonadas são observados por Jacob e Timmy Durrant ao velejarem pela costa da Cornualha durante as férias de verão e pela sra. Durrant ao visitar a sra. Pascoe. Ao não perder de vista "as tampas de estanho" do Trinity – e "as cruzes de estanho esverdeado" (p. 18) que vislumbramos anteriormente num cemitério de Scarborough – estamos mais bem equipados para apreciar o que a narradora pode ter em mente quando, com as fatigantes tarefas à sua frente, diz: "Nenhuma dúvida de que se isso fosse a Itália, a Grécia ou até mesmo as praias da Espanha, a tristeza seria espantada pelo estranhamento e pelo enlevo e pelo incentivo de uma educação clássica. Mas as colinas da Cornualha estão cobertas de severas chaminés; e, de uma forma ou outra, a graça é infernalmente triste" (p. 51). Em outras palavras, o privilégio e a beleza, e até mesmo o sepultamento dos mortos em nossa sociedade, têm um custo humano e ambiental.

De forma similar, quando Jacob e Richard Bonamy, alegremente voltando para casa "entre quatro e cinco horas da manhã" (p. 78), ouvem, de repente, "um lamento vacilante, trêmulo, dolente, ao qual parecia faltar força para se desdobrar e, contudo, ele se estendeu; ao som do qual portas em ruelas laterais se abriram brusca e soturnamente; operários pisando forte saíram para a rua" (p. 78), não há nada de acaso no incidente: a cômoda independência e a relativa riqueza dos jovens instruídos e a insuportável dureza dos "operários" (convocados às fábricas pelas sirenes? – parte do "zunzum e d[o] ramerrame incessante" [p. 155] de Londres) estão provocadoramente justapostos. A romântica Sandra Wentworth Williams pode se declarar "cheia de amor para com todo mundo [...] pelos camponeses voltando no fim da tarde com seus fardos" (p. 143) e a sra. Durrant pode se dar ao trabalho de fazer uma visita ocasional à sra. Pascoe, mas seus modos "peremptórios" e a maneira como seu "lábio superior... se elevava desde os dentes frontais quase como que numa expressão de escárnio" (p. 57) sugerem que seus sentimentos reais para com a humanidade são análogos ao desprezo que Jacob expressa "por sua própria espécie" no Hyde Park (p. 172). Nessa mesma página, a narradora chama a atenção para a "maneira descuidada, indiferente, sublime que ele tinha de falar com guardas ferroviários ou carregadores; ou com a sra. Whitehorn, quando ela o consultou sobre seu garotinho, que fora espancado pelo professor" (p. 172). Jacob pode se permitir recompensar o cobrador do Hyde Park, cheio de arrogância e condescendência, com uma moeda de meia coroa, mas a realidade fundamental enfrentada pelos operários que ele e Bonamy encontram no começo da manhã, pelo cobrador do Hyde Park e por muitos outros mais da extensa lista de rostos com ou sem nome, é simbolizada pelo caranguejo que "circulava lentamente pelo fundo" do balde de Jacob na Cornualha, "tentando, com suas débeis patas, subir pela lateral inclinada; tentando, mais uma vez, e caindo, e tentando uma vez e outra mais" (p. 16). O caranguejo é relembrado duas vezes: primeiro, quando lemos sobre a "mulher dos estábulos nos fundos da Great Ormond Street" que fica esmurrando a porta, "e gritando: 'Me deixem entrar!', como se uma pedra de carvão tivesse resvalado do fogão, ou uma mosca, ao cair do teto, tivesse pousado de costas, fraca demais para se virar" (p. 111), e depois, quando o olho da narradora cai sobre o "povo sem teto, dando voltas sob o céu" (p. 68), nas proximidades da Catedral de St. Paul.

Naturalmente, um intenso interesse pela discutida relação entre cultura e sociedade, pelos "problemas da civilização" (p. 151), está no centro da visão de Virginia Woolf como romancista, mas o que é curioso sobre *O quarto de Jacob* é que ela parece preparar o leitor para se envolver interrogativamente com as questões mais sérias do romance, ao começá-lo num espírito de sugestiva leveza. Na verdade, o livro começa – ou, ao menos, parece começar desse jeito – com uma lufada tal de piscadelas sugestivas, de cutucadas insinuantes do cotovelo e de indiretas suspeitas que é muito difícil saber como reagir a isso. Da mesma maneira que a narradora reflete, em determinado ponto, sobre a enorme extensão de sua tarefa, sabendo que, não importa o quão amplamente ela descreva Jacob, "resta algo ali que jamais pode ser transmitido a uma segunda pessoa a não ser pelo próprio Jacob", reconhecendo, entretanto, que "algo está sempre nos impelindo a zumbir, vibrando, como a mariposa-esfinge, à boca da caverna do mistério" (p. 75), assim também quem a lê vê-se suspenso sobre a intrigante (se não misteriosa) "boca" do romance, zumbindo, ou melhor, z-hummm-bindo, as sobrancelhas erguidas, hesitante, cativado, seduzido a entrar num modo de investigação, numa atitude de questionamento, que lhe será muito útil pelo resto do texto. Em outras palavras, pela altura do fim do segundo capítulo de *O quarto de Jacob*, quando Jacob está prestes a ir para Cambridge, o leitor foi induzido a assumir uma relação reflexiva e inquiridora com o texto, que deverá assegurar que ele estará muito mais alerta para aquilo que o romance como um todo tem a dizer sobre "os problemas da civilização" (p. 151) e as outras questões importantes com as quais o livro está envolvido.

Esse aparente estágio de preparação do leitor é evidente desde as frases de abertura do romance: "'Assim, naturalmente', escreveu Betty Flanders, *enterrando os saltos do sapato mais fundo na areia*, 'não houve outro jeito a não ser partir'" (p. 9; ênfase minha). A pisada da sra. Flanders sugere tanto obstinação quanto impedimento e, contudo, suas palavras transmitem a obrigatoriedade da partida, uma ambivalência que é revertida na segunda frase do romance quando a "tinta azul-clara" de Betty "dissolve[u] o ponto final" que vem depois da palavra "partir". Nem bem começamos a ler o texto, portanto, e já nos vemos hesitando, às voltas com sua semântica, com sua dinâmica.

De fato, quando voltamos ao primeiro parágrafo, após ter lido mais algumas páginas, a parte final parece até mais interessante que os três elementos que a precedem. "Partir" de onde? Da praia? Da pousada de férias? De algum endereço anterior na Cornualha? De Scarborough? De algum outro lugar? Impossível dizer, é claro, mas esse uso de "não houve" sugere que, embora a sra. Flanders esteja se preparando para ir embora da praia quando o romance começa, não é essa partida que ela tem em mente. Também não é nada provável que seja da casa dos Pearces que ela partiu, porque quando a sra. Flanders continua sua carta, algumas linhas adiante, ela diz à pessoa a quem a carta se destina que "tudo parece ajeitado como desejável" (p. 9) na casa dos Pearces, indicando, muito fortemente, na verdade, que ela, Rebecca, Archer, Jacob e Johnny tinham chegado ali havia pouco. Assim, é mais provável que tenha sido alguma acomodação anterior na Cornualha ou sua própria casa em Yorkshire que a sra. Flanders "foi" obrigada a deixar. Mas por qual razão ela teria sido obrigada a "partir" fosse lá de onde fosse? E as forças que a fizeram ir embora teriam sido primariamente financeiras ou morais ou de alguma outra ordem? O romance começa em *medias res*, mas nunca descobrimos no meio de que nós fomos jogados.

E uma vez que adotamos essa linha de questionamento é muito difícil deixá-la de lado. Por que, poderíamos perguntar, Betty Flanders, vítima da "pobreza" (p. 17), está, de um jeito ou outro, na Cornualha no início de setembro, uma época do ano em que há toda a probabilidade de fazer "frio" (p. 9) e na qual até mesmo "um furacão" (p. 14) é possível? Afinal, ela mora num vilarejo nos arrabaldes de Scarborough, o popular balneário de Yorkshire, e Scarborough, embora não fique realmente "a mil e duzentos quilômetros da Cornualha" (p. 9), como afirma a narradora, está situado a uma distância bastante considerável de lá, até mesmo pelos padrões de hoje. Pode muito bem ser "uma grande aventura vir para tão longe com crianças pequenas" (p. 13), mas se trata de uma aventura que é claramente estressante ("'Onde *está* esse menino irritante?'" [p. 9]; "As duas se viraram para dar uma espiada no berço. Seus lábios estavam contraídos." [p. 15]) e, aparentemente, um pouco mais do que perversa. O que está se passando aqui? Alguma coisa? Tudo o que podemos dizer com alguma certeza é que Woolf parece atrair o leitor, desde o início, para uma disposição mental inquiridora, e que o leitor de *O quarto de Jacob* que não esteja, desde o começo, fazendo perguntas, não está realmente lendo *O quarto de Jacob.*

Outras questões chegam "espumando" (p. 12) como as ondas da Cornualha antes de uma tempestade. Por exemplo, se Betty Flanders "estava viúva fazia dois anos" (p. 10), não é um tanto estranho que Johnny, o filho mais novo, seja descrito como um "bebê" (p. 15)? Obviamente, um "berço" (p. 15) em vez de uma cama, um "carrinho de bebê" (p. 13) e uma "mamadeira" (p. 15) não são necessidades improváveis de um "bebê" que deve ter pelo menos quinze meses, se ele foi concebido no leito de morte de Seabrook Flanders – e é possível que Johnny seja referido como um bebê simplesmente porque, como o mais novo dos filhos, ele é o bebê da família. Mas a ênfase em sua dependência, quase neonatal, da mãe e da babá faz com que o leitor se pergunte se ele é realmente filho de Seabrook e se algo mais deveria ser inferido da repetida descrição da sra. Flanders e de Rebecca "tramando a eterna *conspiração* do psiu e das mamadeiras limpas, enquanto o vento se enfurecia e dava um puxão repentino nas tramelas baratas" (p. 15; ênfase minha). É como se a tempestade tivesse como alvo as duas mulheres de Yorkshire por terem trazido algum tipo de opróbrio à Cornualha (ainda que não o tenham).

Além disso, nossa suspeita de que Johnny pode ter sido segregado no condado em vez de ter sido levado para lá a passeio é apenas reforçada pela descrição da despojada sala da proprietária da casa onde a sra. Flanders está alojada: "Ali estavam os juncos e os exemplares da *Strand*", lemos. "O vento fustigava a janela com certeiros golpes de chuva, que reluziam prateados ao atravessarem a luz. Uma folha solitária batia apressadamente, persistentemente, na vidraça" (p. 14). Os "juncos" dificilmente podem deixar de lembrar o "cesto de junco" no qual o bebê Moisés, nascido em segredo, foi escondido à margem do Nilo (Êxodo, 2:3). Ademais, os "golpes" e "relampejos" da chuva e as "batidas" da folha se combinam para dar a impressão de que o texto está transmitindo algum tipo de mensagem ao leitor. Já na sentença seguinte, é óbvio, os golpes, os relampejos e as batidas são explicitamente ligados ao "furacão no alto-mar" (p. 14), e não estou sugerindo, de modo algum, que Betty Flanders seja ou tenha sido uma prostituta, mas seria simplesmente possível que a concepção e nascimento de Johnny tivessem sido, de alguma forma, escandalosos? E que esse escândalo tivesse começado a transpirar em Scarborough e/ou no endereço anterior da sra. Flanders na Cornualha, o que explicaria por que "não houve jeito a não ser partir" (um fato que é, excetuando-se isso, inexplicável)?

Nunca saberemos, mas não importa quão fútil e infundado esse tipo de especulação possa parecer para alguns leitores, ele não pode ser descartado como inteiramente sem nenhum fundamento, na medida em que (ao menos para este leitor) os dois primeiros capítulos de *O quarto de Jacob* são tão visivelmente, ou promiscuamente, licenciosos. Das duas uma: ou nos pomos em sintonia com essa insinuação ou não, mas há uma dose demasiada dela no ar para não lhe dar ouvido.

Se Seabrook Flanders não é o pai de Johnny, quem seria ele então? O capitão Barfoot é o suspeito óbvio, o homem a quem a sra. Flanders envia cartas "com muitas páginas, manchadas de lágrimas" (p. 9) – incluindo a que estivera escrevendo na praia – e o homem que a visita "toda quarta-feira, tão certo quanto um relógio, e nunca traz a esposa" (p. 17). Um pouco antes de sermos informados desse detalhe, ficamos sabendo que "as atenções do capitão – tudo *amadurecia* Betty Flanders, *alargava-lhe* a figura" (p. 17; ênfase minha), e esses verbos parecem deliberadamente pensados para levar a leitora a pensar nele como o pai biológico de Johnny.

E mesmo que não sejamos tentados a ler esses verbos dessa maneira, os primeiros dois capítulos do romance são tão prenhes de referências ao parto e à maternidade que é como se Virginia Woolf tivesse feito o possível para mantê-los continuamente à vista. Lemos, por exemplo, que, no Museu de Scarborough, há um "fórceps esverdeado pelo azinhavre" (p. 21), que foi achado no acampamento romano em Dods Hill, local de predileção de Betty e no qual, algumas linhas adiante, a encontramos, sentada no "círculo elevado do acampamento romano" (p. 21). A menção de um fórceps sugeriria que Johnny teve que ser tirado da sra. Flanders contra sua vontade? E seria o "círculo elevado" uma menção ao tempo em que ele ficou no seu ventre? O fato de que as primeiras palavras trocadas entre Betty e seu filho mais novo sejam: "É uma folha de orquídea, Johnny" (p. 21) carrega algum significado? A palavra "orquídea" vem da palavra grega para testículo. No parágrafo seguinte, Johnny, em Dods Hill, é descrito como "espalhando os talos de grama e as folhas que tinha nas mãos *como se estivesse plantando sementes*" (p. 21; ênfase minha). Retroagiriam, talvez, essas palavras ao momento, em Dods Hill, em que o capitão Barfoot plantara sua própria semente?

O fato de que o romance faz conexões entre a Cornualha e Scarborough simplesmente atiça a curiosidade do leitor sobre a conexão entre a sra. Flanders e o capitão. Betty, por exemplo, informa seu correspondente que eles estão "apertados" em suas acomodações de férias "como arenques num barril" (p. 9), mas o que poderia soar simplesmente como um clichê transforma-se em algo mais interessante se somos informados de que a pesca de arenques era a principal atividade de Scarborough na época em que o romance está situado e que os arenques eram tradicionalmente vendidos em barris. Além disso, a maioria dos navios pesqueiros que desembarcava o resultado da pesca feita na costa leste, em portos tais como Scarborough, Whitby, Lowestoft e Yarmouth, e as equipes de mulheres escocesas que os destripavam, seguiam, todo ano, os arenques, à volta da costa, até a Cornualha. Formando outro vínculo entre os dois condados, os dois "amantes" cujos "grandes rostos vermelhos" vemos em repouso em cima de "bandanas" (p. 12) na praia da Cornualha são, de certa forma, lembrados um pouco adiante no texto quando o capitão Barfoot usa uma "grande bandana vermelha" para assoar o nariz (p. 30), em Scarborough. Seria essa mais uma pista de que ele e a sra. Flanders também são ou foram "amantes"?

Questões de procriação, infidelidade e reprodução acidental surgem ao longo de todo o livro. Teria a sra. Flanders mandado castrar Topaz (p.), o gato dado pelo sr. Floyd a Johnny, para evitar o tipo de acidente que pode ter ocorrido com ela? Mais adiante no romance, Florinda será acidentalmente engravidada por Nick Bramham, no mesmo momento em que parece provável que Jacob seja o pai de Jimmy Wentworth Williams:

> O carrinho de bebê estava passando pela portinhola da grade de proteção. Ela jogou-lhe um beijo; instruído pela babá, Jimmy acenou para ela.
>
> "*Ele é* um menininho", disse, pensando em Jacob (p. 172).

Sabemos que o "tão alto" (p. 176) Jacob estivera "apaixonado" (p. 151) pela sra. Wentworth Williams e que ela tivera "casos" (p. 145) no passado. Seria Johnny, portanto, o produto de apenas uma de uma série de relações extramaritais do romance? Já na segunda página de *O quarto de Jacob*, a sra. Flanders, tendo terminado de endereçar sua carta ao capitão, busca um selo. "Ela vasculhou a bolsa; depois segurou-a com a boca para baixo" (p. 10), lemos, como se Betty não pudesse fazer nada sem que suas ações nos lembrem que ela é mãe de um "bebê" (e que Barfoot é, possivelmente, o pai). E teria algum significado o fato de que, além da "quantidade de agulhas" que Betty deixou em Dods Hill, ela também perdeu seu "broche de granada" ali (p. 134)? A granada, como sabemos, é símbolo de constância.

Finalmente, estimulados, não voltamos à primeira página do romance e lemos suas provocativas ambiguidades com um olho ainda mais agudo? A tinta que verte da ponta da pena de Betty Flanders não teria agora um aspecto ejaculatório mais prematuro, lembrando o momento da concepção acidental de Johnny? A ilusão de Betty de que "o mastro do pequeno iate do sr. Connor estava envergando como uma vela de cera ao sol" sugeriria uma detumescência pós-coital? A frase seguinte diz: "Ela deu uma ligeira piscadela. Acidentes eram coisas terríveis. Deu outra piscadela. O mastro estava reto [...] o farol estava de pé; mas a mancha se espalhara (p. 9). É mais do que provável que Betty esteja pensando no acidente em que "o sr. Curnow perdera o olho" (p. 12), mas ela poderia, em vez disso (ou além disso), ter em mente o deslize que levara ao nascimento do filho mais novo e à "mancha" em seu caráter que ele personifica? Mais tarde, Jacob, agora um jovem morando em Londres, conjectura que "o velho Barfoot está conversando com minha mãe. Trata-se de um caso estranho, com certeza" (p. 74). Com certeza que sim. As visitas semanais do capitão à sra. Flanders perturbam Ellen Barfoot (p. 28) e também devem dar ao leitor muito em que pensar.

Em duas ocasiões, a narradora nos diz que "temos que seguir pistas" (p. 34 e 155) em vez de esperar que *O quarto de Jacob* nos seja entregue numa bandeja, e todo leitor do texto deve ter essa prescrição em vista. Mas seriam mesmo intrigantes esses dois capítulos, tal como argumentei, ou teria eu, como alguma jovem governanta exageradamente excitável, lido significados que nunca passaram pela cabeça de Virginia Woolf? Teria eu visto insinuações onde, na verdade, não havia nenhuma? Naturalmente, cada um dos detalhes que mencionei, cada um dos trechos que destaquei, pode ser lido de forma diferente, de uma forma menos sensacionalista, até mesmo de uma forma menos lasciva. Mas eu argumentaria que ler os capítulos iniciais de uma maneira impassiva significaria também lê-los de uma maneira demasiadamente restritiva e inapropriada. Embora seja absurdo tentar restringir um romance tão abundantemente sugestivo a uma leitura específica, qualquer que seja ela e, com mais razão, insistir na validade das questões desenvolvidas até aqui, os dois capítulos iniciais de *O quarto de Jacob* são obviamente estimulantes. Eles têm claramente a aparência de quem dá uma cotovelada cúmplice e uma piscadela marota que uma leitura comportada do texto – de que não houve nada por baixo dos panos entre a sra. Flanders e o capitão Barfoot, e de que seu desconforto emocional, seu "desconsolo sepultado" (p. 12) pode ser explicada como uma reação à perda de um olho por parte do sr. Curnow (p. 12), e/ou por sua dor pelo irmão desaparecido, Morty (p. 17) e/ou pelo falecido esposo, Seabrook, o pai de todos os seus filhos – não consegue acomodar adequadamente. É muito mais provável, parece-me, que a sugestividade (em ambos os sentidos) dos dois primeiros capítulos seja um estratagema consciente por parte de Virginia, uma estratégia caracteristicamente maliciosa, através da qual ela introduz o leitor à noção de que o romance como um todo tem uma inextricabilidade ou uma "complexidade" que está ali para ser levada em conta ou até mesmo explorada.

Para começar, a razão pela qual Virginia decidiu retratar a família Flanders como natural de Scarborough merece ser explorada, e deveria ter merecido mais atenção do que a que teve. Tanto quanto sabemos, ela não estava muito familiarizada com o balneário, embora eu ache ser mais do que provável que Virginia tenha visitado Scarborough, possivelmente por causa da associação da cidade com as irmãs Brontë. Anne Brontë visitou Scarborough muitas vezes e passou ali os seus últimos dias, tendo morrido em 1849. Para seu sepultamento, sua irmã Charlotte escolheu "um lugar no pátio da igreja em Castle Hill com vista para a baía, na qual Anne tinha caminhado tantas vezes nos últimos anos, e na qual ela situou a cena da proposta de casamento em *Agnes Grey*" (Winifred Gérin. *Charlotte Brontë: The Evolution of a Genius*, p. 382). Mas, independentemente da maneira pela qual Virginia adquiriu seu conhecimento a respeito do vilarejo, o certo é que *O quarto de Jacob* indica que ela estava surpreendentemente bem informada sobre a topografia e as atrações do balneário.

Mas sugiro que a principal razão pela qual Virginia escolheu Scarborough como a terra natal dos Flanders é porque ela exerceu um pequeno mas memorável papel na Primeira Grande Guerra. Em 16 de dezembro de 1914, Scarborough ganhou destaque nacional e internacional quando foi bombardeada por dois encouraçados alemães, o *Derrflinger* e o *Von der Tann*, com o auxílio de um navio menor, o lança-minas *Kolberg*.

Estima-se que cerca de quinhentas bombas de alta potência caíram sobre Scarborough. Os portos de Whitby e Hartlepool, um pouco acima da costa leste, foram bombardeados um pouco mais tarde, no mesmo dia, mas Scarborough sofreu mais violentamente as consequências do ataque alemão. No total, oitenta e quatro civis foram feridos e dezoito, mortos, incluindo oito mulheres e quatro crianças, uma das quais, John Ryalls, não tinha mais que quatorze meses de vida. Um pôster dramático, de estímulo ao recrutamento, "Lembre-se de Scarborough!" (baseado numa pintura a óleo de E. Kemp-Welch), com uma vingativa e colossal Britânia apontando sua espada, por sobre o mar, para a Alemanha, e com o balneário em chamas e no escuro atrás dela, foi imediatamente impresso e distribuído. Embora ambos os lados tenham buscado explorar, para efeitos de propaganda, a importância do ataque, na Alemanha ele foi rapidamente esquecido, enquanto na Grã-Bretanha as "poderosas imagens do imotivado ataque a Scarborough iriam durar por todo o tempo da guerra e o slogan 'Lembre-se de Scarborough!' ficaria indelevelmente gravado na consciência nacional" (James Hartington Jones, *The German Attack on Scarborough*, p. 6).

Portanto, enquanto escrevia *O quarto de Jacob*, Virginia sabia que uma boa parte, se não a maioria de seus leitores, provavelmente traria à mente, à primeira menção de Scarborough, o ataque alemão e o que ele significou. E o que agora pode parecer apenas uma seção obscura do penúltimo capítulo do romance pode ter tido muito mais significado para os leitores quando de sua publicação em 1922. Começando com uma série de referências à guerra e culminando com o quarto vazio de Jacob – os agourentos movimentos dos soldados franceses (p. 131), os "oficiais italianos" (p. 137) e os "homens em desfile" em Atenas (p. 160); uma antevisão das escaramuças iniciais da guerra em terra e no mar (p. 157); a frenética atividade diplomática, militar, burocrática, governamental e política, à medida que o "curso da história" toma sua fatídica forma (p. 174 e 175); – temos aí uma clara alusão ao bombardeamento de Scarborough em dezembro de 1914:

> "Os canhões?", disse Betty Flanders, meio adormecida, saindo da cama e indo até a janela, que estava decorada com uma fímbria de folhas escuras.
>
> "Não a essa distância", pensou. "É o mar."

> De novo, bem longe, ela ouviu o som surdo, como se mulheres noturnas estivessem sacudindo enormes tapetes. Havia o Morty, desaparecido, e o Seabrook, morto; seus filhos lutando por sua pátria. Mas as galinhas estavam a salvo? O que era aquilo, alguém descendo as escadas? Rebecca com sua dor de dente? Não. As mulheres noturnas sacudiam seus tapetes. Suas galinhas se mexeram de leve nos poleiros (p. 178).

O ataque alemão ocorreu, na verdade, por volta das oito da manhã – não exatamente uma hora "noturna", mesmo em meados de dezembro – mas Virginia tem isso em mente ao transformá-lo num evento de evidente intensidade simbólica, com as "folhas escuras", representativas de todas as vidas jovens que seriam perdidas na guerra, assumindo uma forma como que de coroa em volta da janela do dormitório de Betty Flanders.

O romance caminha em direção ao relato do ataque sob várias formas. Há uma alusão a ele, talvez, enquanto sentamos com a sra. Jarvis "na grama, muito acima de Scarborough" (p. 29), e partilhamos de sua euforia quando "os navios no mar lá embaixo parecem se entrecruzar e ir adiante como que puxados por uma mão invisível; quando há distantes estrondos no ar e cavaleiros fantasmas galopando" (p. 29); e há, seguramente, uma outra alusão quando lemos, algumas páginas adiante: "Em alto mar será possível ver uma grande cidade projetando claridade dentro da noite" (p. 33-34). A última imagem é retomada quando a narradora descreve Erasmus Cowan sozinho em seus aposentos em Cambridge, com seu vinho do porto e seu privilégio: "Essa é a trama através da qual a luz deve brilhar [...]. De modo que se, à noite, longe no mar, sobre as ondas que balançam, vemos um nevoeiro sobre as águas, uma cidade iluminada, uma alvura até mesmo no céu" (p. 44). "Os encouraçados varrem com suas luzes o Mar do Norte, mantendo suas bases acuradamente separadas. A um dado sinal todas as armas são apontadas para um alvo [...] que explode em estilhaços" (p. 157). De uma outra perspectiva, temos um vislumbre do mundo cotidiano que a Grande Guerra logo ofuscará quando a versão feminina e doméstica do bombardeamento alemão é antecipada no momento em que a sra. Flanders fala a Archer no começo do romance:

> Então o galo saiu voando do galinheiro, e, gritando com Archer para fechar o portão que dava para o quintal, a

> sra. Flanders espalhou a comida no chão, chamando aos cacarejos as galinhas, caminhou apressada pelo pomar e foi vista, do outro lado, pela sra. Cranch, que, batendo seu capacho contra o muro, manteve-o suspenso no ar por um instante enquanto comentava com a sra. Page, da casa ao lado, que a sra. Flanders estava no pomar com as galinhas (p. 18-19).

Este ensaio está longe de ser abrangente e se limita a apresentar uma reação parcial a um romance rico e exigente. Ao chamar a atenção para alguns aspectos de *O quarto de Jacob* que não tinham sido abordados por críticos anteriores, posso, às vezes, ter ido, com minha leitura, muito além do território conhecido e ter penetrado numa selva que é fruto de minha própria imaginação. Mas, embora haja sempre algum risco, quando somos instados a seguir "pistas" e tentados a ficar atentos a insinuações, neste romance, tão fortemente quanto em qualquer outro lugar na ficção de Virginia, temos a sensação de que há realmente pistas a serem seguidas e que há mais coisas por detrás das aparências do que poderíamos pensar à primeira vista. Assim, tanto quanto ler o romance, somos também obrigados a ler nele aquilo que não está evidente. É possível que sejamos tentados a exagerar esse tipo de leitura, mas assim como Betty Flanders, num determinado momento, olha, do alto de Dods Hill, e vê "Scarborough inteira, de uma ponta à outra, estendendo-se plana, como um quebra-cabeça" (p. 19), assim também o atento leitor de *O quarto de Jacob* encontra-se, por sorte, numa posição parecida. Há muito o que observar, muito a admirar, pecinhas para desconcertar, peças faltantes para nos deixar enfurecidos, e nenhuma possibilidade de, em algum momento, ficarmos satisfeitos, por muito tempo, com uma única e exclusiva solução. Temos aí, na verdade, toda a diversão de um "quebra-cabeça" de primeira classe.

(Versão abreviada do ensaio de David Bradshaw, *Winking, Buzzing, Carpet-Beating: Reading* Jacob's Room, uma publicação da Virginia Woolf Society of Great Britain, 2003.)

A falta do corpo que se faz

Lúcia Leão

O único Jacob que no espelho se vê prepara uma fantasia.
Antes do baile altera a boca, faz cara feia, distorce a forma.
Mas como não ser assim?
Sua trajetória um acidente, narrativa riscada sobre
um ponto final diluído e estendido.
Que caminho buscava esse filho? Na língua
que a mãe usava para se comunicar com ele. As cartas no bolso
ou largadas na caixa de madeira.
[...] a lã marrom enrolada em volta de um velho cartão postal.
E, lá no início, uma listra prateada no espelho durante
a tempestade, uma forma sobressaída que não é a dele.
É só isso.
Há uma poética de pontuação nessa leitura.
O quarto de um filho que não vai voltar e que é o começo
e o fim da história
e da linha.
E, no intervalo, ele próprio.

Há janelinhas e lilases, há mariposas.
Horas flamengas.
Mulheres jovens e senhoras atentas ao rapaz desajeitado
e distinto.
Cenas do feminino.
A carne! Esqueci a carne.

Haveria também o quarto de Angela Williams, contraponto ao quarto de Jacob, mas ele foi excluído do livro.

Ali, a estudante se refigura em brilho no seu reflexo demarcado
totalmente no espelho em que se olha, sem tremor algum.
Para além da imprecisão, no seu quarto Angela afastou
as cobertas, aproximou-se da janela e virou – um conto todo seu.
Uma escola de mulheres.
Vista de fora.

[...] o mundo um espetáculo. – Mas o que quer mesmo
dizer isso – para as meninas?

E sobre as camadas de corporalidade, ausência e escritas.
Ele não se dera conta de sua presença, pensou ela.
Se deixarmos alguém, como eu, acompanhar de longe toda
a tradução deste Quarto de Jacob, um movimento de olhar
mais do que duplo. Ouvirá os traços da passagem do tradutor
pela primeira narrativa e os traços de Jacob se debatendo para
desaparecer e ficar. E o que se engendrou.
E a cada leitura perderá a voz, os dois, e os reviverá.
Em meio a escapadas de identidade, em meio a carroças e ônibus,
carros a motor, escadinhas de transpor as cercas, topos de desfiladeiros
e ruínas, esse alguém vai perdê-los (de vista) sem nunca os ter
visto, direito. Mas eles estão aí, e não estão.
Temos que seguir pistas.

Além disso, sabemos o que tira a paz neste livro.
O próximo minuto é silencioso como um túmulo.

Para não interpretar os sapatos de Jacob morto que a mãe
indica, deve-se mantê-los em mãos.
Para uma revisita.

Estratégias narrativas em *O quarto de Jacob*

Stuart N. Clarke

Todos os romances de Virginia Woolf são experimentais, mas o mais convencional é o segundo deles, *Noite e dia* (1919), que avança calma e seguramente por algumas centenas de páginas até chegar ao desfecho de sua trama matrimonial. É um choque, pois, quando se chega à leitura do romance seguinte, *O quarto de Jacob* (1922), que é um dos mais curtos, com suas 55.000 palavras. Aparentemente, trata-se de um *Bildungsroman*, as cenas da vida de um jovem à medida que amadurece, mas o romance frustra as expectativas quando Jacob desaparece, aos vinte anos, um pouco antes do curtíssimo capítulo final. Ele morreu na Primeira Grande Guerra; seus anos de formação não serviram para nada.

Embora seja duvidoso que o famoso poema de T. S. Eliot, *The Waste Land*, tenha exercido um papel significativo na composição de *O quarto de Jacob*, uma vez que Virginia o ouviu recitá-lo, na melhor das hipóteses, apenas em 18 de junho de 1922, as conversas com Eliot se mostraram frutíferas. Em uma dessas conversas, em setembro de 1920, Virginia repreendeu o amigo "por ocultar, propositalmente, suas transições", e anotou a resposta dele em seu diário: "Ele disse que a explicação é desnecessária. Se a incluímos, diluímos os fatos. Devemos senti-los sem explicação". Em *O quarto de Jacob*, as cenas são apresentadas de forma cinemática, com poucas conexões entre elas. Como comenta a narradora: "Temos que seguir pistas, não exatamente o que se diz, nem tampouco inteiramente o que se faz" (p. 33).

Nem tudo vai bem na sociedade pré-guerra na qual Jacob se desenvolve. Há uma rigidez mental ("Quarta-feira era o dia do capitão Barfoot.", p. 26) e uma pressão para manter o *status quo*. A mãe de

Jacob não tem muito dinheiro e não sabemos de onde ele vem, mas seus dois filhos mais velhos "deviam estar preparados para o colégio" (p. 22). Não se trata de um colégio local, em Scarborough, onde eles moram, mas de um colégio particular, pois seus filhos devem ser educados como cavalheiros. Na verdade, o filho mais velho, Archer, não vai para o colégio particular, mas se alista na Marinha Real (p. 23) – como aprendiz de oficial, naturalmente.

Há um número incrível de referências a policiais em *O quarto de Jacob*, e Virginia, sem dúvida, concordava com o marido, Leonard, quando ele comentou, numa resenha publicada em 1916, que o "policial, o pilar da Autoridade, o inquestionável garantidor da sociedade e das 'coisas tal como são', age prontamente, em acordo com qualquer estímulo oficial em seu ambiente". O exemplo mais notável em *O quarto de Jacob* é "o impassível policial postado no Ludgate Circus. Mas notaremo que, longe de ser estufado e rotundo, seu rosto é rígido graças à força de vontade e magro graças ao esforço de mantê-lo assim" (p. 157). De maneira similar, o velho professor Huxtable só é capaz de relaxar nas ocasiões em está sozinho, quando, então, a "carne inteira de sua face se desf[az] [...] em refolhos, como se escoras tivessem sido removidas" (p. 42).

Já na primeira linha do romance, recebemos um alerta, pois o sobrenome de Jacob é Flanders. Esse sobrenome é a primeira de muitas palavras, frases e ocorrências que antecipam sua morte, ao final, na guerra, uma vez que Flanders[1] é a região ocidental da Bélgica que sofreu o maior impacto da batalha. E as maiores perdas foram as de jovens oficiais do nível de Jacob.

À medida que avançamos na leitura, a Inglaterra parece, praticamente, um ossuário. Na praia, Jacob decide guardar a queixada da caveira de uma ovelha (p. 12); mais tarde, ele coleciona borboletas e mariposas (incluindo a borboleta-caveira, p. 58) – todas mortas, naturalmente. Há "[a]s mil e tantas pedras brancas, algumas tortas, outras retas, [a]s coroas em decomposição, [a]s cruzes de estanho esverdeado" (p. 18), no cemitério do pátio da igreja; "saraivada de tiros de pistola" quando uma árvore cai na floresta (p. 25 e p. 34; duas vezes); os "ossinhos atirados na grama" (p. 26); os ossos do duque de Wellington na Catedral de St. Paul (p. 67); o "furgão de um pedreiro com lápides cobertas de letras recém-talhadas" (p. 114). No alto de Dods Hill, sob o "luar nebuloso era impossível enxergar qualquer coisa, exceto ossos e pedacinhos de greda" (p. 135). Até mesmo alguns dos nomes dos personagens são *memento mori*: Morty (provavelmente, abreviatura de Mortimer, "mar morto" em francês antigo), o tio de Jacob; a velha srta. Wargrave; Dick Graves e Madame Gravé.[2]

Ninguém, em *O quarto de Jacob*, é capaz de resistir à cultura dominante. As mulheres não têm a mínima chance. Clara Durrant senta-se "na sala ensolarada da frente, com o realejo tocando suave lá fora; o carro-pipa passando lentamente e borrifando o pavimento; as carruagens chacoalhando, e tudo, a prataria e a chita, os tapetes marrons e azuis e os vasos cheios de ramos verdes, tudo raiado de faixas amarelas tremulantes" (p. 153-154). Essas faixas resultam do sol passando pelas ripas de madeira das venezianas, mas elas simbolizam seu aprisionamento. A pobre Fanny Elmer é "incompetente" (p. 172), enquanto Florinda, por sua vez, tem de lidar com uma gravidez indesejada (p. 171).

A sra. Jarvis está descontente, mas não consegue encontrar nenhuma saída:

> [...] a sra. Jarvis era o tipo de mulher perfeita para perder a fé em meio aos urzais – quer dizer, para confundir o seu Deus com o universal – mas ela não perdia a sua fé, não abandonava o marido, nunca lia seu poema por inteiro, e continuava andando pelo urzal, olhando para a lua por detrás dos olmos [...] então a sra. Jarvis, soltando um suspiro, pensa consigo mesma: "Se ao menos alguém pudesse me dar... se eu pudesse dar a alguém..." Mas ela não sabe o que quer dar, nem quem poderia dá-lo a ela. (p. 29).
>
> Mulheres teriam pensado: "Eis aqui a lei. Eis aqui a ordem. Devemos, pois, prezar este homem. É ele que fica na ponte de comando à noite", e, entregando-lhe o copo, ou fosse lá o que fosse, falariam sem parar sobre visões de naufrágio e desastre, em que todos os passageiros saíam aos trambolhões de suas cabines, e ali estaria o capitão, abotoado em seu jaquetão, em confronto com a tempestade, derrotado por ela mas por ninguém mais. "Mas eu tenho uma alma", refletiria a sra. Jarvis, quando subitamente o capitão Barfoot assoasse o nariz numa grande bandana vermelha, "e é a estupidez do homem que é a causa disso, e a tempestade é minha tanto quanto dele"... (p. 29-30).

O único personagem masculino que tenta resistir à convenção é o pintor Cruttendon, em Paris, que diz: "Não, Flanders, não creio que conseguiria viver como você. [...] Quero dizer isso de trabalhar o dia todo num escritório" (p. 132). Mas vejam o que acontece: "com o passar do tempo, Cruttendon se poria a pintar pomares; teve, portanto, que morar em Kent; e devia, por essa época, era de se crer, ter encerrado a fase da flor de maçã, uma vez que sua esposa, por cuja causa ele fazia isso, fugira com um romancista; mas, não; Cruttendon ainda pinta pomares, loucamente, em solidão" (p. 133).

A sociedade pré-guerra mostrada em *O quarto de Jacob* parece monolítica e incontestável. O único "personagem" que sugere que aquilo que é dado como certo não é inevitável é a pouco confiável narradora. Se não se pode confiar na narradora, em quem se pode confiar? E essa é a questão. A leitora (ou o leitor) não é iludida por uma falsa sensação de segurança, devendo se manter alerta. Inicialmente, a narradora de *O quarto de Jacob* é tão convencional quanto em qualquer outro romance. Nos parágrafos iniciais, a narradora nos diz que a sra. Flanders está "enterrando os saltos do sapato mais fundo na areia" (p. 9), e depois somos informados sobre as sensações e os pensamentos da sra. Flanders. Embora não saibamos exatamente o que está acontecendo, uma vez que o romance começa *in medias res*, esperamos, confiantemente, que tudo será devidamente explicado na hora apropriada. Entretanto, mais adiante no capítulo, a narradora se dirige diretamente ao leitor ou à leitora, perguntando "qualquer mulher é melhor do que qualquer homem?" (p. 13). Mas essa opinião é imediatamente contestada: "Bem, Betty Flanders, para começar". Uma das primeiras resenhistas do romance categorizou a narradora como "uma espécie de 'super-corvo' que joga no colo do leitor brilhantes fragmentos de descrição, sumários, catálogos, fiapos de diálogo, escassos lampejos de caracterização, pistas e hieróglifos" (E. B. C. Jones, "E. M. Forster and Virginia Woolf". In: Derek Verschoyle. *The English Novelists. A Survey of the Novel by Twenty Contemporary Novelists*, p. 263).

Às vezes a narradora é onisciente e sabe o que vai acontecer; outras vezes, seus olhos estão ofuscados ou ela simplesmente não consegue enxergar. Ela é bastante clara quando pressagia que "agora Jimmy alimenta corvos em Flanders e Helen visita hospitais" (p. 99). Em outra ocasião, ela é menos segura: "'Para quê? Para quê?', Jacob jamais se fazia qualquer pergunta desse tipo, a julgar pelo jeito como amarrava suas botinas; fazia a barba [...]" (p. 163). Referindo-se ao falecido marido da sra. Flanders, a narradora pergunta: "Não fora ele, então, nada?", mas imediatamente responde: "Uma questão irrespondível" (p. 18). Em um momento de crise para Jacob, a narradora comenta: "Se sabemos ou não o que se passava em sua mente é outra questão" (p. 97).

No começo do capítulo III, afirma-se que "é fato que os homens são perigosos" (p. 32). Trata-se de um comentário da narradora ou de um pensamento mediado pela sra. Norman que observa Jacob numa cabine de trem? Parece ser a segunda hipótese, pois "Ela atiraria o frasco de perfume com a mão direita, decidiu, e com a esquerda puxaria o cordão de emergência" (p. 32). Contudo, mais tarde, no momento de crise de Jacob antes mencionado, a narradora observa "Tendo em conta dez anos a mais de idade e a diferença de sexo, o medo em relação a ele vem primeiro, o qual é servido pelo desejo de ajudar" (p. 97). Ela parece compartilhar dos temores da sra. Norman.

No mais longo dos capítulos, situado quase todo na Grécia, há uma passagem enigmática em que somos levados primeiro a Londres, depois ao Mar do Norte e, então, de volta a Londres. Para começar, há rumores a respeito de Jacob. De repente, a narradora lança dúvidas sobre os próprios romances. Esta é a passagem, com omissões, que destaca os contrastes e conexões:

> Somos, assim, levados de volta para ver o que o outro lado tem em mente – os homens dos clubes e dos gabinetes ministeriais – quando diz que isso de delinear personalidades frívolaarte doméstica, uma questão de agulhas e alfinetes, de minuciosos esboços em volta de nada, de floreios e meras garatujas.
>
> Os encouraçados varrem com suas luzes o Mar do Norte, mantendo suas bases acuradamente separadas. [...] Como blocos de soldadinhos de chumbo, o exército ocupa o trigal, escala a colina, detém-se, cambaleia levemente para um lado e para o outro, e desaba, exceto que, através de binóculos, pode-se ver que uma ou duas peças ainda se agitam para cima e para baixo como fragmentos de fósforos quebrados.
>
> Essas ações, juntamente com o incessante negócio dos bancos, laboratórios, chancelarias e casas de comércio,

> são as remadas que conduzem o barco do mundo para a frente, segundo dizem. [...]
>
> É assim que vivemos, dizem eles, impelidos por uma força inapreensível. Eles dizem que os romancistas não a captam jamais; que ela escapa incontrolável e violentamente de suas redes, deixando-as em tiras. [...] (p. 157-158).

Há, então, um espaço em branco na página, imediatamente seguido por:

> "Onde estão os homens?", disse o velho general Gibbons, olhando em volta da sala de estar, cheia de pessoas bem vestidas, como era de hábito nas tardes de domingo. "Onde estão as armas?" (p. 158).

Virginia expressa aqui suas críticas da sociedade utilizando os recursos da justaposição e da imagística. Virginia não é uma escritora didática: ela não diz aos leitores o que devem pensar. Cabe a eles decidir até onde querem explorar os significados do texto. Mas, não importa o quão fundo cavamos, há sempre mais a descobrir.

Notas do tradutor

1. Flandres, em português.
2. Todos esses sobrenomes lembram "*grave*", "sepultura"; o primeiro, da srta. Wargrave, lembra, mais especificamente, "sepultura de soldado morto na guerra, em cemitério para isso destinado".

Minibios

Virginia Woolf (1882-1941) é uma das figuras mais importantes do modernismo literário em língua inglesa. Embora suas primeiras obras de ficção ainda possam ser classificadas como tradicionais, sua experimentação vai, com o tempo, se tornando cada vez mais radical. São exemplos desse experimentalismo livros como *Mrs Dalloway*, *Ao Farol* e *Orlando*, todos publicados pela Autêntica. *O quarto de Jacob* assinala o início de sua experimentação na arte do romance.

David Bradshaw (1955-2016) ocupou a posição de Hawthornden Fellow and tutor de Literatura Inglesa no Worcester College e foi professor de Literatura Inglesa da Universidade de Oxford. Lançou uma nova luz sobre a obra de Virginia Woolf através de dezenas de artigos e capítulos de livros, e foi responsável pela edição de várias de suas obras, incluindo *As ondas*, *Ao Farol* e *Mrs Dalloway* (Oxford World's Classics); *A Room of One's Own* (com Stuart N. Clarke) e *The Years* (com Iam Blyth) para a Shakespeare Head Press; e *Carlyle's House and Other Sketches*.

Lúcia Leão é tradutora e escritora. Reencontrou Virginia Woolf um tanto recentemente e se encantou mais ainda. Antes disso, estudou na Universidade do Rio de Janeiro (UERJ), onde cursou mestrado em Literatura Brasileira e se formou em Inglês e Respectivas Literaturas. Tem mestrado em Jornalismo pela Universidade de Miami e poemas escritos e publicados nos idiomas em que vive.

Stuart N. Clarke está trabalhando numa edição anotada de *Jacob's Room* para a Cambridge University Press, com contribuições de David

Bradshaw, a ser publicada no decorrer de 2019. Coordenou a edição dos volumes V e VI de *Essays of Virginia Woolf* (Hogarth Press). Foi um dos fundadores, em 1998, da Virginia Woolf Society of Great Britain e tem sido o editor de seu periódico, *Virginia Woolf Bulletin*, desde seu início, em 1999.

Tomaz Tadeu é catarinense de nascimento, mas gaúcho de adoção. Por engano, formou-se em matemática. Também por engano, acreditou na religião e na política. Agora só acredita na literatura. Dá sinais de que tem um fraquinho pela Virginia.

Walter Richard Sickert (1860-1942), pintor nascido na Alemanha, mas de nacionalidade britânica, participou de vários movimentos vanguardistas, incluindo o importante Camden Town Group. Virginia Woolf, que o conhecia pessoalmente, escreveu um ensaio sobre ele, "Walter Sicket: a conversation", no qual ela diz: "Ele escolhe [para suas pinturas] as roupas ordinárias da vida cotidiana que adquiriram a forma do corpo; o chapéu de feltro com uma única pena que uma moça comprou no mercado. Ele gosta de corpos que trabalham, de mãos que trabalham, de rostos que foram riscados e amolecidos e enrugados pelo trabalho [...]. Sickert compõe sua pintura [...] tão cuidadosamente quanto Turguêniev [...] compõe sua cena".

Outros livros da coleção Mimo:

Alfabeto
Paul Valéry

Antropologia do ciborgue
As vertigens do pós-humano
Tomaz Tadeu (Org.)

Ao Farol
Virginia Woolf

A arte da brevidade
Virginia Woolf

Bartleby, o escrevente
Uma história de Wall Street
Herman Melville

O casaco de Marx
Roupas, memória, dor
Peter Stallybrass

Epifanias
James Joyce

Flush
Virginia Woolf

O grito da seda
Entre drapeados e costureirinhas:
a história de um alienista muito louco
Danielle Arnoux
Gaëtan Gatian de Clérambault
José María Álvarez
Tomaz Tadeu (Org.)

Manual do dândi
A vida com estilo
Charles Baudelaire
Honoré de Balzac
Jules Barbey d'Aurevilly

Meu coração desnudado
Charles Baudelaire

Mrs Dalloway
Virginia Woolf

Os mortos
James Joyce

Orlando
Uma biografia
Virginia Woolf

O Pintor da Vida moderna
Charles Baudelaire
Jérôme Dufilho (Org.)
Tomaz Tadeu (Org.)

Quatro novelas e um conto
As ficções do platô 8 de *Mil platôs*,
de Deleuze e Guattari
F. Scott Fitzgerald
Guy de Maupassant
Henry James
Jules Barbey d'Aurevilly
Pierrette Fleutiaux
Tomaz Tadeu (Org.)

Rabiscado no teatro
Stéphane Mallarmé

Um retrato do artista quando jovem
James Joyce

O Sol e o Peixe
Virginia Woolf

O tempo passa
Virginia Woolf
Tomaz Tadeu (Org.)

Os últimos dias de Immanuel Kant
Thomas De Quincey

Título original: Jacob's Room

EDITORAS RESPONSÁVEIS
Rejane Dias
Cecília Martins

ASSISTENTE EDITORIAL
Rafaela Lamas

REVISÃO
Cecília Martins
Lúcia Leão

PROJETO GRÁFICO DE CAPA
Diogo Droschi
(Sobre quadro de Walter Richard Sickert,
The Little Tea Party Nina: Hamnett and Roald Kristian, 1915-1916,
óleo sobre tela, 25,4 x 35,6cm. Galeria Tate, Londres.)

DIAGRAMAÇÃO
Guilherme Fagundes

Dados Internacionais de Catalogação na Publicação (CIP)
(Câmara Brasileira do Livro, SP, Brasil)

Woolf, Virginia, 1882-1941.
O quarto de Jacob / Virginia Woolf ; organização, tradução e notas Tomaz Tadeu ; posfácios David Bradshaw, Lúcia Leão, Stuart N. Clarke . -- 1.ed ; 1. reimp. -- Belo Horizonte : Autêntica Editora, 2022. -- (Mimo)

Título original: *Jacob's Room*.
ISBN: 978-85-513-0453-2

1. Ficção inglesa I. Tadeu, Tomaz. II. Bradshaw, David. III. Leão, Lúcia. IV. Clarke, Stuart N. V. Título. VI. Série.

18-21885 CDD-823

Índices para catálogo sistemático:
1. Ficção : Literatura inglesa 823

Maria Alice Ferreira - Bibliotecária - CRB-8/7964

GRUPO **AUTÊNTICA**

Belo Horizonte
Rua Carlos Turner, 420
Silveira . 31140-520
Belo Horizonte . MG
Tel.: (55 31) 3465 4500

São Paulo
Av. Paulista, 2.073, Conjunto Nacional,
Horsa I . Sala 309 . Cerqueira César
01311-940 . São Paulo . SP
Tel.: (55 11) 3034 4468

www.grupoautentica.com.br

Este livro foi composto com tipografia Bembo
e impresso em papel Off White 90 g/m² na Santa Marta